Écoutez si on éteint les étoiles

Camille Colva

Écoutez si on éteint les étoiles

© 2024 Camille Colva

Édition : BoD · Books on Demand, 31 avenue Saint-Rémy, 57600 Forbach, bod@bod.fr
Impression : Libri Plureos GmbH, Friedensallee 273, 22763 Hambourg (Allemagne)

Illustration : Hugo Gourmaud

ISBN : 978-2-3225-5438-6
Dépôt légal : août 2024

LABEL HEGEMONIC ENTERTAINMENT

Cet ouvrage a été publié sous l'affiliation du **Label Hegemonic Ent.**, structure indépendante ayant pour vocation l'accompagnement, la valorisation et la promotion d'auteurs en édition autonome avec pour objectif de garantir aux œuvres labellisées un haut niveau d'exigence et de qualité. La sélection des auteurs s'effectue sur la base d'un comité de lecture, selon des critères littéraires stricts.

Le Label ne constitue pas une maison d'édition, mais agit comme un **acteur structurant**, garant d'un accompagnement professionnel, d'une visibilité éditoriale maîtrisée, et d'une exigence de qualité constante dans le domaine de l'édition.

Tout ouvrage affilié au Label Hegemonic Entertainment est le fruit d'un engagement commun entre l'auteur et le Label, dans une démarche de professionnalisation, d'excellence et de structuration de l'édition indépendante.

Pour toute information complémentaire :
www.label-hegemonic.com
label.hegemonic@gmail.com
@label.hegemonic

À ma grand-mère Elvira (1932-2021), éponyme de mon héroïne, dont le roman ne raconte pas du tout l'histoire.

PRÉFACE

Lorsque Camille Colva m'a demandé d'écrire la préface de son nouveau roman, j'ai immédiatement ressenti un mélange d'honneur et de responsabilité. En tant qu'autrice, je connais la difficulté d'écrire un roman, et en tant que lectrice, j'ai eu la chance de découvrir l'incroyable talent qu'elle apporte à chaque nouvelle œuvre.

Écrire une préface est également un exercice délicat. J'ai la tâche de trouver les mots pour vous convaincre de découvrir ce roman, et pourtant, j'aimerais simplement vous demander de me faire confiance et de vous laisser emporter, comme je l'ai moi-même été.

Je vous invite donc à ouvrir ce livre avec un esprit ouvert et curieux. Laissez-vous emporter par l'histoire et savourez chaque moment de ce récit exceptionnel.

Ce roman, intitulé *Écoutez si on éteint les étoiles*, est bien plus qu'une simple histoire. C'est une exploration profonde de la condition féminine, une réflexion sur nos choix et leurs conséquences, sur l'amour. Camille aborde des sujets forts et captivants, avec douceur et violence, soufflant le chaud et le froid avec une simplicité déconcertante, et nous emporte.

Dans ce livre, elle nous dévoile ce que signifie être femme, avec ses différentes facettes : la fille, la sœur, la femme, la maîtresse, la mère. Elle décrit les difficultés d'assumer ces rôles ou de s'en affranchir. Camille écrit aussi sur la tolérance, les préjugés, la société et les douleurs qu'elle inflige. Elle saisit l'essence de l'être humain et de ses liens, et elle le fait admirablement bien. Ses histoires me transportent à chaque fois.

Et cette fois-ci encore, Camille Colva a su créer des personnages si vivants et complexes que le lecteur se sent immédiatement transporté dans leur monde. Camille s'inspire de sujets de société sans tomber dans la revendication ou la morale, n'oubliant jamais qu'elle est une conteuse exceptionnelle. J'ai souri pour la jeune Elfe, j'ai été en colère pour El l'adolescente, j'ai ressenti bonheur, tristesse, et émotion pour Elvira. Tout au long de son parcours, j'ai accompagné son héroïne, touchée profondément par ses expériences.

J'avais déjà aimé la plume de Camille Colva dans son précédent roman et, une fois de plus, j'ai été conquise. Je le confirme, c'est une autrice exceptionnelle !

Alors, ne passez pas à côté de ce pur moment de bonheur.

> Laure Iniz, autrice de *Et ceux-là sans savoir nous regardent passer,* *Edgar* et *Des bleus aux souvenirs*

PARTIE 1

« Comment accepter de n'être que la somme éphémère de nos aventures burlesques et de nos histoires tragiques, de nos triomphes et de nos impostures, de nos allégresses et de nos désenchantements ? Comment concevoir qu'il ne reste rien des rêves qui nous ont portés, de ces amours qui nous ont transcendés, des espoirs qui nous ont guidés ? Et comment supporter l'idée que nos âmes s'effacent tandis que nos corps redeviennent poussière ? »

(Claire Norton, *Le sens de nos pas*)

1995

— Alors Elfe, t'es pour qui, Chirac ou Jospin ? me demande papa, sa bière à la main.

Je réfléchis.

Valérie, la maîtresse, nous a parlé de monsieur Chirac et monsieur Jospin, et nous a expliqué que nous étions en train de choisir le monsieur qui sera le chef de la France. Pour être honnête, je n'ai pas tout compris. Je n'ai surtout pas compris pourquoi le chef de la France était forcément un monsieur et pas une dame – après tout, la directrice à l'école, c'est une dame, alors, pourquoi pas la directrice du pays ? Même Valérie ne le sait pas.

J'ai juste compris que peu importe le chef de la France, j'allais quand même devoir apprendre à faire des soustractions, et ça, ça m'ennuie. Mais je ne veux pas faire de la peine à papa, et je veux bien lui répondre, pour qu'il soit fier de moi.

Valérie nous a expliqué que monsieur Chirac était à droite et monsieur Jospin, à gauche. Je suis droitière, je dois donc forcément être pour monsieur Chirac, non ? Mais alors, monsieur Jospin n'a aucune chance. Il n'y a pas beaucoup de gauchers. Dans la classe, il n'y a que Blaise qui utilise les ciseaux pour gauchers, ceux auxquels Valérie accroche un petit ruban pour les distinguer des autres. Dans les autres classes, ils ne sont pas plus nombreux. Comment monsieur Jospin peut gagner ? Je suppose que c'est ça, la « démocratie » (un nouveau mot que Valérie nous a appris), n'importe qui peut se présenter pour être chef de la France et avoir l'air aussi bête qu'il veut. Il suffit d'être un monsieur, et de préférence un vieux monsieur.

— Pour Chirac, je réponds, sûre de moi.

Le visage de papa s'illumine. De toute évidence, j'ai bien répondu, et il n'est pas déçu. Il me donne une tape dans le dos et dit quelque chose sur le fait qu'on paiera moins de pots si Chirac est élu. Je suis contente. Si en plus, monsieur Chirac compte rendre les pots de Nutella gratuits, il fera un très bon chef de la France.

— Papa ! s'écrie Nina, les poings sur les hanches. Comment tu peux dire une chose pareille ! T'en as donc rien à foutre des SDF, des gens qui crèvent de froid ? Tu penses que ton Chirac va les aider ?

— Surveille ton langage, Nina, tu parles pas à ton père comme ça, intervient maman. Et de toute façon, on va passer à table. Arrêtez de parler politique. Les filles, allez mettre le couvert.

Je suis Nina dans la cuisine. Maman ronchonne un peu, mais ma sœur peut utiliser tous les gros mots qu'elle veut, elle ne sera jamais punie. Elle est tellement douée en classe que nos parents lui passent tout.

— Dis Nina, je sais que t'aimes pas monsieur Chirac, mais il paraît qu'on paiera moins de pots avec lui. Ce sera chouette quand même d'avoir du Nutella gratuit. Je suis sûre que même les gens qui crèvent de froid ils seront contents. Ils auront toujours froid, mais ils auront du Nutella.

— T'es bête ou quoi ? Pas des pots. Des *impôts*.

Je suis de plus en plus perdue.

— C'est le contraire des pots ?

— Non, Elfe, arrête avec les pots, oublie-les. Les impôts et les pots, ça n'a rien à voir.

Je suis un peu étonnée, car Valérie nous a bien expliqué l'autre jour que quand on mettait « in » devant un mot, c'était pour dire son contraire. Mais Nina est très intelligente, alors j'écoute ce qu'elle dit.

— Les impôts, c'est quand le gouvernement te prend une partie de ton salaire. Mettons, si tu gagnes dix mille francs par mois, le gouvernement va t'en prendre mille. Je connais pas le pourcentage par cœur, c'est des calculs très compliqués, mais en gros, c'est ça.

— Comme quand le grand Arthur en CM2A pique les sous des CE2 pour s'acheter des bonbons ?

— Non. Arthur, ce qu'il fait, c'est du racket. C'est pas bien. Le gouvernement, quand il te prend tes sous, c'est pour faire des trucs cool avec, construire des écoles, des hôpitaux, des routes, des trucs comme ça.

Je suis à peu près sûre que Nina me fait marcher. En quoi les impôts sont-ils vraiment si différents de ce que fait le grand Arthur ? Et puis, j'ai du mal à croire que le gouvernement prend de l'argent aux gens et que les gens ne disent rien. En France, on a quand même coupé la tête au roi il y a... il y a très longtemps. C'est Nina elle-même qui m'a expliqué.

Nous mangeons notre dîner dans le calme. Maman préfère que nous évitions les sujets qui peuvent entraîner des disputes. Elle nous sert des endives au jambon – je n'aime pas trop ça, mais je sais qu'il y a de la tarte aux pommes en dessert, et maman risque de m'en priver si je me plains trop. Alors, je mâche mes endives au jambon en silence. Quand la tarte est enfin posée au milieu de la table du salon et que ça sent bon les pommes chaudes, papa s'écrie :

— Mais ! Il est huit heures moins cinq ! On va tout rater !

Il fonce vers la télécommande.

— Hé ! Quand je veux mettre *Beverly Hills* à table, j'ai jamais le droit ! s'énerve Nina.

— Chut ! la gronde maman.

Deux hommes apparaissent à l'écran. Ils portent des cravates, comme papa quand il va au travail, et ont l'air vieux, plus vieux que papa. Derrière eux, un écran violet, avec une silhouette floue. Ils ont lancé un décompte, comme le soir du Nouvel An. L'an dernier, papa et maman m'ont réveillée pour que je regarde avec eux, c'est comme ça que je le sais. Je devine que tout ça a un rapport avec le chef de la France. Ça ne m'intéresse pas vraiment, et pourtant, je n'arrive pas à décoller mes yeux de l'écran.

Je compte avec eux. L'homme avec la cravate à pois se trompe, il passe direct de quarante-six à quarante-huit. Je fronce les sourcils. Normalement, les gens qui passent à la télé doivent mieux compter que les élèves de CP, non ? Moi, je suis bien capable de compter jusqu'à cinquante sans me tromper. Quand il arrive à cinquante et un, son ami, qui a une cravate orange, l'interrompt pour changer de sujet et dire quelque chose sur Louis-Napoléon Bonaparte. Valérie nous en a vaguement parlé, mais elle a dit qu'on l'étudierait plus tard. Tout ce que j'ai retenu, moi, c'est que Louis-Napoléon Bonaparte a vécu il y a longtemps. Alors pourquoi on nous embête avec ça pour le chef de la France qu'on choisit maintenant ?

Papa retient son souffle. La photo d'un monsieur avec pas beaucoup de cheveux, avec le numéro « 52 » dessous, apparaît à l'écran – ça doit être pour ça que les présentateurs n'ont pas compté au-delà de cinquante et un. Quand Valérie nous a parlé de monsieur Chirac et monsieur Jospin, elle ne nous a pas montré de photos, je ne suis donc pas plus avancée. J'ai compris que l'un des deux avait gagné, mais je ne sais pas lequel.

— Haha ! lance papa, tout joyeux.

Alors je comprends que le monsieur avec pas beaucoup de cheveux doit être monsieur Chirac. Maman a l'air contente, aussi. Nina lève les yeux au ciel, mais ne fait aucun commentaire.

— Papa, ça veut dire quoi « cinquante-deux » ?

— Il y a cinquante-deux pour cent des électeurs qui ont voté pour Chirac.

— D'accord, je réponds.

En réalité, je n'ai rien compris. « Cinquante-deux pour cent », je ne sais pas ce que ça veut dire. Le doute devait s'entendre dans ma voix parce que papa a précisé :

— En gros, tu prends cent personnes. Ben, sur ces cent personnes, cinquante-deux ont voté pour Jacques Chirac, et quarante-huit pour Lionel Jospin. Tu sais que cinquante-deux est plus grand que quarante-huit ?

— Oui, bien sûr. Je suis pas bête.

— Je suis content qu'ils t'apprennent quand même des trucs dans ton école. Donc, Chirac a eu plus de voix.

— C'est quoi une voix ?

— C'est quelqu'un qui vote pour notre président.

— Ah.

Je suis perdue. C'est vrai que cinquante-deux est plus grand que quarante-huit, mais la différence n'est pas non plus gigantesque, et je sais qu'il n'y a pas tant de gauchers en France que ça. J'ai envie de poser la question à papa, mais je me tais.

Avant de me coucher, maman passe dans la chambre me lire un passage de *Matilda*. C'est un de mes livres préférés. Maman me l'a déjà lu trois fois, mais j'aime beaucoup trop l'histoire pour la laisser me lire autre chose. Une petite fille surdouée qui finit par avoir des superpouvoirs. J'aimerais tellement être Matilda, mais je ne suis pas surdouée et je n'ai pas de superpouvoirs.

Quand je commence à piquer du nez, maman me borde et je m'endors en serrant contre moi Fantômas, ma pieuvre en peluche bleue. J'ouvre légèrement les yeux quand Nina se couche. Elle allume la lumière de la chambre et j'entends l'échelle du lit superposé grincer quand elle monte. Elle ne fait pas vraiment d'efforts pour ne pas me réveiller, celle-là. J'essaie de lui dire « bonne nuit », mais je suis trop fatiguée.

Quelques heures plus tard, je suis réveillée par un cr

2005

— Tu vas arrêter de faire la gueule, oui ? D'autres sont allés à l'école avant toi et y ont survécu ! Tu croyais quand même pas que les vacances allaient durer toute ta vie ? s'énerve maman.

Toute ma vie, non. Mais le plus longtemps possible, oui. Plus on grandit, plus le temps passe vite. C'est logique, finalement : il y a dix ans, une année représentait un dixième de ma vie. C'est un seizième aujourd'hui, presque un dix-septième. Je n'ose même pas imaginer à quel point des vacances de deux semaines me paraîtront courtes dans dix ou vingt ans.

Mes vacances d'hiver n'ont jamais rien d'exceptionnel. Juliette, qui est dans ma classe, a des parents très riches, et ses vacances ressemblent toujours à une brochure d'agence de voyages. Les Maldives par-ci, le ski par-là. Elle en revient couleur chocolat au lait, avec une ribambelle de nouveaux vêtements achetés sur place. « Oh ça ? C'est la dernière mode à Hawaï ». Comme dans *Le gendarme de Saint-Tropez*.

Je ne peux pas rivaliser avec Juliette. Au mieux, je vais voir papa, Claire et Ghislain, ou alors, je rends visite à mémé, ma grand-mère paternelle, qui habite en Vendée. L'été dernier, il y avait encore les cousins, et on s'y amusait bien. Maintenant, les plus jeunes d'entre eux sont majeurs, ils n'ont plus le temps. En tant que benjamine, je me suis retrouvée toute seule. J'aime beaucoup mémé, mais elle commence à être âgée. Elle est fatiguée et dort beaucoup. Alors, cette fois-ci, je suis restée dans l'appartement parisien, à bouquiner, ce qui ne me gêne absolument pas.

— Mais arrête, à la fin ! Tu devais t'ennuyer toute seule avec tes bouquins ! Là, tu vas retrouver tes copines ! Mais bon sang, où sont mes clés ?

C'est justement ça, le problème.

Il n'y a pas de « mes copines ». Il n'y a qu'Anne. Nous étions les meilleures amies du monde, en primaire — puis nous avons été séparées au collège, avant de nous retrouver au lycée. C'était une explosion de joie dans la cour de récréation. Nous nous sommes embrassées, nous avons promis de ne jamais nous quitter. Nous n'avions besoin de personne d'autre, tant que nous étions ensemble. Les autres gravitaient autour de nous, nous communiquions avec eux, mais nous étions dans notre bulle. Nos camarades nous appelaient « Elviranne », ils parlaient de nous comme d'une seule entité, à tel point qu'ils ont fini par avaler le « et ». Ce n'était plus « Est-ce qu'Elvira et Anne viennent ce soir ? », c'était « Est-ce qu'Elviranne viennent ? ».

Avant Anne... Je n'étais pas un souffre-douleur, pas exactement. Simplement, s'appeler Elvira et être ronde n'est pas une bonne idée dans une société où Elle et Vire est une marque de beurre. Depuis qu'Anne a réapparu dans ma vie, plus personne ne se moque de moi. Anne est le genre de fille qui est populaire malgré elle.

Mais juste avant les vacances, tout a basculé. Anne et moi, on a arrêté de se parler. Maman l'ignore, et je ne compte certainement pas la mettre au courant. Si je lui raconte, elle me demandera pourquoi nous ne sommes plus amies, et je ne peux même pas envisager de lui expliquer. Elle ne le comprendrait pas.

Qu'est-ce qui m'attend maintenant, très exactement ? Un océan interminable de chaises occupées par des élèves avec lesquels j'ai à peine échangé quelques mots. Des classes dans lesquelles je vais me frayer un chemin, à chercher un endroit où m'asseoir, à entendre « Non, désolé, la place est prise », et à finalement choisir une place isolée, au fond. Des regards qui vont soit me considérer avec pitié, soit se détourner. La tête de momie aux yeux globuleux de madame Tyran, la bien nommée prof de physique-chimie, me paraissait supportable quand nous pouvions en rire avec Anne, mais maintenant, elle ne sera plus qu'une vieille sorcière qui me criera dessus, et il n'y aura personne pour me défendre.

Depuis que je suis entrée au lycée, je n'ai eu besoin que d'une seule personne. Le problème, dans ce genre de plan foireux, c'est que si cette personne nous abandonne, il ne reste rien.

Et si — mon estomac se noue à cette pensée — Anne a raconté partout *pourquoi* nous n'étions plus amies ? Les autres se sont forcément posé des questions. Anne y a-t-elle répondu ? Si j'ai de la chance, je finirai mon année de Première sous une cape d'invisibilité. Sinon…

Je peux survivre aux « Elle et Vire » et compagnie. J'ai l'habitude qu'on se moque de mon poids. Mais je ne veux pas de… d'autre chose.

— T'as raison, maman. J'ai hâte de revoir Anne.

Un mensonge pour me débarrasser de maman. Elle finira bien par découvrir la vérité, un jour. Elle me demandera pourquoi Anne ne vient plus à la maison.

— Et puis, tu pourras montrer à tout le monde ton portable tout neuf !

« Tout neuf », c'est une façon de voir les choses. Je n'arrêtais pas de supplier maman pour avoir un portable, toutes les filles du lycée en ont un. Alors, papa, qui cherche encore des moyens de se faire pardonner, m'a donné le sien, vu qu'il comptait s'en acheter un autre. Un Nokia 3310. Le genre de téléphone qui était à la mode il y a deux ans. Je ne peux rien dire — nous ne roulons pas sur l'or, et ça reste un portable. « Avec ça, tu peux appeler trois numéros du même opérateur que toi gratuitement ! C'est bien l'opérateur d'Anne, non ? »

Il y a un mois, j'aurais donné n'importe quoi pour avoir un portable, pour pouvoir bavarder avec Anne depuis ma chambre, sans utiliser le fixe. Maintenant, je me demande à quoi ce téléphone pourra bien me servir. Qui vais-je appeler ? Je pourrai envoyer un SMS aux délégués pour avoir les résultats des conseils de classe. Ce sera l'étendue de ma vie sociale.

— Me... flûte à la fin ! Où sont ces fichues clés ?

Je ricane intérieurement de l'obsession de maman à ne pas dire de gros mots devant moi. Ça avait du sens quand j'avais huit ans, beaucoup moins maintenant que j'en ai seize. Si elle savait tout ce que j'entendais au lycée ! « Merde », c'est encore ce qu'il y a de plus distingué.

— Elles sont peut-être dans le frigo, comme l'autre fois ?

Il y a deux mois environ, maman a rangé ses clés dans le frigo. Elle a appelé ça son « cerveau de ménopause ». Elle m'a expliqué que les femmes enceintes font des choses bizarres, comme ranger leurs clés n'importe où. Et pour les femmes ménopausées, c'est pareil, pour des histoires d'hormones. Je prends quand même ce qu'elle me raconte avec des pincettes. Après tout, maman est femme de ménage, pas médecin.

J'entends le bruit de la porte du frigo, puis un tintement. Les clés étaient bien dedans. Maman ne fait aucun commentaire, elle doit sûrement avoir honte. La prochaine fois que je perdrai un objet, je pourrai lui dire « au moins, je ne l'ai pas rangé dans le frigo ».

— Merci, Kris, me répond-elle d'une voix distraite.

Je manque de m'étouffer avec mes Golden Grahams.

— Maman, moi c'est Elfe !

Comment peut-elle se tromper ainsi de prénom en s'adressant à moi ? Je pourrais comprendre qu'elle me confonde avec Nina — la fille parfaite qui doit occuper son esprit à longueur de journée. Mais avec Kris ?

— Oui, bien sûr, Elfe. Excuse-moi, trésor, je suis fatiguée.

Je hausse les épaules et continue de mâcher mes céréales sans grand plaisir.

Après avoir fini mon bol, je fais la bise à maman et me dirige vers le lycée. C'est à ça que ma vie va ressembler : Golden Grahams, lycée, devoirs, dodo. La Première S est loin d'être une partie de plaisir, surtout pour moi qui ne suis qu'une littéraire frustrée. Je rêve d'être écrivaine, et maman m'oblige à obtenir un bac scientifique. Tout ça parce que « moi, j'ai pas eu cette chance, et regarde maintenant, je suis femme de ménage depuis le divorce ». Comme si être femme de ménage, c'était mal. C'est un boulot comme un autre.

Personne ne semble faire attention à moi quand je

pénètre dans la salle de classe. Les autres continuent de discuter. Anne est assise à côté de Soraya et pour elles, je semble aussi intéressante qu'un portemanteau. En un sens, c'est positif : ça veut dire que rien n'a été ébruité. Quand Anne me racontait des secrets, elle ajoutait toujours : « Mais tu le répètes à personne hein, même si un jour, on n'est plus amies ! ». Comme si elle savait déjà que notre amitié avait une date de péremption. Je n'ai rien répété. C'est peut-être un accord tacite entre nous ; tant que je ne dis rien, elle ne dira rien non plus. Et de toute façon, à qui irais-je répéter quoi que ce soit ?

La voir discuter de façon si animée avec Soraya, à qui elle n'a pas prêté attention ces deux dernières années, me blesse. J'ai été remplacée, jetée comme un vieux Kleenex. Moi, je n'arrive plus à trouver mes repères, et Anne me remplace. Je m'assois au fond, derrière elles. Mon regard s'arrête sur les Converse rose fuchsia aux pieds de mon ex-meilleure amie. J'ai les mêmes, en bleu. L'an dernier, nous y avons accroché un *pin's*, un de ceux qui se séparent en deux, un cœur avec un tag « BFF » écrit à l'intérieur. J'ai laissé ma moitié, je n'ai pas pu me résoudre à la retirer. À la place de la moitié d'Anne, il y a désormais la tête d'Avril Lavigne. Je suis fan, nous le sommes toutes les deux. Pourtant, en cet instant, je n'ai plus envie d'écouter sa musique.

Depuis septembre, nous avons deux heures de physique-chimie le lundi avec la vieille Tyran, qui est aussi notre prof principale : une façon positive de commencer la semaine. Deux heures à regarder ses yeux de truite desséchée et sa bouche déformée expliquer la chimie organique.

Elle nous dit à peine bonjour, elle ne nous pose aucune question sur nos vacances. C'est bon pour les autres profs, les « gentils flics », mais la vieille Tyran ne se donne pas cette peine. Personne ne croira jamais qu'elle est gentille, alors, elle ne perd pas son temps à essayer de faire semblant.

— J'ai une information pour les LV3 russe.

Nous sommes une dizaine à lever les yeux de nos cahiers.

— Madame Arditti est absente jusqu'à nouvel ordre. Les cours seront désormais assurés par monsieur Melnikov.

Un murmure abasourdi parcourt la classe.

— Est-ce que c'est vraiment nécessaire de bavarder ? s'exaspère la vieille Tyran.

— Mais madame, ose Gustave, elle a quoi, madame Arditti ?

— Non pas que ce soient spécialement vos affaires, monsieur Pochard, mais madame Arditti est en arrêt maladie à durée indéterminée. Ça veut dire qu'on ne sait pas quand elle reviendra.

Elle nous prend pour des cons ou quoi ? Elle pense vraiment qu'on sait pas ce que « durée indéterminée » veut dire ?

Je comprends pourquoi Gustave est déçu. Arditti, à peine la trentaine, vient souvent en cours en minijupe et en talons aiguilles. Les garçons se battent toujours pour s'asseoir au premier rang et regarder ses longues jambes croisées sous son bureau, façon *Les sous-doués passent le bac*. Je me demande pourquoi elle est en arrêt maladie, elle semblait pourtant en bonne santé. Une de ces dépressions dans l'éducation nationale dont on entend parfois parler à la télé, sans doute. Mais peu importe, finalement. J'attends avec impatience les cours de russe. Anne, elle, fait du latin. Ce seront les seules heures de la semaine où je ne verrais ni son visage, ni son dos, ni ses cheveux blonds.

Ça me va.

2013

Les romans tels que *Le jeu de la dame* de Walter Tevis essaient de nous faire croire que les parties d'échecs sont captivantes pour tout le monde, y compris pour les non-initiés. C'est faux. Ce n'est pas comme du foot, où on se retrouve dans le feu de l'action même quand on ne connaît pas les règles. En matière d'échecs, il y a les passionnés et il y a les autres. Quand on n'est pas passionné, rien n'est plus pénible à regarder.

Quand Charles me propose de venir le soutenir à son tournoi, je fais instinctivement la moue.

— T'as pas envie ? me demande-t-il.

Je cherche des excuses : « Je dois préparer mon cours », « Je dois avancer sur mon roman », « J'ai prévu d'aller voir ma mère », « Je dois déjeuner avec

Prune », « Nina m'a demandé de faire du baby-sitting ». Puis je me reprends. Charles a besoin de moi. Il a religieusement annoté les quinze premiers chapitres de mon manuscrit *La patience des bas-fonds* alors qu'il déteste lire tout ce qui n'est pas un manuel d'échecs. Je peux bien lui accorder un après-midi de torpeur à regarder des joueurs assis tête baissée devant leur échiquier.

— Si, si. J'avais prévu d'écrire un peu, mais ton tournoi est plus important. Bien sûr que je viendrai.

De toute façon, je n'aurais pas écrit, j'aurais procrastiné, mais je n'en dis rien à Charles. Il me demande toujours comment avance mon roman. « Je suis bloquée ! », j'ai envie de hurler. Parfois, trop de soutien tue le soutien.

Il semble satisfait et vient me déposer un rapide baiser sur les lèvres.

— T'es un amour, chaton. On ira sans doute boire un verre avec les autres après le tournoi. Je t'offrirai un cocktail.

« Sauf si je perds ». Il ne précise pas, mais je sais que s'il perd, il ne sera de toute façon pas d'assez bonne humeur pour boire un verre. Je n'aurai donc droit à mon cocktail que s'il gagne, ou fait un match nul, ce qui a une assez forte probabilité de se produire. Charles est très doué. Mais à un niveau élevé, en échecs, les parties se terminent en « nulle » plus ou moins tout le temps. Contrairement à ce qu'a essayé de nous faire croire *Le jeu de la dame* où les parties nulles semblent être le sort… des nuls.

De toute façon, est-ce que j'ai vraiment envie de passer du temps avec ses amis, à ressasser les parties interminables ? Pas tellement. En revanche, j'ai envie d'un spritz.

— Tu n'es pas obligée de venir dès le début. Je serai concentré, je ne te verrai pas. Tu viens quand tu veux.

Voilà qui donne envie. Il me demande de venir le soutenir, et il ne me verra même pas.

Il fait frais dehors. Les températures de ce mois de mai sont nettement en dessous des normales de saison, et pour compenser, la salle est surchauffée. Je suis arrivée vêtue d'une robe-pull bleue et de bottes. Je transpire à grosses gouttes. Je maudis ma décision stupide d'avoir enfilé une robe-pull sans me renseigner sur la température de la salle au préalable. Dans un univers alternatif, une Elvira qui me ressemble en tout point retire son pull pour révéler un débardeur qui laisse respirer ses épaules. Mais je ne peux décemment pas retirer ma robe.

J'ai emporté dans mon sac à main *La vérité sur l'affaire Harry Quebert*. L'anse du sac me cisaille l'épaule et je déteste Joël Dicker d'avoir écrit un pavé pareil, même s'il est passionnant.

Et pourquoi diable ai-je choisi des chaussures à talons ? *Je suis allée voir d'autres tournois auxquels Charles participait, pourtant ! Et on ne peut pas vraiment s'asseoir !* La première fois, j'ai naïvement pensé que l'action —

si l'on peut s'exprimer ainsi — était diffusée sur des écrans, qu'on pouvait s'installer sur une chaise et bouquiner tout en y jetant un œil de temps en temps. Je me voyais dire à Charles « Oh, ce coup que tu as joué à la vingt-septième minute, c'était du génie ! », alors qu'en réalité, j'étais plongée dans un roman. Encore une désillusion.

Dans la réalité, les passionnés s'attroupent tous autour de la table des joueurs et les regardent réfléchir. Littéralement, car en général, aucun coup n'est joué pendant de longues minutes. Il y a bien des chaises, mais celles-ci sont disposées contre les murs. Si on s'assoit, on ne voit pas le tournoi.

J'observe quelque temps Charles en pleine réflexion. Je dois admettre qu'il est très beau, brun, barbu, avec des yeux verts — qu'on voit à peine, car ils sont baissés sur l'échiquier. Pour la première fois, son adversaire est une femme. Un point sur lequel Walter Tevis ne s'est pas trompé : le milieu des échecs est sexiste, et ça n'a pas beaucoup évolué depuis les années 1960.

Je cligne des yeux. Charles joue sans doute contre la plus belle femme du monde. Elle a le teint mat et de longs cheveux noirs. De là où je suis, je la vois mieux que Charles. Il est plus connu dans le milieu des échecs et davantage de gens se sont regroupés autour de lui. Elle a pourtant fait un effort considérable pour s'enlaidir, mais rien ne semble altérer son irrésistible magnétisme, ni ses lunettes à monture en corne qui lui donnent un air hipster, ni sa chemise de bûcheron. À vue d'œil, elle semble un peu plus jeune que nous : vingt-deux, vingt-trois ans peut-être.

J'aime Charles, mais en cet instant j'éprouve de la sympathie pour son adversaire. Elle doit se frayer un chemin dans un monde d'hommes. Pour y parvenir et être prise au sérieux, elle choisit de s'enlaidir pour se donner un air plus viril. Je jette un coup d'œil rapide aux autres tables — il n'y a pas une seule femme.

Mes pieds gonflent sous l'effet de la chaleur. Les talons sur lesquels je suis bêtement perchée n'aident pas. Pourquoi ai-je mis des talons ? Charles n'en a rien à faire de mon apparence. Il ne fait pas attention à la coquetterie. Si j'étais venue à son tournoi enveloppée d'un drap Ikea, il ne s'en serait même pas rendu compte. Et tous ces fous d'échecs ne m'inspirent rien. Charles est, de très loin, le plus séduisant de tous. J'ai mis des talons par pure vanité. Je ne suis peut-être pas la plus belle femme ici — ce titre revient à la mystérieuse adversaire de Charles — mais je peux aspirer à être la plus élégante. Ma respiration devient saccadée. Qu'est-ce qu'ils feront, si je tombe dans les pommes ici et maintenant ? En tout cas, le spectacle sera très intéressant à voir, à commencer par l'entrejambe de mon collant. Charles aura honte de moi, c'est certain.

Je reçois un texto de Prune. « Alors, tu te fais pas trop chier ? ». Si. Mais je n'ai pas envie de dire du mal de Charles. J'ai envie d'être une bonne petite amie qui le soutient dans ses centres d'intérêt, alors je m'abstiens de râler. Je répondrai à Prune plus tard, quand la chaleur se sera dissipée.

Je m'assois dans un coin de la salle quelques instants. Ça apaise mes pieds, et je ne crains plus de m'évanouir, mais je souffre toujours de la chaleur. Je n'arrive pas à me concentrer sur mon roman. N'y tenant plus, je sors me chercher un Ice Tea bien frais au distributeur, au rez-de-chaussée du bâtiment. Quand mes doigts se referment enfin autour de la boisson tant convoitée, je visualise déjà la première gorgée de liquide glacé qui glissera sur ma langue.

Deux jeunes garçons, qui doivent avoir dix-sept ou dix-huit ans, arrivent derrière moi.

— Hé, madame, t'es bonne !

Je soupire, même si une partie de moi, que je déteste, ne peut s'empêcher d'être flattée par leur intérêt.

— C'est gentil, les garçons, mais j'ai déjà un copain. Il joue aux échecs en haut.

— On s'en fout ! T'es qu'une grosse vache de toute façon !

Ils éclatent de rire. Je soupire à nouveau. Je suis passée de « bonne » à « grosse vache » en l'espace d'un instant. C'est le quotidien de toutes les femmes. À une époque, ces remarques sur mon poids m'auraient sans doute fait pleurer. Aujourd'hui, je me suis endurcie. J'ai l'habitude. Je sais que ma valeur ne se résume pas à ma capacité à défiler pour Karl Lagerfeld.

Je leur tourne le dos. Je ne veux pas perdre de temps à répondre à des abrutis comme eux.

— Hé toi là-bas ! Soit elle est bonne, soit c'est une vache, mais il faut choisir ! Ou alors, tu aimes niquer les vaches ?

Je me retourne. C'est une jeune femme qui a parlé, une brune. Les garçons continuent de ricaner, mais je vois qu'ils sont un peu plus mal à l'aise, qu'ils rient juste pour ne pas perdre la face. Ils s'éloignent de nous.

— Merci, je murmure à la jeune femme.

Je n'avais pas vraiment besoin qu'on me défende, mais je lui en suis reconnaissante. La plupart des gens auraient ignoré l'événement, ils auraient secoué la tête et marmonné « C'est pas bien, ça ». Pas elle.

— C'est normal, répond-elle.

Je lève les yeux vers elle. Elle est grande, au moins un mètre soixante-quinze. Je pousse un cri de surprise en voyant son visage. C'est la joueuse d'échecs de tout à l'heure, l'adversaire de Charles. J'hésite à l'encourager, à la féliciter d'avoir brisé le plafond de verre. Mais que fait-elle ici si la partie n'est pas terminée ?

2023

Madame Constant,
Je travaille au service communication de la RAAF (Rencontre Annuelle des Autrices Francophones). Nous souhaitons vous convier à notre prochaine édition et vous proposer de prendre part à la Table ronde sur le thème : « La représentation des relations homosexuelles dans les romans ». Vous y participerez aux côtés de deux autres autrices de la communauté LGBTQIA+ dont vous avez sans doute entendu parler, C.C. Kristaux et Fifi Desmoulins. Cette table ronde se tiendra le vendredi 14 avril à 14h.
Si vous êtes intéressée, merci de bien vouloir me rappeler au 07.03.16.90.01.
Olympe Manfred
Directrice communication de la RAAF

Je reste bouche bée devant ce mail. Évidemment que j'ai entendu parler de C.C. Kristaux et Fifi Desmoulins, mais à aucun moment je n'ai imaginé que nous puissions fréquenter les mêmes lieux, à part si je les approchais timidement au cours d'une séance de dédicaces. Fifi est la célèbre créatrice des aventures de Stefan l'Éléphant, un éléphanteau élevé par deux mères. Ce sont des livres que je vais sans doute acheter pour Alexandra quand elle apprendra à lire.

À mon époque, les enfants étaient de vrais hypocrites. Quand j'étais en primaire et que je jouais à la famille avec Marjolaine et Anne, celle qui jouait l'enfant avait toujours deux mamans, simplement parce qu'aucune de nous ne voulait endosser le rôle du papa. Quand je suis arrivée au collège, « sale gouine » ou « sale pédé » étaient devenues les pires insultes dans la cour de récré. Je compte sur la plume de Fifi Desmoulins pour que l'enfance et l'adolescence d'Alex se déroulent différemment, et que personne ne se moque de ses deux mamans.

Quant à C.C. Kristaux, de son vrai nom Camilla Capucine Kristaux, elle est hors du commun. Elle est encore si jeune — je crois qu'elle a vingt-trois ou vingt-quatre ans — mais elle a une maturité d'écriture impressionnante. Elle a été révélée à la suite de la pandémie de covid-19, grâce à son roman *Très chères voisines*. La période qui a suivi le confinement a été épuisante pour les nouveaux auteurs. Beaucoup d'entre eux se sont essayés à la plume, par manque de distractions, et la plupart se sont brûlé les ailes. Les maisons d'édition se sont retrouvées submergées. Le patron de Gallimard a même demandé aux primo-romanciers d'arrêter d'envoyer des manuscrits. Toutefois, C.C. Kristaux, avec son livre sorti à l'occasion de la rentrée littéraire 2022, a tiré son épingle du jeu. Pour couronner le tout, elle a magnifiquement choisi ce pseudonyme : si androgyne et anglo-saxon, façon B.A. Paris, A.J. Finn ou même J.K. Rowling. J'aurais pu faire pareil, mais E.A. Constant, c'est difficile à prononcer et ce n'est pas joli.

En lisant son roman, j'ai compris son succès. Sa plume est puissante. Son histoire est incroyable. Dans ses interviews, elle ne dit jamais clairement si elle s'est, ou non, inspirée d'une histoire vraie. Aucun de mes petits romans auto-édités, qui oscillent péniblement entre 3,3 et 3,7 sur 5 sur les plateformes d'évaluation, ne peut rivaliser avec celui de C.C. Kristaux. Elle a été qualifiée par certains journalistes de « nouvelle Mélissa da Costa ».

Et cette Olympe Manfred qui me demande si je connais la RAAF ! Bien sûr que oui. Il ne se passe pas un soir sans que je rêve de participer à la RAAF, ne serait-ce qu'une seule fois. Mais les autrices auto-éditées n'y sont pas conviées, ou alors en tant que spectatrices. J'ai donc rangé ce rêve sur l'étagère recouverte de poussière des illusions de petite fille, destiné à être oublié à jamais. Il se trouve aux côtés de ses amis cachés dans l'abysse, comme Big Bong dans *Vice Versa*. Être publiée par une vraie maison d'édition réputée. Vivre de ma plume. Être reconnue. Gagner un prix Goncourt, ou même n'importe quel autre prix. Même un prix destiné uniquement aux romans auto-édités.

Et voilà que maintenant, ce sont eux qui me contactent pour que je participe à leur table ronde ! Je ne suis pas dupe. La rencontre a lieu dans quatre jours. La liste des autrices dignes de fouler leur moquette de leurs pieds doit être finalisée depuis plusieurs mois. Quelqu'un a dû se désister. Ils ont raclé les fonds de tiroir pour trouver une remplaçante, il fallait quelqu'un de suffisamment minable pour être disponible dans un délai aussi court. Mais peu importe, je ne suis ni assez célèbre, ni assez talentueuse pour laisser passer une occasion pareille, même si je ne suis que leur millième choix. Nina fête ses quarante-deux ans le 14, mais ce n'est que le soir — nous mangeons après le coucher du soleil pour que Mariam puisse se joindre à nous. Si la table ronde est dans l'après-midi, j'aurai largement le temps d'arriver chez elle. De plus, elle a toujours été très encourageante pour tout ce qui concerne mon activité d'autrice. Elle a même été la première lectrice de mes romans. Elle comprendra.

Je caresse machinalement Khaled qui s'est lové sur mes genoux entre-temps. Au moins, il n'a pas marché sur mon clavier pour envoyer une réponse inintelligible à Olympe Manfred.

— Qu'est-ce que t'en penses, minou ? J'y vais, on est d'accord ?

Il ronronne. Je prends ça comme un signe d'approbation.

Quand je vais raconter ça à Martin ! Auteur autoédité comme moi, mon meilleur ami, qui arrive un peu mieux à vendre ses romans, n'a encore jamais été invité à un événement officiel.

D'une main tremblante, je compose le numéro d'Olympe Manfred. Je me trompe plusieurs fois en pianotant sur mon iPhone. Je manque presque d'appeler un faux numéro. Et puis…

— Olympe Manfred, RAAF, j'écoute.

— Oui, bonjour, enchantée, madame Manfred, c'est Elvira Constant à l'appareil. Vous m'avez envoyé un mail au sujet de la conférence RAAF.

Une partie de moi s'attend à ce qu'Olympe Manfred ne voie pas de quoi je parle, ou éclate de rire. *T'es vraiment naïve, El. Prune t'a fait une blague, et tu tombes dans le panneau. Ce serait bien son genre.*

Ce serait même plutôt rassurant. Prune n'a plus trop la tête à rire depuis sa séparation d'avec Bruno, et un canular de ce genre serait un signe qu'elle reprend du poil de la bête. Il me fendrait un peu le cœur, mais qu'importe.

— Mais bien sûr, madame Constant, tout à fait ! Ravie que vous m'ayez rappelée.

— Vous pouvez m'appeler Elvira.

— Avec plaisir ! Et vous, bien sûr, vous pouvez m'appeler Olympe. Vous êtes donc disponible pour notre table ronde ?

— Oui, bien sûr.

— Splendide, splendide ! Oh ! Quel soulagement, je ne vous raconte pas ! La personne qui devait participer s'est désistée au dernier moment. Un problème familial... Mais peu importe, peu importe, puisque vous êtes là !

J'apprécie son honnêteté. Au moins, elle m'annonce d'emblée que je ne suis pas leur choix idéal. Je préfère qu'il en soit ainsi. De toute façon, si elle avait prétendu qu'elle était ma plus grande admiratrice, je ne l'aurais pas crue. Je suis lucide envers mes romans et leur popularité. Je ne suis pas détestée, mais je n'ai pas vraiment d'admirateurs.

— Vous habitez bien en région parisienne ?

— Euh, oui. À Clamart.

— Merveilleux ! Évidemment, nous aurions couvert les frais pour vous faire venir si ça n'avait pas été le cas, mais ça simplifie les choses.

— Je vous avoue que je n'ai pas vraiment l'habitude de ce genre d'événement... Vous allez m'envoyer quelque chose ? Une liste des sujets abordés ?

— Ne vous inquiétez pas, je me charge de tout ça. Est-ce que vous souhaitez venir accompagnée ?

— C'est-à-dire ?

— Vous avez peut-être un attaché de presse, ou quelqu'un qui s'occupe de vos réseaux sociaux. Vous aimeriez qu'il soit présent pour reprendre vos meilleures *punchlines* !

Elle éclate de rire. J'ai les joues en feu.

— À vrai dire… non, ces trucs-là, ce n'est que moi. Mais… est-ce que je pourrais inviter ma femme ? Si elle peut se libérer, je lui ai pas encore proposé. C'est mon roc… J'aimerais beaucoup qu'elle soit là.

— Mais naturellement ! Puis-je avoir le nom de votre femme pour lui faire un badge ?

— Je ne suis même pas sûre qu'elle peut venir…

— Peu importe ! Si elle ne peut pas se libérer, vous me préviendrez, voilà tout.

— Euh… d'accord. Elle s'appelle Mariam Messaoudi. M-A-R-I-A-M, plus loin, M-E-S-S-A-O-U-D-I.

J'ai presque envie de demander un badge pour Martin également, je suis sûre qu'il serait ravi d'assister à ma prestation. Mais je me ravise. Il habite à Bruxelles, ce ne serait pas si facile pour lui de se libérer et de prendre un train à la dernière minute — même s'il est capable de faire n'importe quoi pour ses amis. Et je ne voudrais pas abuser de l'hospitalité d'Olympe en invitant toute une smala.

— Merveilleux ! Je vous envoie toutes les modalités par mail. Et surtout, si vous avez d'autres questions, n'hésitez pas à m'appeler, je suis disponible. À n'importe quelle heure du jour et de la nuit, vous m'entendez ? Je sais que c'est un peu du *last minute* pour vous. Nous nous excusons pour ça. Je tiens à vous rendre les choses aussi agréables que possible.

Après ma conversation avec Olympe, j'appelle immédiatement Mariam, en priant pour qu'elle ne soit pas en consultation. J'ai de la chance, car elle décroche au bout de deux sonneries.

— Oui, mon cœur ? Tout va bien ?

— Oui, ne t'inquiète pas. Dis-moi, j'ai reçu un mail de la RAAF...

— La Rencontre Annuelle des Autrices Francophones ? Cette RAAF-là ?

En quelques mots, Mariam me rappelle pourquoi je l'aime à ce point. Je n'ai rien besoin de lui expliquer, elle se souvient de tout. Et dans sa voix, j'entends immédiatement qu'elle est impressionnée. Mon cœur se gonfle de fierté.

— Oui... Ils veulent que je participe à une table ronde pour eux. Un truc pour autrices LGBTQIA+... C'est vendredi aprèm. C'est probablement stupide mais... J'aimerais bien que tu m'accompagnes. Si tu le peux, bien sûr. Je sais que tu as des patients...

— Ne dis plus rien. Je vais demander à Inez de prendre mes rendez-vous, c'est son jour de congé. Si jamais elle n'est pas dispo, j'annule tout.

Je me mords la lèvre pour chasser de mon esprit l'image de l'associée de Mariam, une grande brune avec des jambes interminables. À elles deux, Mariam et Inez forment probablement le duo d'ophtalmologues le plus sexy de la région parisienne. La première fois que j'ai exprimé de la jalousie envers Inez, ma femme a éclaté de rire : « Tu sais qu'Inez est hétéro, pas vrai ? Une hétéro pure et dure. Elle a un mari, elle a un fils. Franchement, même si j'avais envie de la draguer — et je n'en ai aucune envie — elle me trouverait trop bizarre ». Je n'ai pas répondu. J'aurais pu, pourtant. *Moi aussi, je me sentais hétéro quand tu m'as rencontrée. Mais un seul regard de toi et j'ai compris que je me mentais à moi-même.* Mais je n'ai pas voulu provoquer de dispute.

— Mais non, Mariam… Les gens prennent rendez-vous chez l'ophtalmo des mois à l'avance. Tu peux quand même pas tous les annuler.

— Je me démerderai, t'inquiète pas. Au pire, je travaillerai un soir. Tu te rends compte, mon cœur ? La RAAF ! Il y aura du beau monde, là-bas ! Ce sera peut-être ton moment ! Le jour où tout va basculer et où tout le monde se rendra compte à quel point ce que tu fais est génial !

J'en doute. Les gens ne vont pas découvrir comme par magie que je suis autre chose qu'une écrivaillonne. Mais si jamais c'est le cas… je ne peux pas laisser passer cette occasion.

Tout à coup, mon cœur se serre.

— Alex… J'avais complètement oublié. Il n'y a pas crèche le vendredi. J'étais censée la garder, vu que mes élèves n'ont pas cours…

Parfois, j'aimerais que nous soyons un couple normal qui puisse faire garder leur enfant par les grands-parents. Mais ce n'est pas une option. Mes parents ne sont pas en état et ceux de Mariam ne lui adressent plus la parole à cause de leurs idées d'un autre siècle.

— Mon cœur, calme-toi. On trouvera une solution, d'accord ? Hors de question que tu loupes ça. C'est bien trop important.

— Mais quelle solution ! Tu sais bien que nos parents…

— Pierrick ? Il ne travaille peut-être pas vendredi, si ? Au pire du pire, on réservera une garde d'enfants sur l'appli. Il y a toujours des solutions, d'accord ?

J'acquiesce, puis je réalise qu'elle ne me voit pas, alors je murmure :

— Oui. T'as raison, comme toujours.

Mon iPhone vibre sur le set de table bleu où je l'ai posé. Une notification Instagram apparaît.

« fifidesmoulins_autrice a commencé à vous suivre. »

Mon cœur bat à tout rompre. Fifi Desmoulins en personne a jugé que mon petit compte Instagram, qui compte à peine huit cents abonnés, méritait d'être suivi ! Et si Mariam avait raison ? Si aujourd'hui était vraiment « le jour où tout va basculer » ? Le premier jour du reste de ma vie, comme dans le roman de Virginie Grimaldi ?

1995

— Nina, t'es réveillée ?

J'entends du bruit au-dessus de moi, puis une lumière s'allume. Je vois le bas du pantalon de pyjama de Nina, celui qui est imprimé *Tortues Ninja*, qu'elle cache chaque fois que sa copine Pauline vient dormir à la maison. (Je ne sais pas pourquoi, c'est génial, les Tortues Ninja.)

Je vois ses doigts de pieds sur le barreau de l'échelle, avec leur vernis écaillé. Elle descend rapidement, comme une araignée, et se penche au-dessus de moi.

— Ne t'inquiète pas, Elfe, je suis sûre que tout va bien. Maman a dû voir une souris ou un truc comme ça.

— Beurk !

— Arrête de te conduire comme un bébé, c'est trop mignon, les souris. Je vais voir, d'accord ? Reste ici et rendors-toi.

— Fais attention.

— Sois pas bête.

Je fixe la tête de Donatello imprimée sur le dos de son t-shirt et la regarde s'éloigner. J'écoute attentivement. Il y a des murmures : les voix de papa et maman, puis celle de Nina. Ça me calme, ça veut dire que personne n'est mort.

Nina met longtemps à revenir. J'ai presque envie d'aller les voir, mais j'ai peur des monstres sous le lit. J'ai six ans et neuf mois, je suis trop grande pour demander à maman de les chasser quand elle vient me border, mais ça ne veut pas dire qu'ils ne viennent plus. Je suis sûre qu'ils vont m'attraper la cheville la seconde où je sortirai du lit. Ils ne touchent pas à Nina, parce que c'est presque une adulte. Ils ne mangent que les enfants.

***

C'est maman qui me réveille. Il est l'heure d'aller à l'école. J'ai du mal à ouvrir les yeux : j'ai mal dormi cette nuit.

Mais oui ! Le cri ! Je me suis rendormie avant que Nina ne revienne pour tout me raconter !

Papa est déjà assis dans la cuisine avec une tasse de café devant lui. Maman me donne un yaourt. Nina boit son jus d'orange. Elle a l'air de faire la tête. Elle fait la tête tous les matins, c'est vrai, mais ça semble pire aujourd'hui. Nos parents se conduisent comme d'habitude. Personne ne parle du cri. Personne ne parle tout court, à vrai dire.

Il faut que je dise quelque chose.

— Nina et moi, on a entendu un cri, cette nuit.
Silence.

— Ben alors ? Vous dites rien ?

Silence. Nina tousse et échange un regard avec papa.

— Non, Elfe, j'ai rien entendu, me répond-elle. T'as dû faire un cauchemar.

— C'est pas vrai ! Je sais ce que j'ai entendu. Ça a crié, même que tu t'es levée pour aller voir. T'es restée longtemps là-bas et je me suis rendormie. Mais j'ai bien entendu un cri !

— Oh, ça suffit, oui ! s'énerve papa en tapant sa tasse à moitié vide contre la table. Écoute ta sœur. Si elle te dit que t'as fait un cauchemar, ça doit être vrai, non ? Pourquoi est-ce qu'elle mentirait ?

Je n'ai pas envie de me faire disputer davantage, alors je laisse tomber. Mais je ne comprends pas. Je n'ai peut-être que six ans et neuf mois, mais je sais faire la différence entre entendre un cri dans un rêve et entendre un cri dans la réalité. Il y a eu un cri. J'ai parlé avec Nina. Ma sœur ment, et mes parents aussi. Pourquoi ?

***

— Moi, je pense que tes parents sont en train de divorcer et qu'ils veulent te le cacher ! Enfin, jusqu'à ce qu'ils soient prêts à te le dire, quoi.

Je fronce les sourcils. J'aime bien Marjolaine, mais parfois, elle raconte n'importe quoi.

— C'est quoi divorcer ? demande Anne en mâchant son chewing-gum la bouche ouverte.

Je suis contente qu'elle ait posé la question. Moi non plus, je ne sais pas ce que ça veut dire, mais je sais que Marjo se moquera de moi si je demande. Au moins, comme ça, elle se moque d'Anne et pas de moi. Ce n'est quand même pas très gentil, mais je préfère.

— T'es bête ou quoi ? C'est quand ton père et ta mère décident qu'ils veulent plus vivre ensemble.

Je suis sûre que Marjo nous raconte des histoires. Comment c'est possible ? Un papa et une maman sont obligés de vivre ensemble. C'est un peu comme leur travail, en quelque sorte. Valérie, elle va bien à son travail de maîtresse tous les matins. Les parents, c'est pareil, ils doivent faire leur travail de parents. Je vois qu'Anne a du mal à la croire, car Marjo ajoute :

— C'est ce qui est arrivé à mes parents.

— Quoi ? s'écrie Anne.

— Eh ouais. Je ne vis plus qu'avec ma mère et mon frère. On va voir papa le week-end. Il vit avec sa *peute*, maintenant.

— C'est quoi une *peute* ?

— Oh ça, j'avoue, je sais pas trop, admet Marjo. C'est comme ça que maman parle de la copine de papa. Mais elle est grande, blonde et mince, donc j'imagine que ça veut dire « femme grande, blonde et mince ».

— Je savais pas qu'il y avait un mot pour ça, dit Anne.

— Il y a des mots pour tout et n'importe quoi. C'est même Valérie qui le dit. La langue française est très riche.

— Les filles ! je les appelle. Vous pouvez pas vous intéresser un peu à mon problème ?

— Quoi ? C'est bon. Tes parents vont divorcer, voilà.

— Pardon Marjo, mais je crois vraiment pas que ce soit ça. Pourquoi un cri ?

Mon amie ne répond rien. *Ah ça, je t'ai cloué le bec.* Son histoire de divorce, c'est n'importe quoi. Pourquoi un cri ? Pourquoi Nina me cache des trucs ? Il se passe des choses étranges chez moi. Marjo croit souvent qu'elle sait tout mieux qu'Anne et moi. Tout ça parce que sa mère travaille tard et à l'école, on ne l'a vue qu'une fois, un samedi matin — une femme en talons aiguilles, avec de longs ongles et des lèvres très rouges. En général, c'est une ado qui récupère Marjo à l'école, et Marjo l'appelle sa « jeune fille », comme si on pouvait acheter une jeune fille chez Ed. Pourtant, Marjo n'a pas réponse à tout.

Comme si la discussion était terminée, Marjo sort son élastique de sa poche. Je sais déjà comment ça se passera : Anne et moi, on le tiendra, à nos chevilles, puis à nos genoux, et Marjo sautera. La fin de la récréation arrivera probablement avant que l'une de nous ne puisse essayer à son tour. Ça ne me gêne pas plus que ça. J'aurais préféré essayer de jouer au foot de toute façon, mais ce n'est que pour les garçons. Les filles n'ont pas le droit de jouer avec des garçons, et vice versa. C'est la loi de la cour de récré. Si on voit une fille et un garçon ensemble, on est obligés de dire qu'ils sont des amoureux et se moquer. J'ai bien vu ce qui s'est passé quand Hugo a proposé à Lucie de jouer aux billes avec lui.

Je me suis moquée avec les autres, bien sûr, mais c'était pour de faux. J'aurais bien aimé que Hugo me propose de jouer aux billes, à moi aussi. Ou au foot.

2005

Melnikov est nouveau dans notre lycée.

Je ne l'ai jamais vu, mais même sans ça, je l'aurais deviné. C'est le seul qui, en faisant l'appel pour la première fois, ne s'est pas arrêté sur mon nom en s'exclamant : « Mais vous êtes la sœur de Nina ! ». Oui, je suis bien la sœur de Nina. Mais si vous vous attendez à quelqu'un d'aussi doué qu'elle, vous vous mettez le doigt dans l'œil. Je n'ai pas de mauvaises notes, loin de là, surtout dans les matières littéraires. Mais Nina, elle, était forte en tout.

Heureusement, notre différence d'âge est trop grande pour que nous fréquentions en même temps les mêmes établissements. Sinon, je souffrirais également d'une comparaison physique. La sœur mince et la sœur grosse.

Même en apparence, Melnikov est différent des autres profs. Il est plus jeune. Habituellement, dans notre lycée, ils sélectionnent les enseignants grâce à leur ressemblance physique avec les grands-parents de Charlie et la chocolaterie. Melnikov paraît avoir trente-cinq ans, peut-être quarante, mais pas plus. Il a des yeux bleus, une mâchoire carrée, des lunettes rectangulaires, et s'exprime dans un français impeccable, mais avec un accent russe prononcé. Il est assez grand – je dirais, plus d'un mètre quatre-vingts. À côté des autres profs, il semblerait presque séduisant.

J'imagine déjà la conversation avec Anne : « Alors, le nouveau prof, raconte, il est beau ? ». Puis, je me souviens qu'Anne ne me parle plus. Parfois, j'oublie, je vaque à mes occupations, j'ai presque l'impression d'être heureuse, et puis… je me rappelle. Et quand ça se produit, c'est comme revivre cette soirée une nouvelle fois. Son visage grimaçant, ses yeux effarouchés, sa voix choquée. « Mais qu'est-ce que tu fous, El ? ». Et moi qui tente de botter en touche, mais qui comprends, au fond, que rien ne sera jamais comme avant.

Son pin's Avril Lavigne, qui a pris la place du pin's BFF, en est la preuve.

« No place to go
To dry her eyes
Broken inside »

Mes yeux sont trempés, mais je me reprends. En

Première, fondre en larmes en plein cours s'apparente à du suicide social. Je suis déjà isolée. Reste invisible, El. N'attire pas l'attention. Concentre-toi sur le cours. C'est le seul moment où Anne n'est pas là. Alors, ne pense pas à elle. Plus qu'un an et demi à tenir. Ensuite, tu auras ton bac, tu iras à la fac, et tous ces ploucs ne seront plus là.

Je regarde les caractères cyrilliques danser devant moi quand la sonnerie retentit. Les élèves commencent à ranger leurs affaires.

— Mademoiselle Constant, vous pouvez rester deux minutes ?

J'ai envie de protester — « Mais monsieur, je vais être en retard ! » — pour ne pas énerver la vieille Tyran, mais une partie de moi veut découvrir ce que Melnikov me veut. Je prends mon sac et le rejoins à son bureau, tout en me rongeant les ongles. Je me dis que je n'ai rien fait, qu'il ne peut pas déjà m'engueuler.

— Vous êtes russe.

Ce n'était pas une question. Je me demande comment il le sait. Mon prénom « Elvira » n'a pas d'origine spécialement russe et mon nom de famille, « Constant », encore moins. Je suis tentée de répondre « non », et ça n'aurait même pas été un mensonge. J'ai la nationalité française. Mais les yeux bleus et vifs de Melnikov m'observent avec curiosité. J'ai envie de dire la vérité.

— Pas exactement, non. Mes arrière-grands-parents faisaient partie des Russes blancs qui ont immigré en France dans les années vingt. Ma grand-mère le parlait couramment… Ma mère le parle un peu. Moi, bof.

Je m'arrête là. Je ne précise pas que durant les trois dernières années de sa vie, Baba Nastia n'a quasiment parlé que russe. Elle ne reconnaissait personne — ni Nina, ni moi, ni même maman. En revanche, elle réagissait aux photos de samovars, de céramiques de Gjel, de pirojki au chou et à la viande. Elle réclamait sa mère. Quand j'avais quatorze ans — à quelques mois de son décès — elle m'a attrapé le bras et a crié :

— *Poslushaite ! Ved, esli zviozdy zajigaiut, znachit, eto komu-nibud nujno?*

Je n'ai pas compris. Au retour, j'ai interrogé ma mère dans la voiture.

— C'est un poème de Maïakovski, Elfe. Ça veut dire « Écoutez ! Puisqu'on allume les étoiles, c'est qu'elles sont à quelqu'un nécessaires ».

Soyons clairs : je n'ai jamais été sensible à la poésie. J'ai toujours trouvé que c'était une perte de temps, qu'il ne se passait rien. Je préfère lire les romans, m'identifier à des personnages, m'imprégner de l'action. Mais cette phrase-là, je l'ai trouvée incroyablement belle.

— Répète en russe, maman, s'il te plaît.

Maman a répété. Et à mon tour, je l'ai répétée également, plusieurs fois, en savourant la musique. Puis je l'ai répétée dans ma tête. Je ne voulais surtout pas oublier cette phrase magnifique. Pourtant, on n'allume pas une étoile. Au contraire, ce sont les étoiles, comme le soleil, qui « allument » en quelque sorte la Terre et permettent la vie. C'est ce que dirait Nina, toujours rationnelle. Mais moi, j'ai laissé cette phrase me faire rêver et m'effrayer un peu. Car s'il existe quelqu'un capable d'allumer les étoiles, il devrait aussi avoir le pouvoir de les éteindre, n'est-ce pas ?

— Comment vous avez su ? demandé-je. Je ne parle pas russe. Je connais quasiment aucun mot, sauf ceux que j'ai appris ici.

Sauf le poème de Maïakovski.

— Votre accent. Il est meilleur que celui de vos camarades. Vous savez rouler les « r ».

— C'est si exceptionnel que ça ?

— En France, oui, répond-il en souriant.

Je repense à madame Mauny, la prof d'espagnol LV2, qui nous avait conseillé de remplacer les « r » par des « l » en parlant si nous ne parvenions pas à les rouler. Moi, j'y arrivais parfaitement, mais j'étais l'une des rares.

— Mais il n'y a pas que ça, reprend Melnikov. Votre visage… vous avez des traits slaves.

Tout le monde me dit toujours que je ressemble à ma mère, contrairement à Nina, une copie conforme de papa. Machinalement, je porte la main à ma joue. C'est la première fois qu'un professeur fait une remarque sur mon visage, même si elle n'a rien de méchant — ni même de gentil. Pourtant, je n'ai pas envie de quitter cette salle, pas tout de suite. Depuis la rentrée, Melnikov est le seul dans l'enceinte du lycée qui m'a adressé la parole pendant plus de trente secondes. Ça me manque, de discuter avec un être humain. Être invisible peut être fatigant quand on a seize ans.

— Et vous... vous êtes russe ?

— Da. Mais ça, vous l'aviez compris, mon nom ne le cache pas très bien.

Avant son mariage avec mon grand-père maternel, Georges Pèlerin, décédé avant ma naissance, Baba Nastia s'appelait Anastasia Sokolova. La même terminaison, ces fameux noms de famille traditionnels en « ov » — « ova » pour les femmes. En Russie, la ségrégation des genres va jusqu'à la féminisation du nom de famille.

— Vous êtes né là-bas ?

— J'y étais prof de français. Je suis venu en France en 1991, après la chute de l'URSS. C'était censé être temporaire... J'avais surtout envie de prendre une année sabbatique, voir du pays. Mais j'ai rencontré ma femme... et je suis resté.

Il tripote son alliance d'un air absent. Je la regarde, fascinée. J'ignore pourquoi, j'étais persuadée qu'il était célibataire. Je ressens comme de la déception, ce qui est idiot. Il est mon prof, je suis son élève. Ça me rappelle quand, il y a trois ans, j'ai pleuré toutes les larmes de mon corps lorsque Tom Welling a épousé Jamie White. Comme si ses deux choix dans la vie étaient Jamie White ou Elvira Constant.

Je regarde ma montre et m'aperçois que je suis en retard. La vieille Tyran ne m'aime déjà pas beaucoup, elle ne laissera pas passer ça.

— Je suis désolée, monsieur, je balbutie, mais j'ai physique, là, et je vais avoir des problèmes avec madame Tyran si je suis à la b… je veux dire en retard.

— Bien sûr, mademoiselle Constant, allez-y. Si vous arrivez en retard, dites à madame Tyran que c'est de ma faute. Qu'elle vienne me voir directement. Je ne voudrais pas vous attirer des problèmes.

Il pose sa main sur mon épaule et me pousse doucement vers la sortie. Je ferme la porte derrière moi et m'arrête quelques secondes, caressant machinalement l'endroit où il m'a touchée il y a quelques secondes.

2013

Je reprends mes esprits. La jeune femme semble certes identique à l'adversaire de Charles, mais je remarque des différences. Elle ne porte pas de lunettes à monture de corne, son maquillage est plus appuyé. Elle est vêtue d'un gilet à pois roses.

— Oh, je laisse échapper, me sentant d'un coup idiote. Vous êtes jumelles.

La jeune femme rit, elle a un rire cristallin, magnifique. Je n'ai jamais entendu un rire pareil — pas depuis Anne, en tout cas, mais c'était il y a tellement longtemps. Je me sens comme envoûtée. J'ai envie de continuer à la faire rire, pour que ce son ne s'arrête jamais.

— Tu regardais la partie d'échecs de ma sœur, c'est ça ?

Je suis un peu surprise par ce tutoiement qui arrive d'un coup, mais je réalise que c'est normal, vu que nous avons à peu près le même âge.

— Oui, euh... mon copain joue contre elle, je crois.

— Oh ! Nous sommes rivales, alors.

C'est dit sans méchanceté. Elle me fait même un clin d'œil. Je lui tends timidement la main.

— Je m'appelle Elvira.

— Moi, c'est Mariam, répond-elle en la serrant.

— Mariam, comme dans *Mille soleils splendides* ?

Je mords l'intérieur de ma joue. Comment ai-je pu être aussi stupide dès la première rencontre ? Charles n'arrête pas de me le répéter, pourtant : « Personne n'a lu tes livres bizarres. ». À chaque fois, j'ai envie de rétorquer que ses références sur les échecs ne sont pas moins bizarres, mais je me tais. Charles est gentil, et quand il se moque de moi, c'est uniquement pour rire. Ce n'est pas la peine de déclencher bêtement une dispute.

À mon grand étonnement, Mariam acquiesce.

— Tu aimes Khaled Hosseini ?

Je la fixe longuement en battant des paupières, n'osant croire ce que je viens d'entendre. *Cette magnifique jeune femme connaît Khaled Hosseini.*

— Oui, je balbutie. J'ai beaucoup aimé son premier roman... *Les cerfs-volants de Kaboul*. Il est extraordinaire. Mais celui-là... Quelle claque !

— Je suis d'accord avec toi. Mais je pense qu'il nous touche encore plus parce qu'on est des femmes. On se dit qu'on a une chance de dingue de vivre en France. Enfin… tu me diras, mes parents ont aussi des idées un peu… limitées. Mais rien à voir avec ce que tu vois dans ce livre.

Je ne lui demande pas ce qu'elle entend par idées « limitées ». Je viens à peine de la rencontrer. J'imagine que si nous restons en contact, elle me le dira. Prune, que j'ai pourtant connue en fac de lettres, ne lit qu'en cas d'extrême nécessité. Après deux ans de licence, elle s'est rendu compte qu'elle s'était trompée de voie et s'est retrouvée dégoûtée de la lecture. Aujourd'hui, elle poursuit des études d'hôtellerie, son troisième changement de cursus en cinq ans. Avec ses parents richissimes, elle peut se permettre de chercher longuement sa voie.

— Tu aimes lire, en général ? demandé-je.

Je me force à prendre un air détaché, comme si mon existence tout entière ne dépendait pas de cette réponse.

— Non, je n'aime pas, répond Mariam.

J'expire. *Non, tu ne vas quand même pas être déçue. Tu viens à peine de rencontrer cette nana. Tu t'en fous.*

— J'adore, conclut-elle avec un sourire en coin.

— J'imagine que t'as lu *Le jeu de la dame,* si ta sœur est passionnée d'échecs…

— Oui ! Et bien sûr, les échecs dans la vraie vie, c'est absolument pas comme dans le bouquin ! C'est chiant à mourir !

Je pouffe. Cette femme me comprend. J'ai envie de lui poser la question ultime « Et tu écris, aussi ? ». Peut-être qu'elle s'intéressera à mon manuscrit. Peut-être qu'elle aura envie de jeter un œil à *La patience des bas-fonds*. Peut-être que j'aurai enfin un autre lecteur que Charles et Nina. Peut-être que…

Mais je m'emballe. Je suis sur le point de me faire une amie, et ça ne m'arrive que très rarement. En primaire, il y a eu Anne et Marjolaine. Nous étions inséparables pendant des années ; Marjo qui menait la danse, Anne et moi qui la suivions dans chacune de ses folles idées. Au collège, nous n'étions pas dans le même établissement. Il y a eu des personnes qui daignaient discuter avec moi — je me souviens de Laetitia, d'Opale, entre autres — mais aucune vraie amie. J'ai retrouvé Anne au lycée. Est-ce que ça compte, quand on se fait la même amie deux fois ? Puis en fac de lettres, Prune. À l'université où je travaille, mes collègues sont des amies de convenance, des personnes pas méchantes, mais que je ne fréquenterais pas si je n'y étais pas obligée. Ma seule vraie amie, la constante dans ma vie, a toujours été Nina. Ma sœur qui a sept ans de plus que moi. N'est-ce pas triste ?

Et aujourd'hui, peut-être, Mariam. Mais il ne faut pas que je me montre trop enthousiaste. Personne n'aime les amies trop envahissantes.

— On devrait peut-être remonter, avancé-je entre deux éclats de rire. Ils vont bientôt terminer la partie. Charles ne va pas être content. Il m'a demandé de venir pour le soutenir, pas pour discuter…

— Oui, t'as peut-être raison, Lamia va m'en vouloir aussi. Charles, c'est ton copain, c'est ça ?

— Oui, c'est lui.

— Il est plutôt mignon. Ça fait combien de temps que vous êtes ensemble ?

— Deux ans bientôt. Il s'occupe du club d'échecs à la fac où j'enseigne.

— T'es prof ?

Je me mords de nouveau l'intérieur de la joue. Je n'aime pas dire que je suis prof. J'aime enseigner, mais je n'aime pas que ça me définisse, que ce soit mon métier. J'aspire à autre chose, à vivre de ma plume. Être prof est secondaire. Un métier alimentaire indispensable à ceux qui, comme Prune, n'ont pas le luxe d'avoir des parents qui rattrapent chacun de leurs échecs.

« Échec » au sens « contraire de succès », pas au sens « jeu ». Je souris intérieurement à ma blague idiote.

— Oui, je suis prof.

Si je lui dis que j'écris, elle va croire que je suis une rêveuse et que je me la pète.

Nous pénétrons dans la salle et rejoignons la foule attroupée autour de la table de Charles et Lamia. J'essaie de scruter l'échiquier pour repérer quelles pièces ont été déplacées, en vain. J'ai l'impression qu'ils n'en ont déplacé aucune, ni l'un ni l'autre. Leur menton repose toujours sur leurs poignets, leurs poings sont collés à leurs joues. Ils auraient pu être remplacés par des poupées de cire et personne n'aurait rien remarqué. Je ne suis même pas sûre qu'ils respirent.

Pourtant, dans la foule, l'ambiance est tendue. Tout le monde attend le prochain coup. Au bout de ce qui me semble être une demi-heure, j'ai de nouveau chaud et mal aux pieds. Je jette un œil à l'heure sur mon iPhone. En réalité, seulement cinq minutes se sont écoulées. Je soupire. Les minutes ici sont plus longues que des minutes à l'arrêt de bus.

À côté de moi, Mariam piétine. Je suis ravie de constater qu'il y a au moins une personne qui s'ennuie autant que moi.

2023

Les femmes présentes à ce salon sont, pour la plupart, de vraies autrices, publiées par de vraies maisons d'édition renommées. J'ai beau savoir que nombre d'auteurs auto-édités écrivent aussi bien, si ce n'est mieux, que les auteurs édités, je ne peux pas m'empêcher d'avoir l'air d'une impostrice à côté de ces personnes. Comme si je n'avais pas été choisie pour un poste en entreprise et que j'étais venue travailler quand même, aux côtés de celui qui a réellement été embauché.

Je prends une profonde inspiration et me dis que j'ai tout autant le droit d'être là qu'elles. Je suis autrice. J'ai écrit trois romans. Ils sont introuvables dans les rayons ; les libraires doivent les commander sur catalogue et les lecteurs, les acheter sur Internet. Mais ça ne m'empêche pas d'être autrice. C'est la Rencontre Annuelle des Autrices Francophones, pas la Rencontre Annuelle des Autrices Francophones qui ont été Éditées par une Maison d'Édition Prestigieuse.

Et puis, Olympe Manfred m'a contactée elle-même, non ? Cette pensée me donne un peu de courage.

— Ah, Elvira, vous êtes là !

Olympe Manfred est une femme d'une quarantaine d'années. Si elle avait eu vingt ans de plus, ma mère aurait pu la qualifier de « vieille pétasse dynamique ». En tout cas, à l'époque où elle était encore capable de faire des plaisanteries. Je serre les dents, je n'ai pas envie de penser à maman aujourd'hui.

Olympe est haut perchée sur ses talons aiguilles et porte un tailleur avec une jupe crayon qui semble sorti des années cinquante. Elle est très élégante avec son maquillage appuyé, ses lunettes à monture rouge et son chignon élaboré. Je regrette presque ma robe patineuse et mes baskets blanches. Je croyais que le *dress code* de la RAAF était plutôt *casual*. J'aurais peut-être dû demander à Mariam de prendre une ou deux tenues supplémentaires pour être sûre de ne pas dénoter avec les autres.

Malgré la réserve que m'inspire Olympe, j'éprouve un léger sentiment de fierté en voyant qu'elle m'a reconnue. Certes, elle a probablement potassé son sujet et a cherché ma photo sur Google. Mais quand même. Je suis suffisamment importante pour que quelqu'un me potasse.

— C'est la pause. Il y a encore deux tables rondes, ensuite, ce sera à vous. Vous souhaitez vous installer dans la salle ? Fifi et C.C. sont déjà là.

Mon cœur bat à tout rompre. Je n'ai encore jamais rencontré ni Fifi Desmoulins, ni C.C. Kristaux, même pas lors d'une séance de dédicaces.

Fifi est une grande blonde, plus grande que moi, avec de longues jambes et une silhouette sportive. Son visage me semble vaguement familier, sûrement parce que je l'ai déjà vue en photo sur Instagram.

Quant à C.C., elle ne ressemble absolument pas à la photo au dos de son roman. Son éditeur — je n'ai aucun doute sur le fait qu'il s'agisse d'un homme — a voulu la transformer pour qu'elle corresponde davantage aux standards de beauté, en lui faisant retirer ses grosses lunettes et lisser les cheveux. Elle n'a besoin de rien de tout ça, pourtant. Elle est très belle comme elle est, avec sa crinière indomptable et ses joues de hamster. Naturelle. Je m'attendais à une jeune femme trop gâtée par la vie, devenue subitement célèbre et incapable de gérer toute cette reconnaissance. Pourtant, elle paraît terre-à-terre, timide et silencieuse. Elle m'inspire instantanément confiance. Je m'approche des deux femmes et leur tends la main. Depuis la pandémie de covid-19, j'hésite toujours à serrer la main. Je crains qu'on me crie dessus, qu'on me reproche de répandre mes microbes. Mais ni Fifi, ni C.C. ne semblent s'en formaliser.

— Bonjour, je suis Elvira Constant.

— Moi, je suis C.C. Kristaux, mais vous pouvez m'appeler Camilla.

Elle me regarde à travers ses grosses lunettes et m'adresse un sourire embarrassé.

— Oh, Elvira, j'avais tellement hâte de vous rencontrer ! s'exclame Fifi. J'ai lu tous vos livres. Vous voulez bien me les dédicacer ?

Je la fixe, les yeux écarquillés. Je suis de celles qu'on lit, qu'on trouve agréables sur le moment avec un peu de chance, et qu'on oublie. En dehors de mes proches, personne ne perd son temps à chercher tous mes livres après en avoir lu un. On me laisse mon petit quatre étoiles sur une plateforme d'évaluation en ligne, et on continue à vaquer à ses occupations.

Il s'avère que quelqu'un a pourtant lu tous mes romans. Et pas n'importe qui. Fifi Desmoulins. Une autrice de renom.

— Oui, bien sûr, balbutié-je. Je vous les dédicace à quel nom ?

Personne ne connaît le vrai prénom de Fifi. J'ai toujours supposé que ça devait être Sophie, mais je n'en ai jamais eu la confirmation.

— Mettez Fifi, ça ira.

Je signe mes livres d'une main tremblante. Camilla m'observe.

— À vrai dire, moi aussi… J'aimerais que vous me le dédicaciez, murmure-t-elle d'une petite voix, en me tendant un exemplaire de La patience des bas-fonds.

Je lui prends des mains, abasourdie.

— Je suis désolée, je n'ai pas été aussi bonne élève que Fifi, je n'en ai lu qu'un… Mais je vais lire les autres, promis.

Mes oreilles bourdonnent. Non seulement C.C. Kristaux a lu un de mes romans, mais la voilà qui s'excuse de n'en avoir lu qu'un !

— J'ai aussi lu le vôtre, Camilla, je réponds en signant. Il est dans mon sac. Je l'ai dévoré. Vous avez un vrai talent.

Je lève les yeux vers elle. Elle rougit ! Elle n'est donc pas complètement blasée par la célébrité. Mes compliments semblent la toucher.

— Merci, Elvira. Vous êtes gentille.

— Vous êtes venue seule ? me demande Fifi.

— Ma femme est dans le public.

— Oh, je vais aller la saluer, alors ! J'ai toujours été curieuse de savoir à quoi ressemblait celle qui partageait votre vie !

Fifi se lève d'un bond et s'enfuit. Je la regarde, de plus en plus hébétée. Fifi Desmoulins est curieuse de ma vie ?

Mon iPhone vibre. C'est un texto de Prune. « Courage, ma cocotte ! Tu déchires ! » et un de Martin, pratiquement au même moment : « T'es la meilleure, choupie ! »

Je souris, ravie que mes amis se soient rappelé l'heure exacte de mon intervention. Je me dis que j'ai de la chance d'être entourée de gens aussi investis dans mon métier et dans ma réussite, alors qu'à bientôt trente-cinq ans, avec ma vitesse d'écriture d'escargot anémique, ils pourraient baisser les bras. Mais non, ma femme, ma sœur et mes amis sont mes meilleurs cheerleaders.

***

— La relation homosexuelle tient une place importante dans votre roman, n'est-ce pas, C.C. ?

Olympe nous adresse un sourire qui se veut sans doute avenant, mais qui semble faux. Je suis fascinée par sa large bouche, une bouche de crapaud. À part ce détail, c'est une femme plutôt attirante, mais cette bouche m'obnubile. Reprends-toi, El. On ne juge pas une femme sur son physique. Et tu oses crier sur tous les toits que tu es une autrice féministe !

— Pas vraiment, répond Camilla. Le personnage de Larissa vient de se séparer de sa copine, et ça a un impact sur la façon dont elle vit le confinement. Mais finalement, Marion, la copine, aurait pu être un mec. Elle aurait pu s'appeler Mario.

Quelques rires résonnent dans l'auditoire. Je regarde la table devant nous, la carafe d'eau, les trois verres. L'an dernier, j'ai assisté à la première RAAF en trois ans, les deux précédentes ayant été annulées à cause des confinements successifs. Chaque autrice avait alors sa propre bouteille d'eau. Maintenant, c'est une carafe, à cause des consignes sur le développement durable et la limitation des déchets plastiques. Je pense au fait que je bois la même eau que C.C. Kristaux et Fifi Desmoulins.

— Si Marion avait été Mario, ça n'aurait rien changé à l'histoire. Un petit cœur brisé est un petit cœur brisé. Je crois que c'est important d'avoir ce genre d'histoire, où les personnages sont homos mais ils auraient pu être hétéros. Les histoires de *coming-out*, type *Moi, Simon, 16 ans, homo sapiens*, bien sûr que c'est important aussi. Ça aide les ados à comprendre qui ils sont. Mais la vie d'un homo ne tourne pas uniquement autour du *coming-out*. Nous avons les mêmes vies que les hétéros, on les partage avec quelqu'un du même sexe, c'est tout.

— Je suis d'accord avec C.C., j'interviens. Dans *Les contours des savants*, le personnage de Gwenaëlle invente un sérum qui guérit instantanément les cœurs brisés parce que sa femme vient de la quitter. Mais ça aurait pu être son mari. L'homosexualité, ou dans mon cas, la bisexualité, ne nous définit pas. Je suis bi, oui, mais je suis aussi autrice, enseignante, blanche, grosse — non, Olympe, ne protestez pas, ce mot n'est pas une insulte, c'est juste une description — brune, épouse, mère… Rien de tout ça ne me définit. Ce sont des choses qui font partie de moi, c'est tout. Et c'est ce que nous voulons transmettre à travers nos romans.

Fifi boit mes paroles d'une façon qui me semble presque gênante. Quand je termine mon monologue, je cherche dans l'auditoire les grands yeux dorés de Mariam. Lorsque mon regard croise le sien, elle met en l'air ses deux pouces. Je parviens à lire « Tu déchires » sur ses lèvres. Je souris et reprends confiance en moi. Ma femme, mon roc.

1995

— Je ne partirai pas en vacances avec vous cette année, déclare maman pendant le dîner.

Je ne comprends rien. Chaque été, papa et maman nous emmènent au bord de la mer, à Biarritz. Ils louent l'étage d'une petite maison à un couple de vieux. La maison est un peu loin de la plage, mais nous y allons en voiture. Parfois, nous y allons à pied avec Nina, rien que toutes les deux. J'aime bien avoir ma grande sœur pour moi toute seule, ne pas la partager ni avec mes parents ni avec Pauline, sa copine idiote. Dans ces moments-là, elle est presque sympa.

— Nous irons quand même à la mer, Elfe, précise papa devant mon air inquiet. Mais maman ne sera pas avec nous.

J'ai très envie de demander si cette décision soudaine a un rapport avec le cri d'il y a maintenant deux ou trois semaines. Mais je n'en fais rien, car à chaque fois que j'en parle, je me fais disputer par papa, maman ou Nina. Je ne comprends pas pourquoi ça les agace autant, tous.

Si vraiment j'ai rêvé, et il n'y a jamais eu de cri, pourquoi est-ce qu'ils sont aussi énervés ? J'ai déjà raconté n'importe quoi — surtout quand j'écris des histoires. Mes histoires sont géniales, mais elles n'ont rien de vrai, je le sais très bien. Pourtant, quand j'écris, papa me félicite pour mon imagination et me dit : « Un jour, tu seras écrivain ». J'espère bien !

— Mais pourquoi ? je parviens à articuler, la bouche sèche.

— Je dois m'occuper de ma famille. Jean-Paul a fait une mauvaise chute dans l'escalier et Tata Léna sera seule à gérer le magasin pendant la saison touristique, elle n'est pas toute jeune, ce n'est pas évident...

Je ne sais même pas qui sont ces gens. Je me souviens vaguement que Tata Léna doit être la sœur de Baba Nastia, mais je ne suis même pas sûre de l'avoir déjà vue.

— Tu savais ? je demande à Nina.

Ma sœur ne répond pas. Elle se contente de bouder en faisant le plus de bruit possible : elle mâche comme une vache, elle pose son verre avec un gros « boum », elle découpe son poulet avec un « squik » très énervant.

— Mais Baba Nastia peut venir avec nous, non ?

J'aime bien Baba Nastia. Elle est rigolote. Elle nous appelle toutes les deux « Nina », ma sœur et moi.

Maman et Nina échangent un regard. Je sais ce qu'il veut dire, ce regard. « Pas devant Elvira, elle est trop petite ». Alors que j'ai bientôt sept ans ! Je peux comprendre plein de choses.

— Non, trésor, Baba Nastia ne peut pas venir, me dit maman avec douceur.

— C'est pas juste.

D'habitude, à chaque fois que je dis que quelque chose n'est pas juste, Nina me houspille. Elle me dit « Il y a des gens qui crèvent de faim dans la rue, et toi, tu trouves que tes petits problèmes sont pas justes ». J'ai honte à chaque fois, promis, mais je recommence quelques jours plus tard. Et là, Nina ne répond rien. Ou plutôt, si :

— Elle a raison, c'est pas juste.

Je la regarde en clignant des yeux. Nina fait parfois son intéressante quand il s'agit de donner son avis sur monsieur Chirac, monsieur Jospin et tous leurs copains, mais jamais elle ne prend ma défense devant les parents. Elle dit que c'est parce qu'elle est pratiquement une adulte et qu'elle sait ce qu'il y a de mieux pour moi. Moi, je dis que c'est parce que c'est une fayote. C'est ma grande sœur et je l'aime — je suis un peu obligée — mais c'est quand même une fayote.

— Commence pas, Nina, répond maman.

— Quoi ? C'est vrai que c'est pas juste. T'es privée de vacances à cause des conneries de papa. Tu racontes des cracks à Elfe à cause de papa. Il y a un moment où il faudra que papa ait des couilles, non ?

— Nina, dans ta chambre ! hurle maman.

Je fais tomber ma « cuillère ». Les parents disent souvent que Nina est « précoce ». Je ne sais pas vraiment ce que ça veut dire. Je croyais que le *précoce*, c'était le petit bout de zizi qu'on coupe à certains garçons, comme Sacha dans ma classe. Mais je ne vois pas bien le rapport avec Nina. Les filles n'ont pas de zizi, tout le monde le sait.

Ma sœur regarde maman. Elle me fait peur. Un silence s'installe, il est épais comme du Nutella, c'est comme si tout se passait au ralenti. Je n'ose pas dire un mot, mes yeux glissent de maman vers Nina, de Nina vers maman. Papa semble tout aussi abasourdi.

Nina se lève en faisant le plus de bruit possible avec sa chaise. Nous entendons la porte claquer au moment où elle arrive dans notre chambre. J'ai envie de hurler :

« Quelque chose n'est pas normal ! Il y a des cris, Nina dit des choses qui n'ont pas de sens, vous la punissez, et vous ne voulez pas me dire ce qui se passe, sous prétexte que je suis trop jeune, alors que j'ai bientôt sept ans ! Je sais calculer, je sais lire et écrire, je suis capable de savoir ce qui se passe, arrêtez de me cacher des choses. » Mais je ne dis rien, car si maman a renvoyé Nina dans notre chambre, elle va faire pareil pour moi, c'est sûr.

Est-ce que Marjo a raison ? Est-ce que mes parents vont vraiment… c'est quoi déjà le mot… *divorcer* ?

2005

Pour la troisième fois, Melnikov me propose de rester cinq minutes après le cours. La fois précédente, je lui ai demandé de me retenir avant la récréation, plutôt qu'avant le cours de physique-chimie. Il a eu l'air surpris qu'une élève consente à sacrifier sa récréation pour discuter avec un prof. Mais Anne n'est plus là. Enfin si, elle est là physiquement, mais elle n'est pas avec moi. Je n'ai plus qu'à sortir mes fiches et réviser pour mes contrôles. Au moins, Melnikov fait attention à moi.

Il m'a raconté qu'il n'avait jamais remis les pieds en Russie depuis son immigration. « Il n'y a rien pour moi là-bas », s'est-il justifié quand j'ai demandé pourquoi. Un peu comme pour moi à la récré. De tous mes camarades, je suis la seule à avoir un lien avec la

Russie, si faible soit-il. Parler avec moi doit lui rappeler son pays.

— Mademoiselle Constant, vous vous êtes déjà entraînée pour l'oral ? Avec madame Arditti, par exemple ?

Je secoue la tête.

— Le bac, c'est qu'en Terminale, monsieur, on a le temps… Et c'est compliqué de faire passer des oraux à tout le monde. Ça fait une dizaine de personnes à interroger à tour de rôle. Madame Arditti, elle avait pas le temps pour tout ça, et je comprends.

— Je ne parle pas de toute la classe, mademoiselle Constant, je parle de *vous*, personnellement.

— Mais pourquoi moi, *personnellement* ?

— Vous avez du potentiel. Vos camarades n'en ont aucun.

Bouche bée, je regarde autour de moi. Nous sommes seuls, mais les propos de Melnikov me choquent. Jamais je n'ai entendu un professeur dire qu'un élève n'avait pas de potentiel, pas même la vieille Tyran. Ce n'est peut-être pas très éthique, mais je trouve ça rafraîchissant. Papa dit toujours que de nos jours, l'école traite les élèves comme des statuettes de verre, prêtes à se briser à la moindre émotion négative. Il s'entendrait bien avec Melnikov.

— Vous ne dites rien.

J'étais tellement abasourdie par la seconde moitié de la phrase que je n'ai pas prêté attention à la première. « Vous avez du potentiel ». Cela non plus, aucun prof ne me l'a jamais dit. Ils ont tous eu Nina en cours. Personne ne pense que j'ai du potentiel après avoir connu Nina. Je rougis et me complais dans ses paroles. C'est agréable d'être enfin une personne à part entière, d'être jugée sur mes propres compétences, et de ne plus être « la petite sœur de ».

— Vous faites erreur, monsieur, je réponds. Je n'ai aucun potentiel spécial. Je sais rouler les « r », mais c'est uniquement parce que j'ai entendu Baba Nastia parler russe quand j'étais petite. C'est une question d'habitude. Je sais pas construire une phrase. Je suis une quiche en grammaire.

Melnikov me regarde par-dessus ses lunettes rectangulaires, longuement. Je me sens comme transpercée par ses yeux bleus. Je réprime un frisson.

— Ne vous dévalorisez pas, mademoiselle Constant.

J'acquiesce, la gorge sèche.

— Avez-vous une heure de libre, prochainement ?

— Assez peu… l'heure du déjeuner. Demain, de 11h30 à 12h30, je ne fais rien.

— Je ne vais pas vous priver de votre déjeuner.

— C'est rien, ne vous en faites pas. J'irai m'acheter un sandwich à la cafèt'.

À vrai dire, je perçois cette demande de Melnikov comme une aubaine. Au lycée, il n'y a rien de plus humiliant que de manger seule à la cantine. Chaque fois qu'un élève que je ne connais pas vient me demander s'il ou elle peut prendre la chaise en face de moi, j'ai envie de creuser ma propre tombe et de m'y recroqueviller. Au moins, si je passe l'heure avec Melnikov, je n'aurai pas à endurer ce rituel. Je pourrai disparaître quelques dizaines de minutes, dans un endroit à part, que je serai la seule à connaître. Ce n'est pas comme si quelqu'un pouvait avoir l'idée de me chercher.

— Entendu. Demain, 11h30, salle 201, ça vous va ?

J'acquiesce à nouveau, prends mon sac cabas sur mon épaule et sors de la pièce. En ouvrant la porte, je tombe nez à nez avec Soraya. Je réprime un cri.

— Tu m'as fait peur, marmonné-je.

J'essaie tant bien que mal de paraître enjouée, ou au moins nonchalante. En réalité, la présence de Soraya est perturbante. C'est l'une des filles les plus populaires du lycée. Contrairement à moi, elle n'a aucune raison d'errer dans les couloirs pendant les récréations. Elle n'a pas le temps pour ça, elle est beaucoup trop sollicitée.

— Qu'est-ce que tu faisais, là-dedans ? me demande-t-elle.

— Melnikov devait me dire un truc.

— C'est la troisième fois en trois semaines, non ?

Je plisse les yeux et grimace, ne comprenant pas où elle veut en venir.

— Tu couches avec lui ?

— Non !

Coucher avec un prof ! L'idée ne m'a jamais traversé l'esprit. Bien sûr, des légendes urbaines circulent sur le sujet, sur des élèves — en général des filles — qui auraient succombé à un prof un peu trop entreprenant. Ma cousine Viviane nous avait raconté l'histoire de son amie qui aurait eu une aventure avec son prof de maths, mais elle dit souvent n'importe quoi et elle a une fâcheuse tendance à croire ses propres mensonges. Les mauvaises romances, tant dans la littérature qu'au cinéma, surexploitent cette idée. Et pour cause : une relation élève-professeur a quelque chose d'excitant, c'est nouveau, c'est interdit, c'est risqué. Le prof risque de perdre sa place, l'élève de se faire virer du lycée.

Mais ça n'arrive jamais dans la vraie vie. Et quand ça arrive, l'élève ressemble probablement à l'amie de Viviane, que je ne connais pas mais que je n'ai aucun mal à imaginer — grande, rousse, morphologie en sablier, peau impeccable. Une adolescente comme moi, ronde, avec ma discrète, mais présente, constellation de boutons sur le front, n'a aucune chance d'être regardée par un quadra.

Soraya éclate de rire.

— Arrête de flipper, Elle et Vire. Je sais que tu ne couches pas avec lui.

Je ne peux m'empêcher de constater que le fameux sobriquet « Elle et Vire » est revenu. Quand je fréquentais Anne, les autres me respectaient ou tout au moins faisaient semblant de le faire. Ils m'appelaient Elvira, ou El.

— Ah non ?

— Non. Anne m'a tout raconté, figure-toi. Ce serait compliqué étant donné… *tu sais quoi.*

Je déglutis. Je sens le sol s'ouvrir sous mes pieds, des gouttes de transpiration couler le long de ma nuque. *Calme-toi, El. Si ça se trouve, elle bluffe et elle ne sait rien. Anne n'aurait jamais fait ça.*

Je tente de reprendre ma respiration. *Non. Elle ne bluffe pas. Pourquoi dirait-elle ça, si elle ne savait rien ? Elle sait tout.*

— Je ne sais pas ce qu'Anne t'a dit, je réponds, essayant de contenir le tremblement de ma voix, mais t'es en train de t'imaginer des trucs.

— Ah oui ? Je serais curieuse de connaître ta version des choses, alors. Pourquoi vous vous parlez plus ?

Et merde. Je n'avais pas vraiment réfléchi à une explication. J'étais à peu près certaine qu'on ne viendrait jamais me demander, que les gens harcèleraient plutôt Anne, que je deviendrais invisible. Je n'avais pas envisagé qu'ils voudraient entendre ma version des faits.

— C'est pas tes oignons, ça, pas vrai, Soraya ?

— Si tu le dis, Elle et Vire, si tu le dis.

Elle me regarde de bas en haut avec un sourire mesquin, puis tourne les talons en me donnant un coup de sac Longchamp au passage. Elle murmure une insulte à mon égard, et mes joues prennent feu. J'ai envie de crier « Je t'ai entendue, tu sais ! », mais je sais que c'est inutile. Elle savait très bien ce qu'elle

faisait, elle voulait que j'entende, elle voulait frapper là où ça fait mal, là où mon identité est encore floue.
« Espèce de gouine ».

2 0 1 3

— Charles n'en veut pas trop à Lamia ?

Quand on est écrivain, ou quand comme moi on souhaite le devenir, tout autour de nous se transforme en une source d'inspiration. On a envie d'écrire un paragraphe sur n'importe quel minuscule élément du quotidien, dans lequel un potentiel lecteur serait susceptible de se reconnaître. La lumière qui passe sous la porte du couloir quand on va aux toilettes la nuit. Un champ de tournesols dont les fleurs sont tournées vers le bas, comme dépressives. Une tache de sang rouge sur une chaussette blanche, laissée par un bouton de moustique qu'on a trop gratté. Le souffle sucré d'un enfant sur la vitre sale du métro. La fermeture éclair usée et capricieuse d'un manteau qui a trop vécu.

Aujourd'hui, Mariam sirotant son milkshake aux Oreos et me regardant d'un air malicieux est ma principale source d'inspiration. La seule personne à m'avoir inspirée jusqu'à présent est Oleg, qui a eu droit à son propre personnage dans *La patience des bas-fonds*. Mariam sera sans doute la deuxième. Alors, quand elle me parle, je ne l'écoute pas, je l'observe comme une écrivaine.

Une goutte de liquide blanchâtre reste sur sa joue. Je devrais lui dire, mais comment aborder le sujet avec quelqu'un qu'on voit pour la deuxième fois ? Comment lui dire « tu as une goutte de milkshake sur la joue » ? Alors je me contente de fixer cette goutte sur cette joue et d'imaginer que je l'incorpore à un roman, comme un symbole de sensualité, alors qu'il ne s'agit que d'une goutte, il ne s'agit que d'une joue.

— Elvira ? Tu m'as entendue ? Charles, il n'en veut pas trop à Lamia ?

Charles n'est pas rancunier. Il ne se considère pas comme plus fort que les autres, mais il est mauvais perdant. Le soir où il a joué contre Lamia, nous ne sommes, comme je l'avais prédit, pas sortis, car il était trop occupé à ruminer sa défaite. Pas parce que Lamia est une femme, non. Charles n'est pas sexiste. Il réagirait de la même manière s'il se faisait battre par Gary Kasparov en personne.

J'ai donc attendu le lendemain pour lui dire que j'avais fait la connaissance de la sœur jumelle de Lamia pendant que j'observais sa partie et que nous avions échangé nos numéros de téléphone. Il ne s'en est pas offusqué. Au contraire, il m'a encouragée à poursuivre cette amitié. « Tu sais, ça pourrait être cool pour toi de voir d'autres gens que Prune et Nina ». J'aurais pu me vexer si cela n'avait pas été la stricte vérité.

Pour la première fois depuis plusieurs mois, je pense à Anne. L'exemple parfait de ce qui arrive quand on met tous ses œufs dans le même panier, ou qu'on dirige toute son amitié vers la même personne. Un beau jour, cette personne nous abandonne, et on se retrouve seul. *Et on fait des bêtises.* Je n'ai jamais parlé d'Oleg à Charles, pas de ce qui s'est passé quand je me suis retrouvée un peu trop seule. Tout cela appartient au passé, et je considère que Charles n'a pas à le savoir. Pour lui, *La patience des bas-fonds*, c'est de la fiction. Il surestime mon imagination.

— Non, il n'est pas comme ça. Il s'en fiche de perdre.

La première partie de ta réponse n'était pas un mensonge. La deuxième, si.

Enfin, non. C'est faux. Il est un peu mauvais perdant. Il a fait la gueule. Mais il n'en veut pas à Lamia pour autant, il s'en veut surtout à lui-même. C'est oublié. C'est du passé.

Voilà que je bafouille, à présent.

— T'as l'air stressée. Pourquoi ? me demande Mariam, en me scrutant avec ses grands yeux brillants.

C'est une bonne question. Pourquoi suis-je stressée ? Ce n'est pas un rendez-vous galant, encore moins un entretien d'embauche. Je ne joue pas ma vie. Dans le pire des cas, le courant ne passe pas si bien que ça entre Mariam et moi, et je reviens au point de départ. Ce n'est pas si mauvais : j'ai un petit ami, un roman en cours d'écriture, un travail qui ne paie pas très bien mais qui a le mérite d'exister.

— Je me fais pas souvent des amis. Enfin, j'ai pas dit qu'on était amies... enfin, seulement si tu veux...

— Calme-toi. On va faire les choses dans l'ordre. On s'entend bien, non ? Et pour la suite, on verra.

Je hoche la tête. Mariam a trois ans de moins que moi, mais elle possède l'assurance et la maturité d'une trentenaire. J'aimerais lui ressembler, un jour.

Soudain, elle me prend la main. Je regarde un moment ses longs doigts fins se poser sur mes doigts ronds, ses joints hâlés sur mes joints albâtres, mes ongles bleu marine à côté de ses ongles nus, ma grosse bague en camée et les siennes, plus fines, dorées, à l'index et au majeur. Pour une raison étrange, je sens mon cœur battre dans ma poitrine, à la vue de ses mains, au contact de sa peau.

— Là, ça va mieux ? me demande-t-elle.

Non, ça ne va pas mieux. J'ai senti comme une décharge électrique me traverser le corps.

— Je fais un peu de massages, parfois. J'espère être ophtalmo, mais si ça marche pas, je serai chiropraticienne. Enfin, peut-être. Je sais pas trop. Je n'ai pas envie de masser des vieux pervers. J'espère vraiment être ophtalmo.

Je ne m'étais même pas rendu compte qu'elle me massait les mains, j'étais beaucoup trop occupée à les regarder. J'ai envie de lui répondre qu'elle pourra être tout ce qu'elle veut, qu'on ne lui dira jamais non.

— T'as de très jolies mains, murmuré-je.

Elle rougit et éclate de rire.

— Merci. À vrai dire, parfois ; je fais un peu de mannequinat, pour les mains. Comme petit boulot, c'est mieux que bosser au McDo, c'est moins fatigant et ça rapporte bien. En plus, quand ils sont sympas, ils te paient la manucure, le semi-permanent, tout ça. Après, t'as de beaux ongles vernis pendant deux semaines. C'est vraiment gagnant-gagnant. Là, c'est compliqué. Quand je bosse à l'hosto, j'ai pas droit au vernis.

Je ne suis pas étonnée que Mariam fasse du mannequinat. Je suis simplement étonnée qu'elle se soit arrêtée aux mains. Plus je l'observe, plus je me dis qu'il n'existe aucune partie de son corps que les photographes ne s'arracheraient pas.

— Et ta sœur ? Elle fait aussi du mannequinat ?

Mariam éclate de rire.

— Non ! C'est pas du tout son truc. Elle aurait pu, hein. Elle a des mains comme les miennes à la base. Mais dès qu'elle est stressée, elle se ronge les ongles, c'est la cata. Mais je ne crois pas que ça la dérange. Elle est bien loin de tout ça.

Il n'y a pas une once de fausse modestie en Mariam.

— Et… euh… t'as un copain ?

Ma question arrive comme un cheveu sur la soupe, j'en suis consciente. J'essaie de me persuader que c'est parce que Mariam a rencontré Charles, tout au moins de loin. Elle connaît des choses sur ma vie privée, je veux juste que nous soyons quittes.

Ma question est sans arrière-pensée. Ma question est sans arrière-pensée. Ma question est sans arrière-pensée.

— Eh non. Je suis célib. Je me suis séparée il y a trois mois, disons que je me remets doucement.

— Je suis désolée.

— Ne le sois pas. C'était une connasse.

Je hoche la tête, lui fais signe de continuer. Je lui montre que je suis prête à l'écouter s'épancher son ex et lui apporter le soutien dont elle a besoin. Les amies, c'est fait pour ça, non ?

J'essaie de ne pas trop penser à ce qu'implique sa réponse. « C'était une connasse. » *Une connasse.* Une femme.

Mariam est lesbienne.

La façon dont elle le dit, si désinvolte, me laisse admirative. Certes, les choses ont beaucoup évolué en dix ans, depuis les années 2000 où se faire traiter de « gouine » ou de « pédé » était la pire des insultes. La loi promulguant le mariage homosexuel vient d'être votée. Pourtant, la plupart des gens ne parlent pas aussi ouvertement de leur homosexualité devant des inconnus.

Ça ne devrait pas être important. L'orientation sexuelle des gens de mon entourage a toujours été le cadet de mes soucis. Cependant, pour une raison que je n'arrive pas à expliquer, venant de Mariam, cette information me semble d'une importance capitale. Pour la deuxième fois en peu de temps, je repense à Anne, à ses cheveux blonds, à ses yeux écarquillés de poupée, à cette phrase qui est tombée au travers de nos années d'amitié comme un couperet.

« Mais qu'est-ce que tu fous, El ? »

— T'as un peu de milkshake sur la joue.

Mariam esquisse un sourire embarrassé et essuie sa joue avec sa serviette. Mon téléphone sonne. Je jette un œil à l'écran : Nina.

— Vas-y, décroche, m'encourage mon amie — ma future amie. C'est peut-être important.

J'appuie sur le bouton vert et entends la voix de Nina, très rapide, très aiguë. Ça ne ressemble pas à ma sœur qui, passé l'adolescence, a toujours eu la colère froide, pudique. Quand je comprends enfin de quoi il s'agit, je retiens ma respiration.

— J'arrive tout de suite, murmuré-je en me levant de ma chaise et en jetant un regard désolé en direction de Mariam.

2023

Quand Mariam gare la Clio devant la maison de Nina, je n'en crois pas mes yeux. Les garçons tiennent une énorme banderole avec une inscription en lettres bancales « BRAVO TATA ». Nina est debout à côté d'eux, avec Alex dans les bras. Il n'y a que ma sœur pour faire une chose pareille. C'est son anniversaire, et elle le transforme en événement en mon honneur. Elle m'a toujours fait passer en premier, même quand j'étais trop jeune pour m'en rendre compte. Aujourd'hui, nous sommes toutes les deux adultes, toutes les deux mères, mais elle me voit encore comme un bébé qui a besoin de protection. Ce serait énervant si ce n'était pas aussi touchant.

Je sors en courant de la voiture, les larmes aux yeux, et je me jette dans les bras de ma sœur. Je sens les petites mains d'Alexandra se refermer sur ma nuque et je respire son odeur de shampoing pour bébé. Mariam s'introduit doucement entre nous. Je les étreins fort, toutes les trois. Les trois femmes les plus importantes de ma vie : ma sœur, mon épouse et ma fille.

— Ninou, tu n'aurais pas dû, murmuré-je, étouffant l'émotion de ma voix dans le gilet d'Alex. C'est ton anniv. C'est ta soirée.

— Des anniversaires, j'en ai eu quarante-deux dans ma vie, Elfe. Mais ça, c'est ton moment, je le sais. On n'en a pas beaucoup. Pas quarante-deux, en tout cas. Il faut fêter ça.

« Elfe ». Nina est la seule à utiliser encore mon surnom de petite fille. Aucun de nos parents n'en a encore l'énergie. Un surnom censé raccourcir mon prénom, mais qui ne me va pas. Je n'ai jamais été menue, ni gracieuse, je n'ai jamais eu de grandes oreilles, ni de taches de rousseur.

— N'exagérons rien.

Pourtant, Nina n'a pas tort. Après la table ronde, Fifi nous a taguées, Camilla et moi, dans une publication Instagram. Depuis, mon iPhone ne cesse de vibrer. Des personnes réagissent à mes *posts*, me suivent. J'ai gagné presque cinquante abonnés en deux heures. Tout le monde cherche l'inconnue, la personne aux côtés de Fifi et Camilla, celle qui n'a rien à faire là. Ça m'est égal, de ne pas être à ma place sur cette photo :

tous les gens connus le sont devenus, car ils ont eu le courage de quitter la place qui leur était destinée.

Mariam part récupérer le cadeau de Nina dans la voiture — une enceinte avec des ampoules connectées — pendant que j'accompagne ma sœur dans la cuisine.

— Tu veux que je t'aide ?

Nina secoue la tête.

— Non, repose-toi. T'as eu une journée crevante. Je veux juste que tu restes avec moi.

Mariam s'occupe des enfants avec Pierrick. Tous deux le savent : ces quelques instants partagés entre sœurs dans la cuisine sont précieux, fragiles, rien qu'à nous. Ils ne sont pas pour les conjoints.

Je scrute le visage de Nina. Elle a vieilli. Elle a des rides au coin des yeux et des cernes. J'essaie de mettre ça sur le compte de la fatigue. Elle a un travail prenant et deux jeunes garçons. Même s'ils vont à l'école à présent, ce n'est jamais reposant d'avoir deux fils.

— Comment va papa ?

Je tressaille. Elle ne me demande jamais ça. C'est l'unique sujet de dispute entre nous. La première fois qu'elle m'a posé la question, je lui ai répondu « T'as qu'à aller voir par toi-même ». Elle est sortie de la pièce. J'étais en colère. Je ne me voyais pas expliquer l'état de papa, ses cris « Elle n'avait que quarante-six ans, ça aurait dû être moi, ça aurait dû être moi ! ». Je regarde le drame de papa s'étaler devant mes yeux, visqueux comme de la gelée, depuis déjà deux ans, pendant que Nina l'esquive soigneusement, glissant comme une anguille sur son rôle d'aînée. J'essaie de ne pas lui en vouloir, car je l'aime. Elle est plus ou moins la seule famille qu'il me reste... Mais je lui en veux quand même.

Mais je ne souhaite pas de dispute aujourd'hui, je suis beaucoup trop joyeuse, et Nina mérite d'avoir un anniversaire parfait.

— Toujours pareil.

Ma sœur hoche la tête. Je la fixe. L'entendre parler de papa ainsi, étant donné ma réaction de la dernière fois, n'est pas normal. J'ai un mauvais pressentiment.

— T'es sûre que tout va bien, Ninou ?

Elle expire, comme si elle s'apprêtait à me dire quelque chose. Elle plonge ses yeux dans les miens. Nous avons les mêmes yeux : noisette et en amande, mais les cils de Nina sont longs et recourbés, même sans mascara, tandis que les miens sont droits et courts. Sans maquillage, j'ai l'air d'un petit lapin perdu.

— Je n'arrête pas d'y penser, souffle-t-elle.
— À quoi ?
— À maman. Je ne suis plus très loin de l'âge où...
— Ninou, non ! Arrête ! On ne sait même pas si c'est héréditaire !
— Elfe.

J'ai envie de crier, de pleurer, de détruire toute cette cuisine, mais je ne peux rien faire parce que mes neveux et ma fille sont dans le salon. C'est ça, être mère, être tante, être une figure d'autorité dans la vie d'enfants : contrôler en permanence ses émotions, ne jamais les inquiéter.

— Si, ça l'est forcément, murmure Nina. Maman avait quoi, cinquante-trois, cinquante-quatre ans quand les premiers signes se sont manifestés ? Quand elle a commencé à ranger ses clés dans le frigo ? Elle est comme Baba Nastia. T'as eu très peu de belles années avec Baba Nastia, toi. Moi, j'en ai eu plein, et c'était d'autant plus dur de la regarder sombrer. Tu me demandes souvent pourquoi je vais rarement voir maman. Parce que ce serait la deuxième fois que je regarderais quelqu'un que j'aime sombrer, Elfe. Si je suis le même chemin que maman, j'aurai les premiers symptômes dans une dizaine d'années.

— T'en sais rien, si ça se trouve tu n'as rien ! En général, un Alzheimer n'est pas héréditaire.

— En général…

Je ne réponds pas. Je ne peux pas imaginer tout ça. Ma sœur, atteinte de cette terrible maladie. Et si c'était vrai ? Dans dix ans, elle va commencer à oublier. Des petites choses insignifiantes. Comme avec maman, nous serons dans le déni, au début. Nous nous dirons « Tout le monde oublie des trucs, ça arrive ». Mais la maladie avancera, lentement, menaçante et inévitable comme une marée noire déversée par un navire pétrolier.

Je n'ose pas le dire, mais je pense à moi, bien sûr. Et si j'étais porteuse du gène, moi aussi ? J'ai bientôt trente-cinq ans. Qu'est-ce qui se passera dans quinze, vingt ans ? Est-ce que dans trente ans, je serai incapable de reconnaître ma fille, incapable de m'occuper de mes petits-enfants si j'en ai, comme maman a été incapable de s'occuper d'Alex et de mes neveux ?

— Dire que je l'ai peut-être transmis à mes fils, souffle Nina, le regard fuyant. Au moins, toi…

J'opine. Nous avons adopté Alex. Ma fille et moi ne partageons pas les mêmes gènes. Je ne lui ai rien transmis. Elle est à l'abri.

— J'ai envie d'une clope.

— Oh non, Ninou !

— T'inquiète. Je n'en fumerai pas. Même si…

Elle n'achève pas sa phrase, mais son regard en dit long. « Même si mon espérance de vie en bonne santé est courte. Et ça n'a rien à voir avec la clope. J'ai passé des années à fumer, et ce n'est pas ça qui me détruira. Alors, autant que je fume tant que je sais encore ce que c'est qu'une clope, non ? ».

Je me mords la lèvre.

— Après-demain…

Nina balaie mes paroles d'un revers de la main. Je n'ai pas besoin de lui rappeler ce qui se passe après-demain. Elle fait semblant de se désintéresser de tout ce qui se rapporte à notre père, mais elle sait tout en réalité.

— Non.

— Je ne te force à rien, Ninou, tu le sais bien, je lui dis d'un ton qui se veut apaisant. Juste… papa et moi, on sera au cimetière. Et Ghislain. Vous ne vous connaissez presque pas, Ghislain et toi. Il n'y est pour rien dans l'histoire. Si tu veux venir, on y sera. Je ne te dis pas de le faire. Juste que nous on y sera. D'accord, Ninou ?

Sans me regarder, ma sœur me prend la main et acquiesce. Je sais qu'elle ne sera pas au cimetière après-demain, mais au moins, elle ne m'envoie pas promener. Et ça, c'est déjà une petite victoire.

1995

Papa vient me chercher à l'école, aujourd'hui. En général, c'est maman qui s'en charge parce qu'elle ne travaille pas. Mais parfois, comme le travail de papa n'est pas loin de l'école, c'est lui qui vient, pour que maman puisse « se reposer ». J'ai essayé de demander pourquoi passer du temps avec moi, ce n'est pas considéré comme du repos, mais elle n'a pas voulu m'expliquer.

Quand papa vient me chercher, c'est toujours un peu bizarre, car Valérie dit « C'est l'heure des mamans » quand c'est le moment de partir. Je me suis toujours demandé si ça voulait dire que papa n'avait pas le droit de me récupérer, car il fallait forcément que ce soit maman. Apparemment pas, car il n'y a jamais eu de problème. Pourquoi ne pas dire « l'heure des parents » alors, si ça ne fait pas de différence ? Les grands sont quand même vraiment bizarres.

J'aime bien quand papa vient me chercher, parce que souvent, après, il m'emmène à son travail. On y reste une demi-heure, peut-être un peu plus. Ses collègues me donnent toujours des bonbons que je n'ai pas le droit de manger à la maison. « Ce sera notre petit secret », ils me disent en me faisant un clin d'œil. Évidemment, je garde le secret, je ne veux pas qu'on me gronde. Et puis, j'ai bientôt sept ans, je sais ce que c'est un secret.

Papa travaille dans le « recrutement ». Ça veut dire qu'il donne du travail aux autres personnes. C'est plutôt bien. À la télévision, on voit souvent des gens qui sont tristes parce qu'ils n'ont pas de travail. D'ailleurs, ils n'arrêtent pas de dire que ce sera encore pire maintenant que monsieur Chirac est devenu chef de la France. Quand on les voit, ces gens à la télé, je demande à papa pourquoi il ne les appelle pas pour leur donner du travail. C'est une solution simple, non ? Ils veulent du travail et le travail de papa, c'est justement d'en donner. Mais papa dit que c'est plus compliqué que ça. Moi, il me semble que j'ai tout compris. « Ce sont des histoires d'adultes », me dit-il. Ça, c'est ce que les grands disent quand ils n'ont pas envie de m'expliquer quelque chose. Pourtant, j'ai presque sept ans, je suis quand même assez grande pour comprendre.

J'aime bien le bureau de papa. Il a un ordinateur. On n'en a pas à la maison et c'est trop bien d'en avoir un. Quand Valérie nous fait faire des lignes d'écriture, j'ai l'impression que ça me prend très longtemps. Papa m'a fait essayer son ordinateur, on peut écrire très vite avec. Mais il ne veut pas que je l'utilise quand il n'est pas là, alors en général, je continue à écrire sur des feuilles. Je sais écrire en attaché comme veut Valérie, mais je suis un peu paresseuse, alors quand elle n'est pas là pour nous surveiller, je ne le fais pas.

Quand papa m'installe dans son bureau, il me donne du papier et je peux laisser libre cours à mon imagination. Le plus souvent, j'écris les aventures de Fantômas, ma pieuvre en peluche. J'ai plein de nouvelles idées dans la tête.

— Vas-y, ma petite écrivaine.

Alors, j'écris : « Fantômas et le verre d'eau. »

Le téléphone sonne. Papa décroche et prend un air soucieux.

— J'arrive tout de suite.

Il sort du bureau et crie :

— Tu peux venir, s'il te plaît ?

Une femme arrive. Elle porte une robe à fleurs et à bretelles assez ample, sur un t-shirt blanc. Elle est blonde, avec une coupe au carré volumineuse. Ses paupières sont coloriées en bleu. Je la regarde, les yeux grands ouverts, car c'est la première fois que je vois quelqu'un qui a des paupières bleues. Après, je ne suis pas bête, je me doute bien qu'elles ne sont pas bleues naturellement, qu'elle a mis du crayon de couleur dessus ou du feutre. Je trouve ça joli, et je me dis qu'il faut que je fasse pareil.

Je ne suis pas très douée pour estimer l'âge des gens, il paraît. Je croyais que Valérie avait soixante-dix ans et maman m'a expliqué, en riant très fort, qu'elle n'avait en réalité que trente-six ans. À moi, elle me semblait très vieille, presque aussi vieille que Baba Nastia. Mais la femme qui arrive a quand même l'air plus jeune que la plupart des autres adultes.

— Je suis désolé de te demander ça, mais il faut que je file en réunion. Est-ce que tu peux rester dans le bureau avec Elvira ? Elle est sage, elle t'embêtera pas. Je lui ai donné de quoi s'occuper. Amène ton travail ici.

— Bien sûr, Basile, je m'en occupe. On va être copines, pas vrai Elvira ?

Je me méfie un peu. Les dames adultes disent toutes ça quand elles me voient. « On va être copines, pas vrai, Elvira ? ». La coiffeuse, la docteure, ou tante Laura, l'amie de maman. Et puis, plus rien ne va. Elles finissent forcément par me couper les cheveux, me donner un médicament ou me servir des brocolis.

Elle s'installe à la place de papa.

— Comment tu t'appelles ?

— Claire, répond-elle.

Il y a une Claire dans l'autre classe de CP. C'est un joli prénom.

— Toi, c'est Elvira, c'est ça ?

Je hausse les épaules. Papa vient de m'appeler Elvira à l'instant, devant elle. Elle n'aurait pas de très bonnes notes dans la classe de Valérie avec une mémoire aussi mauvaise.

— Tu es en quelle classe ? me demande-t-elle.
— En CP.
— Cool. Donc tu apprends à lire ?
— Je *sais* lire, je la corrige fièrement. J'adore lire. Et écrire. Là, par exemple, j'écris un livre.

J'espère que ça lui fera comprendre qu'elle m'embête et que j'ai des choses plus importantes à faire que lui parler, mais au lieu de ça, elle ouvre des grands yeux tout ronds.

— C'est dingue, ça. Trop de la balle. Je peux lire ?
— Pour l'instant, je n'ai qu'un titre, j'explique, lentement, car elle n'est décidément pas futée.
— Oh.

Elle a l'air déçue. Je me penche à nouveau sur ma feuille de papier, la tête pleine des aventures de Fantômas qui cherche de l'eau puis se retrouve coincée dans un verre. J'ai besoin d'écrire. Mais elle ne se tait pas.

— Tu as sept ans, donc ?
— Six ans et demi. J'aurai sept ans en août.
— Wahou ! T'es une grande, toi.

Je sais que je suis grande. Elle n'a pas besoin de me le dire.

— Et toi, t'as quel âge ?
— J'ai vingt-deux ans.

— Ma sœur a quatorze ans. T'as huit ans de plus qu'elle.

Voilà. Maintenant elle sait que je ne sais pas seulement lire et écrire, mais aussi compter. J'espère qu'elle est impressionnée.

— T'as un fiancé à l'école ?

Je hausse les épaules à nouveau.

— Vas-y, dis-moi. Promis, je ne dirai rien à ton papa. Ce sera notre petit secret.

— Ouais mais… il ne le sait pas encore, que c'est mon fiancé.

— Il passe à côté d'un truc, c'est clair. Comment il s'appelle ?

— Hugo.

Penser à Hugo me fait sourire. C'est le plus beau garçon de ma classe, même de toutes les classes de CP confondues. Il est blond aux yeux bleus. Pour lui, je serais capable des pires folies. Même de lui tenir la main alors que tout le monde se moque des filles qui tiennent la main des garçons, même si c'est juste pour se mettre en rang. Je regarde Claire à nouveau, et elle me fait un clin d'œil. J'aime bien qu'elle s'intéresse à Hugo. Mes parents ne m'ont jamais parlé de garçons. Ça me donne envie de m'intéresser à elle.

— Et toi ? je demande.

— Quoi, moi ?

— T'as un fiancé, toi ?

Elle regarde par la fenêtre.

— Je crois, oui.

C'est quoi, cette réponse ? Soit elle a un fiancé, soit elle n'en a pas. Ou alors, c'est un peu comme moi, son fiancé ne le sait pas encore. Mais comme c'est une adulte, tout est compliqué.

Je hoche la tête pour lui montrer que je comprends, alors que je ne comprends rien du tout. Il faut que j'aie l'air adulte moi aussi.

— Ça fait longtemps que tu travailles avec papa ?
— Depuis septembre.

Je fronce les sourcils. Je ne sais pas si ça fait longtemps ou pas, pour un travail. C'est juste que tous les adultes se posent toujours cette question, entre eux. « Ça fait longtemps que vous habitez ici ? ». « Ça fait longtemps que vous cuisinez comme ça les poireaux ? ». « Ça fait longtemps que vous vous connaissez ? ». Mais je ne me souviens plus comment ils réagissent à la réponse.

— Mais je finis en juillet.
— C'est comme moi dans ma classe. Je croyais qu'aller travailler, c'était plus long qu'aller à l'école.
— Je suis en alternance. C'est comme une stagiaire. C'est pour ça.

Je suis perdue.

— C'est quoi ?
— Un stagiaire ?
— Oui.
— C'est un étudiant. Tu vois, toi tu vas à l'école, moi je vais à la fac. C'est comme l'école, mais pour les plus grands. Et pour avoir de bonnes notes dans une

certaine matière, il faut que je travaille dans une entreprise.

— Tu es payée en notes ?

— Non. Je gagne de l'argent. Pas beaucoup, mais quand même !

Elle me fait un nouveau clin d'œil. Elle n'a pas l'air de vouloir me couper les cheveux ni me donner des brocolis. Elle ne me donne pas de bonbons non plus cela dit, mais j'ai l'impression que je l'aime bien, cette Claire.

2005

Aujourd'hui, Melnikov m'a imprimé un texte extrait de *Moumou*, une nouvelle d'Ivan Tourgueniev. Je lis très peu de littérature russe. Ma mère a essayé de m'initier à un roman qu'elle adore — *Le Don paisible* de Mikhail Cholokhov — mais j'ai été découragée dès les cinquante premières pages. Quand j'ai vu ce qu'il restait encore à lire, j'ai abandonné. Je ne pouvais pas ingurgiter quatre tomes aussi mortellement ennuyeux. Je suis donc partie du principe que la littérature russe était systématiquement ennuyeuse. Je préfère le *Da Vinci Code* ou *Harry Potter*.

Bien sûr, cela va sans dire, j'ai essayé de lire *Le Don paisible* dans sa traduction française. Je ne serais pas allée au bout de deux lignes de la version russe avec mon niveau. Mais la nouvelle de Tourgueniev me semble déjà beaucoup plus accessible, même si je bute à chaque mot.

— Elle raconte quoi, cette nouvelle ?

Je n'ai pas envie de me préparer au bac de russe. Ce n'est qu'une option, tous les points ne seront que des points en plus. Depuis deux semaines, je pense à autre chose.

Soraya est méchante et idiote, mais elle a réussi à planter une idée dans ma tête. Ou alors, cette idée y était déjà, à l'état de bouture, et Soraya lui a simplement donné de l'eau et de l'engrais pour qu'elle grandisse et se développe. Toujours est-il que je n'arrête pas de penser à Melnikov de façon… plus personnelle.

Je sais très bien que ça n'a aucun sens. Il est marié. Je crois qu'il a des enfants. Et comme si ça ne suffisait pas, c'est mon prof. Il ne s'intéresse sans doute pas à moi *comme ça*. Il me voit simplement comme une élève qui a du potentiel dans sa matière. Et il n'est même pas beau, pas vraiment. Il est plus attirant que mes autres profs, c'est certain, mais la concurrence n'est pas rude dans ce domaine. Et il a au moins quarante ans !

Nina n'a jamais pardonné à Claire. Si je donnais libre cours à mes fantasmes, qu'est-ce qui arriverait ? Des enfants, sans doute pas beaucoup plus jeunes que moi, m'en voudraient toute leur vie. Je ne peux pas détruire leur enfance, les forcer à grandir. Nina est devenue adulte à seulement quatorze ans. Je ne peux pas imposer ça à des enfants que je ne connais pas.

Et pourtant, j'ai envie de braver un interdit.

Je ne suis pas vierge. Enfin, plus vraiment. Je ne l'ai fait qu'une fois, l'été dernier, un peu après mon seizième anniversaire. Il s'appelait Justin, c'était un copain de mon cousin Pierre-Étienne. Il avait trois ans de plus que moi. À la soirée pour les dix-huit ans de Pierre-Étienne, il m'a entraînée dans la salle de bains. Il était grand, musclé, il avait les yeux bleus et me rappelait Hugo, le garçon dont j'étais amoureuse en CP. Alors je l'ai suivi. Nous avons couché ensemble sur le carrelage. Heureusement, il a de lui-même mis un préservatif sans faire d'histoires, je ne sais pas si j'aurais eu le courage d'insister. Au moment de la pénétration, je me suis mordu le poignet pour ne pas crier. Je ne voulais pas admettre que j'étais pucelle devant ce beau garçon que je connaissais à peine. Par chance, je n'ai pas saigné.

Quand il s'est effondré sur moi au bout d'une minute trente de va-et-vient, il a murmuré :

— Fabio me doit vingt balles.

Je ne savais pas qui était Fabio. En revanche, j'étais surprise qu'après avoir couché avec moi, Justin pense à l'argent. Quelle drôle d'idée.

— Pourquoi ? ai-je demandé.

— Il m'a soutenu dur comme fer que les grosses jouissaient plus fort que les autres. Je viens de prouver que c'est faux. Il me doit vingt balles. Tu veux bien m'excuser ?

Il a ramassé son caleçon recroquevillé dans un coin de la salle de bain, et s'est levé. Moi, je n'ai pas réagi, je me suis contentée de me mordre la lèvre. J'étais tétanisée. Je sais ce que j'aurais dû faire : l'insulter, lui jeter son caleçon à la tête, le frapper avec le pommeau de douche. Deux mois plus tard, j'ai même trouvé la réplique idéale : « Si je n'ai pas joui fort, c'est peut-être que tu t'y es mal pris, non ? ». J'aurais pu faire plein de choses. Tout, sauf ce que j'ai vraiment fait : me taire. À cause d'une vilaine petite voix dans ma tête. Elle me susurrait que je devais m'estimer heureuse qu'un beau jeune homme majeur se soit intéressé à moi, quelle qu'en soit la raison.

À la rentrée, quand j'ai raconté cette expérience à Anne, j'ai omis ce détail, bien entendu. Je savais qu'elle aurait envie d'arracher la tête à ce Justin si elle l'apprenait. Je me suis contentée du positif : il était beau, il a voulu coucher avec moi, c'est même lui qui a demandé. Aucun mensonge, juste de l'omission.

Je ne me le suis pas avoué sur le moment, mais j'ai perçu comme une lueur de jalousie dans le regard d'Anne à ce moment-là. Elle a l'air d'une poupée de porcelaine, avec ses cheveux blonds, ses grands yeux verts et son teint diaphane. Pourtant, elle n'en revenait pas que son amie, la grosse Elvira, *Elle et Vire*, ait perdu sa virginité avant elle.

Mais le sexe, ce n'est pas que ça, si ? Ce n'est pas forcément un carrelage de salle de bains, avec un énergumène beau et stupide qui jouit trop vite puis jette le préservatif dans la poubelle et s'en va en remettant son caleçon sur son pénis encore à moitié éveillé ? Il doit bien y avoir autre chose, non ? Sinon, plus personne ne se reproduirait.

— Et à la fin, le serf Gérasime est obligé de noyer son chien, conclut Melnikov d'un air sombre.

Je cligne des yeux. Je me rends compte que je lui ai demandé de me raconter l'histoire de *Moumou* mais que, perdue dans mes pensées, je n'ai rien écouté. J'espère qu'il ne m'interrogera pas dessus. Ce soir, je demanderai à maman, je suis sûre qu'elle connaît cette nouvelle.

— C'est triste, comme histoire, n'est-ce pas ?

J'acquiesce. Si un chien se noie, c'est forcément triste.

— *Poslushaite ! Ved, esli zviozdy zajigaiut, znachit, eto komu-nibud nujno ?*

Je ne sais pas ce qui m'a pris. Il y a des mois que je n'ai pas repensé à ce vers, et pourtant, il était quelque part, gravé au fond de ma mémoire, prêt à être recraché quand l'occasion s'y prêterait. Et aujourd'hui, alors que Melnikov et moi sommes seuls dans cette salle de classe, l'occasion semble parfaite.

Il siffle entre ses dents, impressionné.

— Vous connaissez Maïakovski ?

Il le prononce à la russe, en accentuant le O. Au bout de ses lèvres, le nom semble fluide et facile, pas encombrant et long comme quand il est prononcé à la française.

— Pas plus que ça, avoué-je à contrecœur. Ma grand-mère récitait souvent ce vers. Je le trouvais joli.

— C'est un des plus beaux vers de la poésie russe, effectivement. Il n'y en a toujours que pour Pouchkine. C'est un très bon poète, ça ne fait aucun doute, mais il n'y a pas que lui. Il y a Tsvetaïeva, Akhmatova, et bien sûr, Maïakovski. Il y a *Poslushaite*.

Il s'assoit à côté de moi. Je sens son haleine. Il sent la nourriture — c'est l'heure du déjeuner, il a dû prendre un rapide sandwich dans son bureau — mais ce n'est pas désagréable. Justin sentait le tabac. Au moins, Melnikov ne fume pas. Je préfère.

— Je vous trouve de plus en plus fascinante, mademoiselle Constant.

Je déglutis. J'ai envie de lui proposer de m'appeler Elvira, le « mademoiselle » me semblant superflu maintenant que nous sommes si proches l'un de l'autre. Pourtant, quelque chose me dit que ce n'est pas à moi de faire le premier pas.

Il pose sa main sur ma cuisse. Je sens une chaleur envahir tout mon corps, comme de l'électricité. Justin ne m'avait pas fait cet effet-là. Au moins, maintenant, tous mes doutes se dissipent : « Je ne suis pas ce qu'Anne et Soraya pensent que je suis. Elles peuvent dire ce qu'elles veulent, je sais la vérité, moi. »

Il se rapproche de moi. Nos bouches sont soudain proches, très proches. Trop proches. *Il est marié. Il a des enfants. Si tu cèdes, tu ne vaux pas mieux que Claire.*

Ouais, mais je l'aime bien, Claire.

Il m'embrasse. Je sens sa barbe de trois jours râper mes lèvres. Je m'attends à trouver ça désagréable, mais non. Je préfère ça à la figure imberbe de Justin. Leurs baisers sont différents. Il y a moins d'urgence dans celui de Melnikov, il prend son temps, il est plus âgé et plus expérimenté. Comme s'il essayait de me faire du bien, de me faire profiter du baiser.

« Qu'est-ce que tu fous, El ? »

La voix d'Anne résonne dans ma tête, mais je ne cherche même pas à la faire taire. Je me sens vivante, pour la première fois depuis qu'elle a cessé de me parler. Je suis spéciale, forcément. Il risque sa carrière pour pouvoir m'embrasser. N'importe qui pourrait entrer dans cette salle de classe, là, maintenant, tout de suite. Je pense à la tête de la vieille Tyran si elle assistait à la scène, mais même cette image ne reste pas trop longtemps dans mon esprit.

Tout ce qui compte, c'est ici et maintenant.

— Vous me fascinez aussi, monsieur, dis-je, quand nos bouches se séparent enfin.

Quelle nouille.

— Vous pouvez m'appeler Oleg, murmure Melnikov.

2013

Je sonne chez maman. « C'est ouvert ! » me répond la voix de ma sœur.

Quand je pousse la porte, l'appartement a l'air normal. Sauf l'odeur de brûlé. Je trouve Nina assise par terre en *jegging* et en sweat. À côté d'elle, Grégoire dort dans sa poussette en serrant contre lui son dinosaure en peluche. Maman regarde tranquillement la télé, affalée sur le canapé. Une odeur de transpiration émane d'elle. Je me demande depuis combien de temps elle ne s'est pas douchée. Et au milieu du couloir, j'aperçois les victimes : une planche à repasser jaune presque trouée, un fer gisant sur le sol.

J'hésite entre aider Nina à se relever et m'asseoir auprès d'elle. Je choisis finalement l'option la moins épuisante physiquement ; je me laisse tomber sur le parquet comme un animal mort.

La maternité a vieilli ma sœur. Elle est, comme toujours, la plus belle de nous deux. Mais ses traits sont tirés. Depuis environ un mois, Nina a trente-trois ans. Elle semble plus âgée. Elle vient de reprendre le travail. Aujourd'hui, c'est samedi, une journée qu'elle devait consacrer uniquement à son fils. Et maintenant… maman.

Elle détourne le regard et me raconte, en parlant à voix basse droit devant elle, pour ne pas réveiller Grégoire ni affoler notre mère. Mme Ponton — c'est la voisine, une dame qui était là bien avant nous et qui doit avoir au moins vingt ans de plus que mes parents — a entendu l'alarme à incendie. Elle a appelé les pompiers qui ont, à leur tour, appelé Nina, le numéro à contacter en cas d'urgence de maman. L'odeur de brûlé venait du fer à repasser oublié sur sa planche. Heureusement, l'alarme s'est déclenchée à temps. Ça aurait pu être beaucoup plus grave.

Je sais que nous devons prendre une décision. Il y a trois ans, nous avons réellement commencé à nous inquiéter pour les oublis de maman. Elle nous appelait toutes les deux « Kris ». Elle ne se douchait plus tous les jours, elle qui était toujours très à cheval sur l'hygiène, qui me bassinait avec l'importance de « bien présenter » quand elle allait faire ses ménages. Elle n'arrivait plus à lire le solde de son compte en banque sans que je lui explique — quand elle se souvenait du code secret, pourtant toujours le même : la date anniversaire de Kristina. Quand Nina et moi l'avons emmenée, presque de force, chez un médecin, le verdict est tombé avec un gros *boum*, comme un arbre qui s'écroule soudainement au milieu de la route. Mais au lieu de barrer une route, il a barré nos vies.

Alzheimer précoce.

Tout ça est ma faute. J'aurais pu remarquer que quelque chose n'allait pas quand maman a commencé à retrouver ses clés dans le frigo de plus en plus régulièrement. Tout ça n'avait rien à voir avec un « cerveau de ménopause ». Mais j'ai préféré me voiler la face, refuser de voir un parallèle avec Baba Nastia qui était pourtant évident. Peut-être que si j'avais alerté ma sœur plus tôt, on aurait pu faire quelque chose.

Comme si elle devinait mes pensées, elle passe un bras autour de mes épaules.

— Tu n'as pas à t'en vouloir, El. Je me suis voilé la face comme toi. Mais il faut qu'on accepte ça. Aujourd'hui, c'est un fer à repasser et demain ? Qu'est-ce que ça sera ?

— Elle n'a même pas soixante ans. C'est trop jeune… Baba Nastia…

— Ses absences ont commencé quand tu es née, voire avant. Pourquoi à ton avis on n'a pas pu aller chez elle en été 1995 ? C'était déjà beaucoup trop le bordel.

Je n'ai pas envie de penser à l'été 1995, celui où tout a basculé, où je me suis retrouvée transportée dans des problèmes d'adultes alors que je venais d'avoir sept ans.

— On ne peut pas rester comme ça.

Bravo, El. Tu viens de prononcer la phrase la plus utile du monde. La question est : qu'est-ce que vous allez faire maintenant ?

— On a deux options, répond Nina, toujours rationnelle et mathématique. La première : on la met dans une institution. Un EHPAD ou un truc du genre. La deuxième : l'une de nous la prend chez elle.

J'opine, même si aucune de ces options ne me convient. Les institutions coûtent extrêmement cher, et les plus abordables ne sont guère plus que des mouroirs. Nina gagne un salaire plus que correct. Même si les rentrées d'argent de son mari Pierrick sont très saisonnières — il est photographe de mariage — c'est suffisant pour faire vivre sa famille dans un trois-pièces à Chaville. Mais elle veut acheter une maison. Si elle doit payer le placement de maman en maison spécialisée, elle n'y arrivera jamais, et elle peut mettre de côté son projet d'avoir un deuxième enfant — elle m'a confié vouloir une petite fille d'ici un an ou deux. Quant à moi, j'enseigne à la fac, même pas à temps plein. Tout est dit. Jamais je ne pourrai me le permettre.

Et pour prendre maman chez nous, ce n'est même pas la peine d'y penser : Charles et moi partageons un studio de vingt-sept mètres carrés, à peine suffisant pour vivre à deux. Contrairement à Beth Harmon, il ne parvient pas à gagner sa vie en jouant aux échecs.

Je n'ai plus qu'à espérer que *La patience des bas-fonds* devienne le best-seller de l'année quand je l'aurai terminé, et que les éditeurs se l'arrachent et me proposent des avances mirobolantes pour avoir le plaisir de publier ma sacro-sainte œuvre. Mais je n'ose pas le dire devant Nina, même sur le ton de la plaisanterie. L'heure est grave, elle cherche de véritables solutions. Pas des hypothèses qui reposent sur le succès littéraire d'un roman dont je n'ai même pas fini le premier jet.

Nina s'approche de la fenêtre et allume une cigarette.

— Je croyais que tu avais arrêté ! m'exclamé-je.

Elle me regarde, l'air de dire « c'est vraiment ça, ton principal problème, en ce moment ? ». La première fois que j'ai vu Nina fumer, elle avait quatorze ans, je venais d'en avoir sept. Elle ne s'est arrêtée que quand elle a essayé de tomber enceinte. Elle a abordé la cigarette comme tout le reste : avec rationalité. Elle a fumé quand elle en a ressenti le besoin et a arrêté quand l'envie de maternité s'est révélée plus forte que tout. Et là, elle fume de nouveau. Je n'ai pas besoin de demander pourquoi. La situation avec maman la stresse trop, sa cigarette devient sa béquille.

— Normalement, ça devrait être à papa de s'occuper de ça.

J'enfouis ma tête dans mes mains. Elle ne va pas recommencer !

— Non, ils ne sont plus mariés depuis longtemps. Papa, ce n'est plus son problème. La seule chose qui le liait à maman, c'était nous. Maintenant ils partagent un petit-fils. C'est tout. La santé de maman…

— C'est trop facile, putain. Il s'est cassé comme un voleur avec une nana en couches-culottes et c'est à nous d'assumer le reste.

— T'exagères…

— Quoi, j'exagère ? Tu te rends compte qu'elle était plus jeune à l'époque que tu ne l'es aujourd'hui ?

Je soupire. Pour ce qui est probablement la millionième fois, je me réjouis de ne jamais avoir parlé d'Oleg à Nina. Elle me détesterait. Elle me renierait. Quand ma conscience me demande comment j'ai pu coucher avec un homme marié, elle a la voix de Nina.

Ma sœur n'a pas envie de se disputer.

— C'est nous qui allons la prendre, dit Nina.

C'est la solution la plus logique. Ils ont un canapé convertible dans leur salon. J'y ai dormi plusieurs fois avant la naissance de Grégoire, quand ma sœur était enceinte et avait besoin d'aide. Néanmoins, je proteste. « Et votre intimité ? », « Est-ce que c'est l'idéal, maman avec le bébé ? », « Vous allez être à l'étroit ». Elle balaie mes arguments d'un revers de la main.

— Tu vois une autre solution, toi ?

Je baisse la tête en silence. *Bien sûr que non.*

— Ce sera au moins temporaire. Après, on va peut-être trouver une solution pour la mettre dans une maison. Elle a peut-être droit à des aides du fait de son invalidité.

— Je me demande si…

Elle se mord la lèvre sans finir sa phrase, mais je sais qu'elle pense la même chose que moi : « Je me demande si nous risquons de l'avoir, si nous avons les gènes maudits. Combien de temps nous reste-t-il avec nos souvenirs ? »

— Enfin bref, ils ne vont pas la laisser comme ça. La gauche est au pouvoir, merde. Ils ont dû mettre des trucs en place. Elle doit toucher une retraite, non ?

Je hausse les épaules, mais ça me paraît peu probable. Jusqu'à son divorce, maman était mère au foyer. Elle avait quarante ans quand elle a commencé à travailler comme femme de ménage. Ils ne lui donneront rien du tout. Jamais ça ne paiera les frais de son placement en institution.

Je n'ai pas envie de laisser ma sœur, mais j'ai besoin d'air. J'ai besoin d'en parler avec quelqu'un. Pas avec Prune. C'est ma meilleure amie, mais c'est celle avec qui je partage les choses excitantes, les bonnes nouvelles ; ce n'est pas celle que je vais voir quand j'ai un problème. Elle n'en a jamais aucun. Tout lui réussit. Je ne veux pas être un boulet.

Je devrais vouloir les bras de Charles, mais ce n'est pas le cas, non plus. Je l'aime — bien sûr que je l'aime — mais son tempérament très cérébral n'est pas ce dont j'ai besoin.

Je ne me l'explique pas. Je ne devrais pas avoir besoin d'elle, car je ne la connais que depuis quelques jours. Pourtant, c'est elle que mon cœur réclame, à elle que j'ai envie de me confier.
Mariam.

2023

Il pleut aujourd'hui. Ce n'est pas plus mal – il y a quelque chose de sinistre à se rendre sur une tombe en plein soleil. Comme si l'univers se réjouissait de notre tristesse. Je me surprends à penser qu'une scène au cimetière, sous la pluie, aurait sa place dans un roman. Je culpabilise. Comment puis-je penser à l'écriture dans un moment pareil ? Mon père est debout près de moi. Sa vie a été détruite il y a trois ans jour pour jour.

Je ne ressens pas la même tristesse que les années précédentes, car je n'arrête pas de penser à Mariam. Nous nous sommes disputées avant-hier. Ces derniers temps, c'est de plus en plus fréquent, toujours pour le même sujet : Mariam veut un deuxième enfant, si possible un petit garçon même si elle sait qu'on ne peut pas choisir. Moi, je ne veux pas. Nous avons adopté Alex parce que mon épouse a insisté. J'aime notre fille, mais notre vie aurait pu être belle sans enfants, également. En revanche, ma vie n'aurait pas pu être belle sans Mariam, alors le choix a été facile, et Alex est arrivée.

Maintenant que la PMA est autorisée pour les couples de femmes, Mariam souhaite un enfant portant ses gènes, et en parle de plus en plus. J'apprécie qu'elle se soit autoattribué le rôle de la mère biologique, car si je n'ai pas envie d'un deuxième enfant, j'ai encore moins envie de vivre une grossesse ou un accouchement. La seule chose dont j'ai envie d'accoucher, c'est un quatrième roman, mais Alex nous prend déjà beaucoup de temps et j'ai des difficultés à écrire depuis qu'elle est là. Mariam est la « cheffe de famille », c'est-à-dire la personne qui rapporte à la maison le revenu le plus élevé. Si une de nous deux doit se sacrifier pour s'occuper d'un deuxième enfant, ce ne sera pas elle. Pourquoi est-ce si difficile pour elle de comprendre ça ?

Mes yeux se remplissent de larmes. Si papa les voit, je dirai que c'est à cause de Claire. Je regarde l'inscription que je connais par cœur.

« Claire Mancéro-Constant — 17/06/1973-16/04/2020 — Épouse et mère »

Nous sommes trois devant la tombe de Claire : mon père, Ghislain et moi. Mon père est à l'écart, laissant les trombes d'eau glisser sur son anorak. Il ne parle plus beaucoup depuis que c'est arrivé. Je me blottis au bras de Ghislain, qui tient un parapluie au-dessus de nos têtes. Il est tellement grand. Un mètre quatre-vingt-dix. J'ai encore du mal à concilier ce géant avec le bébé rose et joufflu que j'ai rencontré à l'appartement de Claire et papa, il y a bien longtemps. À cette époque, je ne réalisais pas qu'un bébé pouvait un jour devenir un homme.

Pour les deux hommes de ma vie, ce triste anniversaire est tragique et chargé de culpabilité. Il y a trois ans, papa a été la première personne de mon entourage à attraper le covid. On ignore comment. Nous étions confinés, mais nous avions le droit d'aller au supermarché, et peu de masques étaient accessibles. Un rien suffisait. Quand j'ai appris qu'il avait perdu l'odorat et le goût — le critère qui permettait de distinguer le covid de façon quasi sûre, à cette époque où aucun test n'était disponible — j'étais si inquiète. Insomniaque. Je passais mes nuits dans un fauteuil, Khaled ronronnant sur mes genoux, à lire pour m'occuper l'esprit, et pourtant je n'arrêtais pas d'y penser. Papa avait soixante-quatre ans, il souffrait d'hypertension, d'un léger surpoids, beaucoup trop de facteurs de risques.

Je n'aurais pas dû. À part la perte de l'odorat, qui a duré trois semaines, papa n'a eu aucun autre symptôme. Claire n'a pas eu cette chance. Elle a refusé de faire attention : « Je suis plus jeune que toi, je ne risque rien, voyons. » « Faire attention, c'est bon pour les gens qui ont des maisons. C'est inutile dans les apparts de soixante-dix mètres carrés. » « Je t'aime, je refuse de passer une seule nuit loin de toi. »

Puis un jour, elle s'est évanouie dans la salle de bains alors qu'elle se brossait les dents. Comme ça, sa brosse à dents dans la bouche, le dentifrice moussant à ses lèvres comme si elle avait la rage. Mon père a appelé une ambulance. Puis tout est allé très vite. Hôpital. Réanimation. Décès.

Quand papa me l'a annoncé, il pleurait. « Elle n'avait que quarante-six ans, ça aurait dû être moi, ça aurait dû être moi ! » Ce truc, c'était la loterie, les scientifiques croyaient qu'ils comprenaient comment ça fonctionnait, mais il n'en était rien.

J'ai pleuré, moi aussi, pour Claire, mais aussi pour Ghislain. Il habitait — et habite encore — à Londres. Pendant la pandémie, on ne pouvait pas passer la frontière, même pour un enterrement. Il avait vingt-cinq ans et il n'a pas pu dire au revoir à sa mère. Je l'ai appelé plusieurs fois. Il pleurait, lui aussi. Le plus souvent, malgré les sept ans qui nous séparent, je ne ressens pas la différence d'âge. Mais quand je voyais ses larmes à l'écran dans ma fenêtre Zoom, il retombait en enfance. J'avais envie de le serrer contre moi, comme quand j'avais quatorze ans et lui sept, et qu'il s'égratignait le genou. Mais là, il ne suffisait pas d'un morceau de sparadrap et d'un coton imbibé d'alcool.

Il avait perdu sa mère beaucoup trop jeune et il n'avait pas pu assister à ses derniers instants.

Mon père s'agenouille devant la tombe et dépose le bouquet de fleurs qu'il a apporté. Comme chaque année, je m'attends à un discours, et comme chaque année, il ne dit rien. Je presse la main de Ghislain. Je sais qu'il s'en veut de ne pas avoir été là. En serrant sa main, je lui explique silencieusement que ce n'est pas sa faute. Personne ne pouvait prédire ça.

Je pense à mon appartement, à Mariam qui a pu garder Alex, car on est dimanche. Je me dis qu'un jour, quand Alexandra sera plus grande, je lui raconterai l'histoire de Claire, qui n'était pas vraiment sa grand-mère, mais qui l'aurait tant aimée si elle avait pu la connaître. Oh, je sais très bien ce que représente Claire pour ma famille. Ma mère qui s'est retrouvée seule, reconvertie en femme de ménage après avoir été femme au foyer, démunie face à l'Alzheimer qui la rongeait. Je sais que Claire était *l'autre femme*, la méchante, celle que je dois détester.

Pourtant, j'ai moi-même été l'autre femme. Je sais combien il est difficile de résister à l'aura d'un homme plus âgé, surtout quand on a un esprit encore jeune et fragile. Je sais aussi que Claire n'était pas une mauvaise personne, juste quelqu'un qui a mal agi. Et je n'oublie jamais que c'est grâce à elle que Ghislain est entré dans ma vie, le meilleur frangin du monde, mon géant de petit frère.

Mon smartphone vibre dans ma poche. Je me maudis intérieurement de ne pas l'avoir mis en « Ne pas déranger ». Heureusement, la pluie est si forte que ni Ghislain ni papa ne semblent avoir entendu son vrombissement. Sans lâcher le bras de Ghislain, je refuse l'appel sans même regarder le nom qui s'affiche à l'écran. Ça ne peut pas être quelqu'un d'important : Nina, Mariam, Prune et Martin savent tous ce que cette journée représente.

Je reste encore cinq minutes avec eux puis m'éloigne un peu, laissant le parapluie à Ghislain ; Claire était la femme de papa et la mère de Ghislain, je me sens de trop, je suis sûre qu'ils ont des choses à lui dire que je n'ai pas besoin d'entendre. Je m'abrite sous un arbre et regarde mon smartphone. Un numéro que je ne connais pas s'affiche dans la liste des appels en absence. Ils n'ont pas envoyé de SMS, ni laissé de message. Je déteste ces personnes. C'est tellement gênant de devoir appeler un inconnu en lui disant : « Bonjour, j'ai reçu un appel de ce numéro, vous êtes qui ? ».

C'est probablement rien d'intéressant, de toute façon. Une arnaque du CPF ou quelqu'un qui veut à tout prix me faire acheter un nouveau forfait.

Je m'apprête à ranger mon smartphone quand ce numéro m'appelle à nouveau. Intriguée malgré tout, je décroche. Les démarcheurs téléphoniques appellent rarement deux fois de suite, de manière aussi rapprochée, du même numéro. La pluie tambourine sur mes bottes en caoutchouc. *Heureusement que je les ai mises, ces bottes, que je n'ai pas mis mes jolies baskets en cuir, elles auraient été fichues.*

— Bonjour, pourrais-je parler à Elvira Constant ?

Étrange habitude que nous avons gardée de l'époque du téléphone fixe. Quand nous appelons le portable d'une personne inconnue, nous demandons systématiquement à lui parler. Alors que c'est son portable personnel. Qui d'autre pourrait décrocher ?

— C'est moi-même.

Et c'est parti, sers-moi ton baratin sur tes forfaits de téléphone pourris. Il y a deux mois, on m'a appelée pour me suggérer d'adapter ma salle de bains aux personnes âgées. J'ai dû expliquer que Mariam et moi avions respectivement trente et un et trente-quatre ans, et qu'il était un peu tôt pour nous de penser à ce genre de chose.

— Tu vas bien ? C'est Fifi Desmoulins.

Mon cœur bat plus fort dans ma poitrine. *La* Fifi Desmoulins ?

— On a discuté avant-hier à la RAAF. Tu t'en rappelles, j'imagine ?

Comme si je pouvais oublier que j'ai croisé Fifi Desmoulins à la RAAF. D'ailleurs, j'ai aussi fait un plan à trois avec Tom Ellis et Emma Stone juste après, et ça non plus, j'en ai aucun souvenir.

— Oui, bonjour Fifi. Tu vas bien ?
— Très bien, et toi ?
— Bien, bien.

Inutile de lui dire que je suis sur la tombe de ma belle-mère, là, et que mon père est en train de pleurer toutes les larmes de son corps. On va essayer de ne pas effrayer Fifi Desmoulins dès les premières secondes.

— Comment as-tu eu mon numéro ? demandé-je.

— J'ai un peu minaudé auprès d'Olympe. Normalement, elle n'a pas le droit de le faire, mais bon…

Avec son « mais bon », Fifi essaie d'être modeste. Il signifie en réalité « le nom de Fifi Desmoulins donne le droit à quelques privilèges, dans le milieu littéraire ».

— Tu n'as jamais pensé à te faire éditer par une maison d'édition ? Je veux dire, l'auto-édition, c'est un choix, pour toi ?

Ben, vu qu'aucune grande maison d'édition n'a jamais voulu de moi…

— Je ne sais pas trop. Les maisons d'édition sont toujours un peu submergées. J'ai aucun contact dans le milieu, je n'ai jamais trop essayé… J'ai choisi la voie de la facilité…

Oh, le vilain mensonge pas beau. Je repense à la multitude de manuscrits imprimés, pour toutes ces maisons qui refusent l'envoi par mail, sans doute pour tester la motivation des auteurs. Times New Roman taille 12, interligne double, recto seulement. Des dizaines d'euros dépensés pour imprimer, relier, envoyer, tout ça pour recevoir toujours la même réponse, à quelques mots près — et encore, quand j'en recevais une.

« Bonjour madame, nous avons pris le temps de lire attentivement votre manuscrit. Malgré certaines vraies qualités, votre texte n'a pas entièrement convaincu notre comité de lecture. Bla bla bla. »

— Bingo ! C'est bien ce que je pensais. Je me suis toujours dit que vu ce que tu écrivais, c'était impossible qu'une maison d'édition te refuse.

Hein ?

— J'ai un ami qui bosse aux éditions Tango. Je lui ai *pitché* ton dernier roman, *La charité des flammes*, il a-do-re l'idée.

— Les éditions Tango…

Je retiens ma respiration un instant.

— La maison d'édition de C.C. Kristaux ?

— Tout à fait.

La maison d'édition de mes rêves. Je leur avais envoyé *La patience des bas-fonds* et *Les contours des savants*, dans une enveloppe, pour me prendre deux refus aussi douloureux que des gifles. Pour *La charité des flammes*, je n'ai même pas essayé. Je savais que cette maison et moi, nous n'étions pas compatibles.

— Il aimerait beaucoup te rencontrer.

— Rencontrer qui ? Moi ?

T'es une gourde, El.

— Ben oui, évidemment. Qui d'autre ? Est-ce que je peux lui filer ton numéro pour qu'il te rappelle ? Je sais que je l'ai obtenu par Olympe, mais bon, sur le principe, il faut que je te demande avant, quand même.

Fifi, on va remettre les pendules à l'heure : un gars qui bosse aux éditions Tango, ce n'est pas « les gens ». Ce gars-là, tu peux lui filer mon numéro, mon code de carte bleue, mon soutif, des photos de moi à poil, sans avoir à me demander. J'espère que ce n'est pas le gars qui a édité Camilla, qu'il ne va pas faire retoucher ma photo pour me rendre plus « bankable ». Je n'ai pas envie d'être mince sur ma photo. J'ai envie d'assumer mon corps. Et puis, peu importe, merde. Si je peux être éditée chez Tango, j'accepte qu'ils retouchent ma photo.

— Avec plaisir, d'accord, je réponds, en essayant de masquer un peu mon enthousiasme exacerbé.

Cette conversation téléphonique surréaliste terminée, je raccroche et aperçois une silhouette vêtue d'un trench noir derrière un arbre, quelques mètres plus loin. Elle porte sa capuche et je ne distingue pas son visage, mais je n'ai aucun doute.

Elle n'a souhaité parler ni à papa ni à Ghislain, mais ce jour-là, elle a fait le premier pas. Nina est venue voir Claire au cimetière.

PARTIE 2

« L'existence est drôlement faite, quand même. On peut passer des années à côtoyer des gens qui effleurent à peine ce que nous sommes. Et un matin, on croise quelqu'un qui percute nos ambitions intimes. Fracasse nos millions de carapaces, en un éclat de rire. »

(Julien Rampin, *Grandir un peu*)

1995

Je déteste la danse classique.

Quand je suis entrée en CP, papa et maman m'ont demandé de choisir une activité exa... etra... ecra... Peu importe. Une activité à pratiquer en dehors de l'école. Ils voulaient que ce soit du sport, impérativement. « De nos jours, les gamins ne pensent qu'à rester assis devant la télé ! Moi, tout ce dont je rêvais, c'était de courir après un ballon ! ».

Ça tombait plutôt bien : moi, tout ce dont je rêvais, c'était aussi de courir après un ballon. L'été dernier, papa regardait la Coupe du monde de foot, organisée aux États-Unis. Les États-Unis, c'est très loin, Valérie nous l'a expliqué. Ça n'intéressait pas beaucoup maman, mais Nina et moi, on regardait avec lui. J'adorais ce ballon. « Plus tard, je serai footballeuse professionnelle ! », ai-je déclaré. Papa a ri. « Tu sais, trésor, le foot, ce n'est pas pour les filles. »

J'ai grandi depuis. À l'époque, je n'avais que cinq ans et onze mois, et aujourd'hui, j'ai six ans et dix mois, et ça change tout. Je ne veux plus devenir footballeuse quand je serai grande, je veux devenir écrivaine.

Mais ça n'empêche pas de jouer au foot, si ? Les écrivains font souvent plein d'autres choses qu'écrire. L'autre jour, avec maman, on a vu une dame à la télé. Maman m'a expliqué qu'elle s'appelait Annie Ernaux et qu'elle était une écrivaine connue. C'est donc bien la preuve qu'elle ne fait pas qu'écrire. Elle écrit, et elle passe à la télé. Moi, j'écrirai et je jouerai au foot. Je m'en fiche de passer à la télé.

À la rentrée en CP donc, quand maman m'a demandé de choisir un sport, j'ai tout de suite répondu : « Du foot ! ». Je voulais jouer aussi bien que Romário. C'est un joueur de foot qui vient du Brésil, c'est un de ceux qui ont marqué le plus de buts l'an dernier. Le Brésil, c'est comme les États-Unis, c'est très loin, j'imagine que c'est à peu près au même endroit.

Maman a pincé les lèvres comme si elle venait de mordre dans un citron.

— On verra avec ton père.

Papa a rouspété.

— Ça serait pas marrant pour toi de jouer avec plein de garçons, pas vrai ? Tu serais mieux avec des filles.

Oui, bien sûr, je voyais sa logique. Tout le monde se moque des filles qui sont amies avec des garçons, parce que ça veut dire qu'elles sont amoureuses. Cela dit, si Hugo voulait être ami avec moi, je pourrais peut-être supporter les moqueries. Je lui ai dit que ça existait sûrement, une équipe de foot avec uniquement des filles.

— J'en sais rien. J'ai pas que ça à faire que de chercher ça.

J'ai pleuré, papa s'est fâché.

— On va choisir un sport où vous serez entre filles. Ça serait quand même plus sympa. Que dirais-tu de faire de la danse classique ?

À ce moment-là, j'ai haussé les épaules. Il faut dire que la danse classique, je ne savais pas vraiment ce que c'était, juste que ce n'était pas du foot.

Maintenant, presque un an plus tard, la danse classique, je sais ce que c'est. J'aurais mieux fait de réfléchir. J'aurais pu trouver quelque chose entre les deux. Pas aussi sympa que le foot, mais pas aussi atroce que la danse classique.

Papa pense que « une fille doit être gracieuse ». Je ne sais pas d'où il a sorti une chose pareille. Il a dû voir maman et Nina, et il a déduit que c'était quelque chose de commun à toutes les filles. Mais moi, je ne suis pas comme elles. J'ai les traits de maman, les gens nous disent que nous avons des visages et surtout des voix similaires, mais je n'ai pas sa grâce. C'est une gazelle. Moi, je suis une patate. Je ne pense pas que ce soit une mauvaise chose. Au contraire, c'est très bon, les patates, surtout quand maman les fait à la poêle. Simplement, ce n'est pas très gracieux.

Rien ne va dans la danse classique. Les tenues sont forcément roses. Je déteste le rose. Ma couleur préférée est le bleu. Quand je suis arrivée dans ce groupe de filles habillées en rose, j'ai dit que je voulais porter un tutu bleu. La prof a mis sa main devant sa bouche, comme si j'avais dit un gros mot.

D'ailleurs, la prof, parlons-en. J'aime bien Valérie, ma maîtresse à l'école. Elle est gentille et elle explique bien les choses. Quand nous sommes sages, elle nous apporte des bonbons. Une fois, elle nous a même fait un gâteau au chocolat. Mais depuis que j'ai découvert la danse classique, j'ai appris que toutes les maîtresses n'étaient pas comme ça. Corinne, la prof de danse classique, ressemble à une sorcière — à l'intérieur et à l'extérieur ; la première fois que je l'ai vue, je ne voulais vraiment pas y aller, car avec ses cheveux noirs et sa veste en fourrure blanche, elle ressemblait beaucoup à Cruella dans *Les 101 dalmatiens*. Elle en a la personnalité, aussi. Je ne sais pas si elle a déjà tué des bébés chiens pour s'en faire un manteau, mais je suis presque sûre qu'elle le ferait si l'occasion se présentait.

Elle nous crie tout le temps dessus. « Rentre le ventre ». « Serre les fesses ». « Tire sur tes jambes ».

Parfois, je me plains. « Corinne, j'ai mal ! ». Et là, vous savez ce qu'elle me répond ? Je vous le donne en mille. « C'est pour ton bien ».

Me faire mal, c'est pour mon bien ? On aura tout entendu ! La première fois que je suis montée sur un vélo, maman m'a mis un casque. « Pour pas que tu te fasses mal ». Quand j'ai voulu sauter du canapé au fauteuil, papa a dit non. « Tu vas te faire mal ». Quand j'ai voulu reprendre une part de gâteau à l'anniversaire de Marjo, sa maman à elle a dit non. « Tu vas avoir mal au ventre. » Quand j'ai couru très vite pour rattraper Anne et ne plus être le chat, Valérie a crié. « Attention, Elvira, ne te fais pas mal ! » Tous les adultes veulent m'empêcher d'avoir mal. Tous les adultes, sauf Corinne, qui semble penser qu'avoir mal, c'est pour mon bien.

Mais la raison principale pour laquelle elle est mon pire cauchemar, c'est que j'ai aussi l'impression d'être le sien. Elle passe son temps à me montrer que je ne fais pas aussi bien les choses que le reste du groupe. « Elvira, pourquoi tu peux pas te tenir droite comme les autres ? » « Elvira, regarde tes camarades, elles y arrivent, elles ! » « Elvira, non mais c'est quoi ces fesses ? » « Elvira, tu te trompes ! » « Elvira, j'ai dit en troisième position ! » « Elvira, Elvira, Elvira ! »

Quand elle considère que nos fesses ne sont pas assez serrées — en général, les miennes, de fesses — ou le ventre pas assez rentré — en général, le mien, de ventre — elle *tape* dessus. Pourtant, Valérie nous avait expliqué qu'avant, les maîtres et les maîtresses frappaient les élèves avec des règles, mais qu'aujourd'hui, c'était interdit. Comment ça se fait que Corinne a le droit, elle ? Quand j'ai essayé d'en parler avec mes parents, ils m'ont répondu : « C'est pour ton bien ». Comme Corinne.

Aujourd'hui, c'est le jour du spectacle. Corinne a monté une danse inspirée de l'Égypte. Le pays où il y a des pyramides et des gens qui écrivent sur les murs et des méchants rois qui tapent sur leurs esclaves. Peut-être que Corinne est égyptienne, et c'est pour ça qu'elle a le droit de frapper ses élèves.

On a dû répéter pour apprendre par cœur une danse de cinq minutes. Cinq minutes, c'est très court quand maman me dit « Va te coucher dans cinq minutes ». Pourtant, ça devient tout de suite très long quand je dois danser comme une Égyptienne. Je n'ai aucun problème pour retenir les poésies que nous apprend Valérie. Les danses, c'est différent. Le seul point positif, c'est que nos tenues sont dorées, et on a même des chapeaux jaunes en forme d'Arc de Triomphe. Ce n'est pas aussi bien que des tenues bleues, bien sûr, mais au moins, elles ne sont pas roses. Et pour la première fois de ma vie, j'ai eu le droit de me mettre du crayon noir de maman sur les yeux. Bon d'accord, il y a deux points positifs dans ce spectacle.

À mon grand étonnement, le spectacle ne s'est pas trop mal passé. Nous étions habillées en Égyptiennes, les filles de CE1, en Japonaises, les CE2, en Indiennes, et les CM1-CM2, en Brésiliennes. J'aurais bien voulu être en CM1 pour pouvoir m'habiller en Brésilienne, comme Romário.

Maman et Nina sont là. Quand je les rejoins, maman me serre contre elle et Nina ébouriffe mes cheveux. Nous sortons, et l'air chaud de juin me caresse le visage.

— Tu vois, me dit maman, ce n'est pas si terrible, la danse classique, finalement ! Tu t'es très bien débrouillée !

Enfiler une tenue dorée et se faire féliciter par maman, ce n'est pas si mal. Voir Corinne tous les mercredis après-midi pendant un an, c'est l'enfer.

— Papa n'est pas là ?

— Non, mon ange, il n'a pas pu se libérer, il a dû travailler.

— C'est dommage. J'avais proposé à Claire de venir aussi. J'aurais bien aimé qu'elle soit là.

Maman se fige et me regarde sévèrement. Je ne sais pas pourquoi, je n'ai dit aucune bêtise pourtant.

— Comment ça, Claire ?

— Claire, la dame qui travaille avec papa.

La gifle est partie sans que je m'y attende. C'était la première fois que maman me frappait. J'ai eu mal à la joue. Mais surtout, je n'ai pas compris. Pourquoi ? Je n'ai pas dit de gros mots, je ne me suis pas plaint. Cette incompréhension est plus douloureuse que n'importe quelle séance de danse classique avec Corinne.

Je fonds en larmes.

— Je te déteste ! hurlé-je. Je veux plus jamais te parler !

Peut-être que les autres filles me voient et se moquent de moi. Peut-être qu'elles sont déjà parties. Je ne sais pas trop, car à cause de mes larmes, je vois flou. Je panique, je crie, je marche à tâtons. À vrai dire, ça m'est égal. Très vite, des bras chauds m'entourent. J'espère que c'est maman, mais ce n'est que Nina.

— Pourquoi, Nina ? je lui demande. Qu'est-ce que j'ai fait ?

— Ce n'est rien, me répond ma grande sœur. C'est pas ta faute.

Alors pourquoi est-ce que je me fais gifler ?

2005

Quand j'étais petite, je rêvais de faire du foot. Je n'ai finalement jamais essayé. Depuis que j'ai découvert les sports collectifs au collège, je n'ai plus de regrets. Je pensais que jouer au foot consistait essentiellement à courir après un ballon et marquer des buts. J'avais tort. Dans le foot, comme dans tout sport collectif qui se respecte, il y a un fléau : les autres.

Ils sont insupportables. Ils te crient dessus, ils te poussent, ils t'humilient. Ils ne jouent pas en équipe. Ils n'ont qu'un seul objectif : gagner, et lorsqu'ils ne gagnent pas, ils cherchent à trouver un coupable. Et quand ils sont trop stupides — ce qui arrive très souvent, si ce n'est tout le temps — ce n'est pas un coupable qu'ils trouvent, mais un bouc émissaire. Et quel meilleur bouc émissaire en sport que la grosse ?

Les bras croisés, je regarde les chefs désignés des équipes de basket se disputer. Le sujet de la dispute : qui prend quel rebut de la société avec lui. Le choix qui s'offre à eux : c'est moi ou c'est Guillaume, un binoclard maigrichon qui a les meilleures notes partout, sauf en sport. Je crois que je ne l'ai même jamais vu tenir un ballon dans ses bras. Dès qu'un ballon arrive, il s'enfuit en courant, tellement il a peur. Quant à moi, je ne suis pas mauvaise en sport. Je ne suis pas bonne non plus, pas vraiment, mais disons que je peux être qualifiée de moyenne. Mais à cause de mon poids, les gens n'imaginent pas que je puisse être autre chose que d'une affligeante nullité. Peu importe si je marque des paniers. Je suis ronde, donc je suis nulle.

À l'époque où Anne et moi étions amies, elle me protégeait de tout cela. Elle imposait à son équipe de me prendre. « Mais si, faites-moi confiance, elle se débrouille ». D'ailleurs, d'où sort cette règle idiote selon laquelle les profs de sport désignent systématiquement les meilleurs joueurs comme chefs d'équipe ? Si un jour j'exerce ce métier — j'espère de tout cœur que ça n'arrivera pas — les plus mauvais seront chefs. Ça leur permettra de prendre leur revanche sur la vie, et aux sportifs imbus d'eux-mêmes de comprendre enfin ce que ça fait d'être un choix par défaut.

D'habitude, ces situations me blessent. Mais pas aujourd'hui. Parce qu'après les cours, j'ai rendez-vous.

Oleg a réservé une chambre dans un hôtel près de la Gare de Lyon, à l'autre bout de Paris, pour éviter de tomber sur qui que ce soit que nous connaissons. Ce sera notre première fois.

Le savoir m'a permis d'anticiper la chose. Quand c'était Justin, c'est arrivé comme ça. Personne ne l'avait prévu, je n'ai pas eu le temps de me demander si j'étais prête. Alors j'ai foncé tête baissée, avec une forêt vierge à l'intérieur de la culotte. J'avais juste rasé les bords, ce qui dépassait de mon bas de maillot de bain, une zone couverte de petits boutons rouges qui démangeaient. Heureusement, mes jambes étaient lisses, été oblige.

Là, je n'ai rien laissé au hasard. Je suis allée chez Nina et je lui ai demandé de l'aide. Bien sûr, je ne lui ai pas dit que j'avais prévu de coucher avec mon prof, un homme marié de surcroît. Elle n'a jamais pardonné à papa ni à Claire, et depuis qu'elle est majeure, elle refuse de les voir. Ma sœur est trop importante pour moi, je veux rester dans sa vie. Alors, je lui ai juste dit que je sortais avec un garçon de ma classe. Je savais qu'elle poserait des questions, alors j'ai préparé des mensonges. « Il s'appelle Maxence ». « C'est lui qui m'a proposé de sortir avec lui, en sortant du cours de maths ». « On se voit depuis deux mois ». « Je l'aime beaucoup ». « Oui, ça va, il a de bonnes notes, mais moins bonnes que les miennes ». Bien évidemment, il n'y a aucun Maxence dans ma classe.

Nina m'a aidée à m'épiler. J'étais timide au début, mais elle a su me mettre à l'aise. « Pfff, le nombre de fois où j'ai changé ta couche pleine de caca ! Tu vas pas minauder maintenant, quand même ». J'ai éclaté de rire. Je me suis allongée sur son lit, en t-shirt, jambes écartées, pendant qu'elle faisait chauffer la cire. Ma sœur vit dans une chambre de bonne, les plaques de cuisson sont dans la même pièce que son lit, l'odeur de la cire chaude me chatouillait les narines.

— Dis, ça va faire mal ? lui ai-je demandé, inquiète.

Elle a haussé les épaules, cigarette à la bouche, et j'ai compris.

Après environ vingt minutes de la pire souffrance jamais endurée par un être humain, j'étais la fière détentrice de ce que Nina appelle un « ticket de métro ». C'est joli. Avril Lavigne doit sans doute avoir un ticket de métro. Elle se la joue garçon manqué, mais je suis sûre que ses pantalons *baggy* dissimulent une épilation impeccable.

Alors, peu importe si aujourd'hui, mes camarades de classe se disputent et se moquent de moi. Peu importe si j'entends Soraya crier : « On va pas se taper Elle et Vire, quand même ! ». Ils ne savent pas que sous mon jogging se cache un ticket de métro, et que dans quelques heures, je serai dans les bras d'un prof. Je serai devenue une héroïne de roman moderne, pendant qu'eux continueront leurs vies misérables et ordinaires, ponctuées de cours de sport et de révisions du bac de français.

« Quand tu arriveras à l'hôtel, essaie de passer discrètement, ne t'arrête pas à la réception, m'a prévenue Oleg. Sinon, ils vont te demander où tu vas, peut-être te demander tes papiers. Comme tu es mineure, ils risquent de se poser des questions. Tu ne veux pas qu'ils se posent des questions, pas vrai ? »

J'ai secoué la tête. Non, je ne veux pas. Je ne veux pas qu'ils connaissent mon nom, qu'ils préviennent ma mère. Ce qu'il y a entre Oleg et moi doit rester secret.

En sortant du lycée, j'envoie un message à maman. « Je vais réviser chez Anne, je vais sûrement manger chez elle ». Heureusement que j'ai reçu un portable, ça tombe à pic. Sinon, maman aurait téléphoné chez madame Loiseau-Petit, la mère d'Anne, et le pot aux roses aurait été découvert. « Quoi ? Mais ma fille n'a pas parlé à la vôtre depuis des lustres, elles sont fâchées, vous ne saviez pas ? ». Je frissonne rien que d'y penser.

La réponse de maman ne se fait pas attendre. « D'accord trésor, amuse-toi bien ».

Arrivée devant l'hôtel, je rabats la capuche de mon trench sur ma tête, comme dans les films. Il ne me manque plus que de grandes lunettes de soleil qui camouflent la moitié du visage et le rendent méconnaissable. Je vois un couple de clients, la quarantaine, passer devant moi. Ils se tiennent par la main, et les étoiles dans leurs yeux quand ils se regardent sont visibles de loin.

Écoutez ! Puisqu'on allume les étoiles, c'est qu'elles sont à quelqu'un nécessaires.

Les deux quadragénaires ont eu besoin qu'on allume leurs étoiles respectives, ça se voit. J'essaie d'imaginer leurs vies. Est-ce un couple marié en vacances à Paris ? Est-ce une histoire d'amour interdite comme celle d'Oleg et la mienne ? Je cherche les alliances sur leurs doigts, mais ils marchent trop vite. Je les suis et m'engouffre dans l'hôtel derrière eux. Pendant qu'ils distraient la dame de la réception, je vais rejoindre la chambre qu'Oleg a réservée, numéro 202. Tandis que je monte les marches quatre à quatre, une question me triture l'esprit : « Est-ce qu'Oleg a les mêmes étoiles dans les yeux quand il me regarde ? »

Il m'ouvre la porte. Nous nous regardons un moment, puis il finit par me faire signe de rentrer, voyant que je suis trop timide pour le faire moi-même. Nous nous asseyons côte à côte sur le lit. Je n'ose pas trop me rapprocher. Il me prend la main pour m'encourager, et lentement, je viens à lui. Il dépose un chaste baiser sur mon front, puis sur mon nez.

Je n'ai pas envie de passer pour une prude, alors je l'embrasse sur la bouche en premier. Peu à peu, nos lèvres affamées se cherchent. Je fais semblant d'avoir de l'expérience, mais la honte de mon corps reprend le dessus. Je retire ma main de la sienne et me glisse rapidement sous la couverture où j'enlève mes vêtements. Je lui lance ce que j'espère être un regard sensuel. Je ne porte plus que mes sous-vêtements en coton, simples, classiques. Pas ce qu'il y a de plus sexy. J'aurais bien fait un saut dans une boutique de lingerie pour me préparer, il y en a un pas loin de notre appartement, je m'arrête régulièrement devant pour admirer les mannequins en vitrine. Mais mon argent de poche est bien insuffisant pour un ensemble de chez eux, et leurs stocks ne débordent pas de soutien-gorge en dentelle taille 95F.

— Sors de là, Elvira. Laisse-moi te regarder.

Il est passé au tutoiement, moi aussi. Ce n'est pas facile, de tutoyer un prof, quelqu'un qui a l'âge d'être mon père. Pourtant, ça vient naturellement. Vu ce que nous nous apprêtons à faire, les convenances tombent toutes seules. Rien de ce qui se passe n'est classique, banal, toléré, alors, pourquoi s'embarrasser de normes de politesse ?

Je baisse les yeux.

— J'ai pas envie.

— Pourquoi ?

Je ne réponds rien. S'il ne comprend pas par lui-même que quand on est ronde, on n'a pas forcément envie d'exposer son corps, je n'ai pas envie de montrer du doigt l'évidence.

Il éclate de rire. Je ne vois vraiment pas ce qu'il y a de drôle, mais soit.

— Elvira, écoute… Je sais que tu es ronde.

J'écarquille les yeux. Les gens ont toujours essayé de me rassurer en me disant « Mais non ». Même Anne, quand nous étions amies, m'avait dit : « Mais non, t'es trop bien foutue ». Je savais qu'elle mentait, mais j'appréciais qu'elle le fasse, qu'elle souhaite protéger mes sentiments. Oleg ne me ment pas. Il balance des faits. J'ai envie de pleurer. Dans ma tête, je m'étais raconté un conte de fées, qu'il me voyait aussi svelte qu'une princesse Disney, que son image de moi était déformée. Maintenant, je m'aperçois qu'il me voit telle que je me vois dans le miroir. C'était inévitable, mais ça me brise le cœur.

— Mais non, ne sois pas triste. C'est une bonne chose.

— C'est ça oui. C'est pour ça que les *Desperate Housewives* sont toutes les quatre obèses d'ailleurs. C'est parce qu'être grosse, c'est cool.

— C'est parce qu'ils essaient de se conformer à ce qu'ils pensent que la société veut voir.

— J'ai rien pigé.

— Enfin, ce n'est pas vraiment une bonne chose d'être ronde… mais ce n'est pas une *mauvaise* chose, non plus. Tous ces mots, *ronde, mince, maigre*… Ce ne sont que des descriptions. Comme être brune ou blonde. Ça n'a rien de mauvais en soi, c'est la société qui a décidé qu'être grosse était négatif. Mais moi, j'aime bien tes rondeurs. Je te trouve très belle comme tu es. Laisse-moi te le prouver.

Je ne suis pas vraiment convaincue, mais j'accepte de lâcher le drap, qui tombe juste en dessous de mon soutien-gorge.

— Tu es sublime, Elvira. Tiens, regarde à quel point.

Il prend ma main et la plaque sur son caleçon. Je sens son pénis se durcir, chercher à exploser les coutures. Je lui plais vraiment. Certes, quand j'ai couché avec Justin, son pénis était dur, aussi — sinon nous n'aurions pas pu le faire — mais j'ai confiance en Oleg. Je sais que ce ne sont pas que des mots.

2013

Je fais les magasins avec Prune. Enfin plus précisément : je regarde Prune faire les magasins. Il n'y a jamais ma taille là où elle veut aller, et même si c'était le cas, je n'ai ni son argent ni ses parents.

— Qu'est-ce que tu en penses ?

Elle me montre une robe de soirée moulante taille 36 dans laquelle je n'arriverais même pas à passer un bras. La robe est courte et dorée. Prune sera évidemment magnifique dedans. Je ne sais même pas pourquoi elle prend la peine de demander mon avis. Je la connais par cœur, je sais déjà qu'elle va l'acheter.

— C'est très joli. Mais quand est-ce que tu vas la mettre ?

Mon amie fait la moue. Je suis la voix de la raison qu'elle ne veut pas entendre. J'aime les vêtements, je suis coquette, moi aussi, mais quand j'achète quelque chose, je me demande toujours « Quand est-ce que je vais le mettre ? ». Cela m'évite de craquer trop souvent pour des robes de soirée qui restent au placard. Charles et moi n'allons pas souvent en soirée. Quand je sors, c'est pour accompagner Prune dans sa recherche de plan cul. « C'est plus facile à deux. Toute seule, j'ai l'air désespérée », me soutient-elle invariablement d'un air expert.

— Je trouverai bien une occasion. D'ailleurs, tu me fais penser ! J'ai oublié de te donner un truc.

Elle me tend un petit sac. Je l'ouvre et en sors un cardigan de coton bleu tendre, parfait pour cette période de fin de printemps où les soirées peuvent encore être fraîches.

— Je l'ai acheté et je me suis rendu compte qu'il ne me va pas, se justifie-t-elle sans me regarder.

Je regarde l'étiquette. Taille 46 : pas étonnant qu'il ne lui aille pas. À moins qu'elle l'ait confondu avec un plaid, il n'y avait aucune raison pour qu'elle l'achète. En plus, elle préfère les couleurs chaudes, tandis que la moitié de ma garde-robe se décline dans des camaïeux de bleu. J'observe vite fait les étiquettes : 100% coton bio, *made in France*. Le genre de pièce que je ne pourrais jamais m'offrir.

— Prune, soupiré-je, tu sais très bien que je ne peux pas accepter ça.

— Bien sûr que si, répond-elle. C'est pas négociable.

— Mais Prune…

— Il t'ira bien. Il mettra tes yeux en valeur.

Mes yeux sont marron et n'ont absolument aucune raison d'être mis en valeur par un cardigan bleu, mais je n'ai pas envie de discuter avec elle. Je le caresse et je réalise que je l'adore déjà. Je me bats plus par politesse, pour l'éducation que m'a donnée ma mère quand elle a commencé à travailler comme femme de ménage. Toujours garder la tête haute. Ne jamais accepter la charité.

Mais ce n'est pas vraiment de la charité quand c'est ta meilleure copine, si ?

— Merci.

— Ya pas de quoi, marmonne Prune en me tournant le dos.

Prune est très généreuse, ce qui est rarement le cas chez les gens riches — on ne devient pas riche en partageant sa richesse. Même si elle peut être parfois à côté de la plaque, elle est consciente qu'elle a plus de chance que la plupart des gens et essaie d'aider comme elle peut. En m'offrant des vêtements en douce, ou en réglant l'addition si j'ai le malheur de m'éclipser pour aller aux toilettes — depuis que j'ai compris son manège, je n'y vais que si ma vessie menace d'exploser. Dans les transports en commun ou dans la rue, elle est la première à ouvrir son portefeuille pour donner un euro aux SDF. Mais elle déteste qu'on la surprenne en flagrant délit de générosité. Elle devient grognon comme une ourse.

Elle file à la cabine d'essayage avec la robe de soirée dorée qu'elle m'a montrée tout à l'heure, un pull rose bonbon qui a l'air aussi doux qu'une peluche et un chemisier manches courtes à imprimé tournesols. Elle ne prête pas attention aux saisons. Ça ne la dérange pas de mettre quatre-vingt-dix euros dans un pull qu'elle ne mettra très probablement pas avant novembre prochain, le mois de juin étant déjà bien entamé.

— Prune ? je lui crie en m'asseyant sur l'un des fauteuils.

— Oui ?

Je profite du fait que la boutique soit quasiment déserte, ce qui est inespéré pour un samedi après-midi.

— T'as déjà embrassé une fille ?

La tête de mon amie apparaît de derrière le rideau. Ses yeux bleus et ronds me regardent d'un air hébété, ses cheveux châtains sont ébouriffés par la robe qu'elle vient juste de retirer. J'aperçois les bretelles noires de sa brassière.

— C'est une invitation ? C'est le fait de savoir que je suis à moitié à poil derrière ce rideau, c'est ça ?

— Prune, s'il te plaît. Sois sérieuse cinq minutes dans ta vie. T'as déjà embrassé une fille, oui ou non ?

— Ben, évidemment. À la fac, comme tout le monde. Pourquoi ?

— Ben non, pas comme tout le monde.

Ses yeux s'ouvrent encore plus grand.

— Comment ça ? T'as jamais embrassé de fille, toi ?

Je secoue la tête en rougissant.

— T'en as pensé quoi ? enchaîné-je pour éviter que la conversation s'attarde davantage sur moi.

— D'embrasser une fille ?

— Ouais.

— Ben, ça va. C'était cool. Pas vraiment différent d'un mec. Peut-être un peu plus... aromatisé. Elle avait une espèce de gloss à la barbe à papa. C'était bon, sucré.

Sans nous concerter, nous entamons, en chœur et faux, le refrain de Katy Perry qu'on entend dans tous les bars du monde depuis quelques années :

« I kissed a girl and I liked it
The taste of her cherry chapstick
I kissed a girl just to try it
I hope my boyfriend don't mind it »

Nous pouffons. Prune disparaît à nouveau derrière le rideau et en ressort avec la robe dorée sur le dos. Elle fait quelques pas, en exagérant comme si elle était mannequin sur un podium. Bien sûr, le problème avec elle, c'est qu'elle pourrait réellement l'être. Elle a le corps pour ça : poitrine et hanches menues, taille fine et bien sûr, le fameux *thigh gap* — cet espace entre les cuisses — dont rêvent toutes les adolescentes jusqu'à se rendre malades. Mes cuisses à moi se touchent et se chevauchent. N'en déplaise au jeune qui m'a traitée de grosse vache il y a quelques semaines.

— Pourquoi tu me parles d'embrasser une fille tout à coup ? me demande mon amie.

Elle tire sur la bretelle de sa robe comme pour l'ajuster et balaie une poussière imaginaire sur son ventre. Son manège est inutile : nous savons toutes les deux qu'elle repartira avec. Prise dans la discussion, elle ne me demande pas ce que je pense de sa robe. Je lui donne toujours la même réponse de toute façon : « T'es sublime dedans, comme dans tout. »

— Juste comme ça, je mens.

La vérité, c'est que trop de choses se bousculent dans ma tête. Ce qui arrive à ma mère, avec son Alzheimer qui prend de plus en plus d'ampleur. Et les petits papillons qui battent frénétiquement de leurs ailes au creux de mon ventre chaque fois que je pense à Mariam.

— Juste comme ça ? T'es sûre ?

Elle me regarde d'un air soupçonneux puis écarquille les yeux d'un coup.

— J'ai compris ! Charles et toi voulez faire un plan à trois, et t'as la frousse !

— Quoi ? Non !

Je lui lance ma veste à la figure pour la faire taire. Elle éclate de rire.

— T'inquiète. N'aie pas peur. T'es pas obligée de t'occuper de l'autre fille si t'as pas envie. Si ça se trouve, Charles sera tellement content d'en avoir deux qu'il ne te laissera pas faire grand-chose avec elle.

Je grimace. Je ne sais pas comment mon amie connaît tous ces détails et je n'ai pas envie de lui demander. Je m'en veux d'être aussi prude. J'aimerais être une de ces femmes qui parlent ouvertement de sexe, qui n'hésitent pas à dire « pénis » et « vagin », et papotent épilation du sillon interfessier. Pourtant, je ne suis pas étrangère à l'interdit. Ma première fois a été dans une salle de bains en soirée avec un garçon que je connaissais à peine, alors que je venais de fêter mes seize ans. J'ai même eu une aventure avec un homme marié. Mais je n'aime pas évoquer ces sujets. Je n'ose même pas mettre de scène de sexe dans *La patience des bas-fonds* — alors que je sais que tous les lecteurs en raffolent — car je me dis que mes parents vont sûrement la lire. Enfin, papa et Claire. Maman ne lira sûrement plus grand-chose.

Mon cœur se serre. Je chasse de ma tête l'idée que quand mon roman sera finalisé, qu'il soit publié ou non chez un éditeur, ma mère ne fera probablement pas partie des lecteurs.

— T'es vraiment relou, dis-je à Prune en tirant la langue. C'est pas ça. C'est pas une histoire de plan à trois. C'est de la curiosité, c'est tout. Est-ce qu'après avoir embrassé la fille, là, celle au gloss à la barbe à papa, tu t'es dit que t'étais peut-être lesbienne ?

Je suis transportée huit ans en arrière. Je me revois dans les toilettes du lycée, en train de lire l'inscription au marqueur noir : « Elle et Vire est une sale gouine. » Je repense aux yeux verts d'Anne qui se sont arrondis d'un coup : « Qu'est-ce que tu fous, El ? ».

Prune s'assoit à côté de moi et réfléchit. Je me force à ne pas fixer le prix qui pendouille bien en évidence sur la bretelle de la robe dorée, qui représente mon budget vestimentaire des six derniers mois.

— Non, jamais. C'était juste comme ça. C'est pas désagréable, mais je préfère les mecs. Après, tu sais, le monde, c'est pas juste les gays, les lesbiennes et les hétéros. C'est plus une échelle.

— Qu'est-ce que tu veux dire ?

— Ben, imagine une réglette qui va de un à dix. Au un, t'as les hétéros purs. Ceux qui jamais de la vie n'envisageraient de se taper quelqu'un du même sexe. Au dix, c'est l'inverse, t'as les gays et les lesbiennes, ceux qui n'auraient jamais d'attirance pour quelqu'un du sexe opposé, ceux qui ont probablement fait leur *coming-out* à quatre ans et demi et tout. Et au cinq, t'as les bis. Mais t'as plein d'autres chiffres au milieu. J'imagine que moi, je suis peut-être à deux ou trois. Genre, je préfère les mecs, mais embrasser une nana de temps en temps, pourquoi pas. Tu vois ce que je veux dire ?

— Ouais, très bien.

Elle disparaît à nouveau derrière le rideau. J'ai envie de poser davantage de questions. Je sais que son frère est gay. J'ai presque envie de lui demander comment il l'a découvert, comment il a fait son *coming-out*, mais je me retiens. *Elle va croire qu'il y a quelque chose de louche, et elle va continuer de me cuisiner. Et là, tout de suite, j'ai pas besoin de ça.*

Je repense à ce qu'elle vient de dire. Pas tellement à l'histoire de la réglette, car c'est presque anecdotique. Non, c'est une autre phrase qui me reste en tête, qui donne des coups de bec à mon cerveau comme un pivert, et finit par se frayer un chemin jusqu'à mon inconscient. « Et au cinq, t'as les bis. »

Et si c'était ça, la réponse à cette question que je n'ai pas vraiment posée ?

2023

Juste après sa séparation en février dernier, Prune a posé ses valises chez nous. Quand elle a épousé Bruno, elle a mis en location le trois-pièces que ses parents lui avaient acheté dans le centre de Paris. (Quoi de plus normal.) Elle devait attendre le départ de son locataire. Elle était prête à aller à l'hôtel, mais Mariam et moi nous sommes écriées en cœur que c'était ridicule, qu'elle avait toujours sa place sur notre canapé convertible. Pas vraiment le luxe auquel Prune était habituée, mais la perspective de faire des soirées pyjama entre filles à trente ans passés était trop alléchante.

Au bout d'une semaine, mon amie a pourtant pris une chambre d'hôtel. La cohabitation avec Alex, qui approchait du fameux *terrible two* — l'aperçu de la crise d'adolescence que montrent les enfants de deux ans — tant redouté par les parents du monde entier, s'est avérée particulièrement difficile. D'ailleurs, c'est pour ça qu'elle a quitté Bruno : il voulait un enfant, elle non. Ils se sont mariés en espérant, chacun de leur côté, que l'autre changerait d'avis. Les deux sont restés sur leur position. Prune approchant des trente-cinq ans, une décision devait être prise. « Pruno », comme j'aimais affectueusement surnommer leur couple, avait implosé.

Quand nous étions étudiantes, nous aimions crier à qui voulait l'entendre que nous ne voulions pas d'enfants. Seule Prune le pensait sérieusement. Moi, je n'en savais rien. Je n'avais pas d'opinion tranchée sur le sujet ; je voulais imiter Prune. Encore traumatisée de ce qui m'était arrivé au lycée avec Anne, je redoutais par-dessus tout de perdre l'amie que j'avais réussi à me faire. En réalité, je me disais que je m'adapterais aux envies de mon conjoint, si je parvenais à en trouver un — je n'avais pas la moindre idée à l'époque que mon futur conjoint pouvait être une conjointe. Mariam voulait un enfant par-dessus tout, je voulais Mariam par-dessus tout, nous avons donc adopté Alexandra.

Néanmoins, je pense que Prune a pris la bonne décision en quittant Bruno. Il est préférable qu'un adulte regrette de ne jamais avoir eu d'enfants, plutôt qu'un enfant regrette d'être venu au monde. Quand je voyais

Prune s'impatienter devant les crises d'Alex — pourtant, elle faisait tout pour ne rien montrer, mais je n'étais pas dupe — je réalisais qu'elle n'était pas faite pour être mère. Ce n'est pas grave. Tout le monde n'est pas fait pour ça, tant mieux si les gens s'en rendent compte par eux-mêmes.

— Elle est sage, aujourd'hui, commente mon amie, venue prendre le thé à la maison.

Alex est installée sur les genoux de Mariam, avec Stefan, son éléphant en peluche à la main. Grande admiratrice des livres de Fifi Desmoulins, je lui avais acheté ce doudou dans un parc animalier et lui avais soufflé son nom à l'oreille. Je me dis que ça fera une belle introduction pour le jour où, d'ici un an ou deux, les aventures de Stefan l'Éléphant lui seront plus accessibles.

J'esquisse un sourire. Malgré son franc-parler, Prune ne critiquerait jamais l'enfant de sa meilleure amie. Mais j'entends tout le ressentiment que contient son commentaire. « Ouais, c'est maintenant que t'es sage. Quand j'habitais chez vous, tu grimpais aux rideaux en hurlant et tu jetais des kiwis. Et là, je suis partie et tu te tiens tranquille. *Terrible two*, mon cul. T'as toujours deux ans pourtant, mais ça n'a plus l'air *terrible* du tout. »

Khaled, d'habitude plutôt sauvage avec les invités, se frotte aux jambes de Prune. Elle le regarde en se pinçant les lèvres, imaginant son collant hors de prix couvert des poils de notre chat. Je me note mentalement de lui prêter mon rouleau enlève-poils plus tard.

— El a une grande nouvelle, tu sais, dit Mariam en embrassant les cheveux d'Alex.

— Mamel est la meilleure ! s'écrie Alex en signe d'approbation.

Il n'existe aucun manuel qui explique comment un enfant doit appeler ses parents quand ceux-ci sont du même sexe, et que les classiques « papa » et « maman » ne sont pas adaptés. Dans les livres de Fifi Desmoulins, Stefan l'Éléphant appelle ses mères « maman Coco » et « maman Lili ». C'est très joli avec les prénoms des éléphantes fictives, mais avec nos deux prénoms, c'était un peu difficile à prononcer, surtout pour une enfant de deux ans. Nous avons donc opté pour « maman El » et « maman Ma », rapidement devenus « Mamel » et « Mama ».

Je lance un regard réprobateur à Mariam. Je ne sais pas si Prune est d'humeur à partager mes bonnes nouvelles. Elle a perdu l'homme de sa vie. Il y a une dizaine d'années, je n'osais pas lui faire part de mes problèmes, tout simplement, car elle n'en avait pas. Elle devait me tirer les vers du nez pour tout : l'état de ma mère qui empirait, ma relation avec Charles que j'étais activement en train de bousiller. Aujourd'hui, je ne veux pas exhiber mon bonheur alors que le sien s'est effondré récemment.

— Vas-y, raconte-moi tout.

Prune sourit, mais la lueur de malice dans ses yeux bleus est éteinte. Je sens que son enthousiasme est faux. Je culpabilise.

— C'est pas si important que ça. Et puis d'abord, c'est même pas sûr.

— Vas-y El, accouche. Je jugerai après si c'est important.

— J'ai parlé avec un gars, hier. Il s'appelle Mathieu Bichon.

Mon amie hausse les sourcils.

— C'est ça, ta grande nouvelle ? Tu as parlé avec un gars qui a un nom de caniche ?

— Ouaf ! répond Alex, à laquelle on vient d'apprendre les cris des animaux — je ne savais même pas qu'elle savait ce qu'était un caniche.

Malgré mon exaspération, je ne peux m'empêcher de pouffer. Si Prune a retrouvé son mordant, c'est bon signe, ça veut dire qu'elle est en voie de guérison.

— Mais non, écoute-moi jusqu'au bout avant de faire l'intéressante… C'est un gars qui bosse chez Tango.

Je vois Prune froncer les sourcils.

— Tango…

J'ai envie de l'étrangler parfois. J'adorerais que Mariam et Martin ne soient pas les seules personnes de mon entourage à véritablement aimer la lecture — et encore, Martin habite à Bruxelles, je ne sais même pas s'il compte. Pourtant, Prune a assidûment lu mes trois romans — probablement les trois seuls qu'elle ait lus ces dix dernières années.

— C'est une maison d'édition. La maison qui édite *Très chères voisines* de C.C. Kristaux.

— Ah oui ! J'en ai entendu parler. Son roman a eu un tel succès qu'ils en ont parlé sur BFM. C'est fou. Une nana qui a genre seize ans.

— Tu dis n'importe quoi comme d'hab. Elle en a vingt-deux ou vingt-trois. Bref…

— Me dis pas que ce gars veut te publier ?

J'acquiesce.

— Peut-être. Disons qu'il est intéressé par ce que j'écris, *La charité des flammes* en particulier.

— Celui qui parle d'Alzheimer ?

— Oui. L'histoire de Rose, une femme de cinquante ans qui découvre qu'elle est atteinte d'Alzheimer et qui ne peut rien faire pour empêcher sa dégénérescence.

— Ouais. Je vois très bien.

Le ton semi-sarcastique de Prune montre qu'elle n'est pas dupe. Personne n'est dupe, d'ailleurs. « Rose » est en réalité Viktoria Pèlerin, ma mère. Après avoir passé du temps avec elle, j'ai voulu explorer son point de vue, savoir comment elle vivait la maladie. Je me croyais très originale, jusqu'à ce que quelqu'un m'accuse d'avoir volé l'idée de Mélissa da Costa et de son roman *Tout le bleu du ciel*. Je l'avais pourtant lu, mais je n'avais pas fait le rapprochement. Les deux ne se ressemblent pas tant que ça. Je me concentrais beaucoup plus sur la dégénérescence là où Mélissa da Costa parlait des paysages à couper le souffle des Pyrénées. Parler de *road trip* n'a jamais vraiment été mon truc, même si, comme toute personne normalement constituée, j'ai beaucoup aimé le roman.

— Chez Tango, ils sont intéressés par les récits mettant en avant des femmes fortes. Et c'est ce que j'écris… ben, c'est plutôt ça. Ça correspond.

— Et tu n'avais jamais pensé à leur envoyer de manuscrit avant ?

— Si, bien sûr. J'ai essayé pour *La patience des bas-fonds* et aussi pour *Les contours des savants*. Pour celui-là, j'avais beaucoup d'espoir. Je me suis dit qu'une nana qui crée un sérum pour guérir les cœurs brisés, c'était quand même sacrément *badass*. Je crois qu'ils ne m'ont même pas répondu. Mais tu sais, dans ce milieu, c'est comme ça. Si tu n'as pas de contacts, pas de nom, si tu sors de nulle part, tu n'intéresses personne. Il faut rentrer par la petite porte. Et c'est ce que j'ai fait. Ce gars, c'est un pote de Fifi Desmoulins.

Prune hoche la tête, mais je vois dans son regard qu'elle n'a pas la moindre idée de qui est Fifi Desmoulins.

— Tu vas leur dire oui, bien sûr ?

— Ouiiiii ! s'écrie Alex et tape dans les mains.

Même Khaled approuve avec un ronronnement et se cache sous le fauteuil.

— Elle hésite, intervient Mariam, ignorant Alex et levant les yeux au ciel. Tu te rends compte ? C'est son rêve de toujours d'être publiée par cette maison d'édition et elle hésite !

— Mama ! intervient Alex, exaspérée de ne pas être le centre de l'attention depuis trop longtemps.

Mariam l'embrasse distraitement dans les cheveux.

— Mais pourquoi ? demande Prune. Qu'est-ce qui peut te faire hésiter ?

Rien. Je n'ai aucune raison d'hésiter. J'ai appelé Martin hier pour lui annoncer la nouvelle. Il a crié tellement fort que j'ai cru que mon iPhone allait se désintégrer. « Mais tu te rends compte, El ! Tu as été repérée par une vraie maison d'édition ! Très peu d'auteurs auto-édités ont cette chance ! ». Je n'ai ressenti aucune jalousie dans sa voix. Ça fait partie des qualités de Martin, il est capable de se réjouir pour les autres avec une honnêteté déconcertante. Pourtant, il aurait de quoi m'en vouloir. Ses romans se vendent mieux, et sont objectivement meilleurs. Il a seulement eu la malchance de naître à une époque où l'hégémonie du bel homme blanc hétérosexuel commence à être remise en question.

— Je sais pas… J'aimais bien, moi, écrire un peu dans l'ombre. Là, c'est une énorme maison. Je vais être disponible dans les librairies, je vais être médiatisée, et…

— Et alors ? C'est pas ce dont tu rêves ?

— Si, bien sûr…

— Ce rêve bleuuuuu ! beugle Alex, qui a vu *Aladdin* il y a peu.

Tu veux tout savoir, Prune ? J'ai peur de me planter. J'ai peur que mes romans ne soient pas assez bons. J'ai peur que les gens se moquent. J'ai peur qu'on m'accuse à nouveau d'avoir plagié des écrivains connus. J'ai peur, j'ai peur, j'ai peur.

— Alors, fonce ! Il faudrait être folle pour ne pas tenter ! Qu'est-ce que tu risques ? Tu gagnes quasi rien avec tes romans aujourd'hui !

— Tu gagnes pas grand-chose en maison d'édition non plus, rassure-toi. Même moins qu'en auto-édition.

— Oui, mais tu supportes des frais de dingue. Ta correctrice, ton graphiste pour la couverture... c'est quoi, cinq cents, six cents balles à chaque fois ?

— Oui, à peu près.

— Et tu passes un temps de dingue à faire ta promo sur ton site Internet, ton Insta... est-ce que tu rentres seulement dans tes frais ?

— Bof, à vrai dire.

— Là, tu t'en foutras de gagner peu, parce que tu ne paieras rien du tout. Ils s'occuperont de tout. Tu seras tranquille.

Et je perdrai le contrôle.

En réalité, je fais ma mijaurée, mais je sais pertinemment que je vais dire oui à Mathieu Bichon. Se faire éditer par Tango, ce n'est pas quelque chose qu'on refuse. Je crois que j'ai simplement besoin que mon entourage pense que j'en suis capable. Mariam a l'air de le penser, Prune aussi, manifestement. Nina m'a appelée hier pour me convaincre d'accepter.

Le smartphone de Mariam sonne. Elle s'excuse, laisse Alex grimper sur mes genoux et va répondre dans la chambre. Je la suis du regard, toujours aussi subjuguée par son fessier moulé dans son legging, même après toutes ces années.

L'espace d'un instant, je m'imagine à une séance de dédicaces. Non pas seule, camouflée entre un garage et un Leclerc, mais au Festival du Livre de Paris ou à la Foire du Livre de Bruxelles, entourée d'auteurs et autrices qui me ressemblent. Pour le moment, aucune librairie en région parisienne n'a accepté de m'accueillir. Je sais très bien la raison, même si personne ne l'a dite ouvertement. « L'auto-édition, c'est de la purge. » « L'auto-édition, ce sont les rejets des maisons d'édition traditionnelles. » « L'auto-édition, ce n'est pas quali. » « L'auto-édition, ce n'est pas fiable. » « Vos romans sont probablement bourrés de fautes. » « Comment savoir si vos romans sont bien ? » « Mais ce sont vos copains qui écrivent ces avis positifs ». Là, ce serait un magnifique pied de nez à toutes ces personnes qui m'ont traitée comme une race inférieure de romancière.

Un jour, je dédicacerai mes romans, assise aux côtés de C.C. Kristaux.

1995

C'est le dernier jour d'école. Je suis contente. L'autre jour, Valérie nous a expliqué que seuls les mauvais élèves n'aimaient pas l'école, et qu'au contraire, les bons étaient contents d'y aller. Je voulais lever la main pour dire que je n'étais pas d'accord, mais je me suis dit qu'après tout, la maîtresse faisait partie de l'école et que ça risquait de la vexer.

Je suis plutôt bonne à l'école. Valérie me met souvent des « très bien ». Mais je ne vois pas ce qu'il y a à aimer. Ça reste un endroit triste, où il faut aller tous les jours, quatre fois par semaine, parfois même cinq quand on a cours le samedi matin. Il faut rester assis sur sa chaise, à écouter, à répondre aux questions que la maîtresse te pose. Tu ne décides de rien, jamais, ni des questions ni des réponses. Parfois, il faut faire du calcul, même si je n'aime pas ça. Et parfois, on doit aller en sport — j'aime bien le sport, mais il n'arrive jamais quand j'en ai envie.

À l'école, il y a beaucoup trop de règles.

Mon moment préféré à l'école, ce n'est même pas la récréation et ce n'est certainement pas la cantine — j'y suis beaucoup trop souvent allée en ayant faim, tout ça pour découvrir qu'il y avait des épinards au menu. Ce que je préfère, c'est quand j'ai fini mon exercice avant les autres. Dans ces cas-là, je le montre à la maîtresse et elle me met un « très bien » ou parfois un « bien ». Après, je peux faire ce que je veux. Et le plus souvent, j'écris.

Oh ! J'aime aussi l'expression écrite. C'est quand on écrit pour faire plaisir à la maîtresse. Et j'aime bien faire plaisir à Valérie, mais je crois que j'aimerais encore plus si on ne m'imposait pas de consignes, si on me laissait écrire sur des sujets qui me passionnent vraiment, comme les aventures de Fantômas la Pieuvre. Malheureusement, l'école sans consignes ne serait pas l'école. Ça, je l'ai compris.

Je me rends compte que j'aime bien les derniers jours d'école. Les consignes disparaissent. Valérie nous laisse faire ce qu'on veut. Je crois qu'elle aussi, elle en a assez de l'école. Ce n'est pas très drôle de toujours obéir à des consignes, mais je pense qu'en inventer tout le temps de nouvelles, ça ne doit pas être très drôle, non plus.

Je regarde Hugo. On est d'accord qu'un garçon, sur le principe, c'est *beurk*, mais Hugo est différent. Il est vraiment beau, avec ses cheveux blonds et ses yeux bleus. Bien sûr, je n'ai rien dit à Marjo et à Anne, je n'ai pas envie qu'elles se moquent de moi. Le jour de la Saint-Valentin, Katia s'est levée et a récité un poème pour Auguste Sagaud devant tout le monde. C'est le premier de la classe, et même s'il est plutôt mignon avec ses lunettes, ça se voit qu'il préfère faire ses devoirs plutôt que penser aux filles. D'ailleurs, c'est exactement ce qui s'est passé — il s'est mis à pleurer et a crié « J'aime pas les filles ! ». Depuis ce jour, tout le monde se moque de Katia et d'Auguste. Les autres font des cœurs avec leurs mains quand l'un d'eux passe, écrivent « Katia et Auguste sont amoureux » dans les toilettes, celles des filles comme celles des garçons.

Si je parle à qui que ce soit d'Hugo, il m'arrivera la même chose, c'est sûr. Claire est la seule personne au monde à être au courant, mais depuis l'histoire de la gifle, papa ne m'emmène plus à son travail, je n'ai plus le droit de la voir. Enfin, papa ne me l'a pas dit comme ça, maman non plus, mais je suis sûre que ça a un rapport avec elle, avec ce que j'ai dit le jour du spectacle de danse.

N'y pense plus.

Marjo a ramené un Monopoly Junior que le père Noël lui a apporté l'an dernier. Elle a été intelligente, car même s'il y a quelques jeux dans la classe, ils sont vieux et abîmés, et il manque des pièces. Elle a décidé que seules elle, Anne et moi avions le droit d'y jouer, pour éviter qu'il finisse dans le même état que les jeux de la classe.

Nous avons fait une partie, mais j'ai trouvé ça un peu long. Je me suis vite retrouvée sans argent, et j'ai agonisé lentement en regardant Marjo gagner. Je la soupçonne d'avoir triché, mais je ne dis rien. En septembre, nous serons des grandes — nous serons en CE1 ! — et je dois m'y préparer dès maintenant. Notre nouveau maître ou ma nouvelle maîtresse — j'espère juste qu'il ou elle sera aussi bien que Valérie ! — nous dira tout le temps « Allez, vous n'êtes plus en CP », de la même façon que Valérie nous dit aujourd'hui « Allez, vous n'êtes plus en maternelle ». Accuser Marjo de tricherie, vouloir à tout prix gagner au Monopoly, c'est pour les enfants tout ça. Les grands qui vont en CE1 ont de vrais problèmes d'adultes.

Comme découvrir d'où venait ce cri.

Ou pourquoi maman m'a giflée alors que je n'avais rien fait.

Ou pourquoi Nina a couru me consoler, mais ne m'a jamais expliqué ce que j'avais fait de travers.

N'y pense plus.

2005

« Elle et Vire est une sale gouine. »

Je suis tombée sur cette inscription dans les toilettes des filles, vendredi dernier. Ils n'ont écrit ni nom de famille ni classe, mais je n'ai même pas envisagé une seule seconde qu'il puisse s'agir de quelqu'un d'autre. Des Elvire ou Elvira dans notre lycée, il n'y en a pas cinquante, ce n'est pas un prénom courant. Même s'il y en avait une, la probabilité pour qu'elle aussi soit victime de ce genre de rumeur est faible, pour ne pas dire inexistante.

Maintenant que je suis allongée, nue, à côté d'Oleg, je suis soulagée. Je sais à présent que ce ne sont que des rumeurs. Je n'ai pas éprouvé de plaisir lorsque j'ai couché avec Justin, même si je me suis bien gardée de l'avouer à Anne. Dans ses bras, j'avais l'impression d'être un devoir maison qu'il était pressé de terminer. Grâce à Oleg, je suis convaincue d'une chose : j'aime les hommes. Je l'ai compris quand je l'ai senti en moi et que quelque chose, un muscle dont je ne me rappelle pas le nom, car je n'écoute pas assez en cours de SVT, s'est contracté, envoyant une onde de plaisir dans tout mon corps, depuis mes tétons jusqu'à mes orteils.

Quand Oleg a retiré le préservatif de son sexe dégonflé et l'a jeté dans la poubelle stratégiquement placée près du lit, je n'ai pas éprouvé le besoin de me couvrir. Pas comme avec Justin, où j'ai attrapé ma robe quasi instantanément, sans même prendre la peine de chercher ma culotte. Oleg m'a fait comprendre qu'il aimait mon corps, qu'il aimait chaque bourrelet, chaque recoin moelleux, chaque kilo superflu — quoique, peut-on vraiment parler de « superflu » ? Le « superflu » n'est-il finalement pas une question de goûts ?

— Comment s'appelle ta femme ?

Il tressaille. De toute évidence, il ne s'attendait pas à évoquer le sujet avec moi.

— Pourquoi cette question ?

— Comme ça. J'ai envie de savoir.

Je l'entends soupirer. Il hésite à me donner cette information.

— Allez, je minaude. Qu'est-ce que ça change que je sache comment elle s'appelle ?

— Calliopée.

— Calliopée…

Je laisse glisser ce prénom inhabituel sur ma langue, rêveuse. Moi qui pensais avoir un prénom original, me voilà battue à plate couture !

— Je ne connaissais pas ce prénom, avoué-je. C'est de quelle origine ?

— C'est grec. Calliope est la muse de la poésie épique dans la mythologie grecque.

— Oh.

Je n'aurais pas dû poser cette question, simplement chercher sur Internet en rentrant chez moi. Là, je passe pour une ignorante. Oleg est cultivé, expérimenté. Il a au moins vingt ans de plus que moi, peut-être vingt-cinq. Il ne faut pas qu'il pense s'être entiché d'une potiche. Je note de me renseigner davantage sur la mythologie.

— Tu as des enfants, non ? Comment ils s'appellent ?

— Elvira…

— S'il te plaît. C'est ta vie. Je t'apprécie. Tu peux pas m'en vouloir si ça m'intéresse.

Il prend une grande inspiration.

— Ma fille, Iphigénie, a onze ans. Elle est très douée et très sportive, en plus. Mon fils, Hippolyte, en a huit. C'est… Hippolyte.

La famille parfaite. Une femme, deux enfants, un de chaque sexe. Exactement la famille typique que l'on voit dans les publicités Ricoré.

— Ma femme a un penchant pour Racine, plaisante-t-il nerveusement. J'ai dû mettre mon veto quand elle voulait appeler notre fille Phèdre.

Nous avons étudié *Britannicus* de Racine l'an dernier, et avons lu quelques extraits d'autres pièces. Les noms d'Iphigénie et Hippolyte ne me sont pas totalement étrangers. Je n'ose pas lui avouer que, quelles que soient les circonstances, je prendrai toujours plus de plaisir à dévorer *Da Vinci Code* ou *Harry Potter* qu'une pièce de théâtre de ce vieux fossile de Racine. Je ferme les yeux et essaie d'imaginer Calliopée. Mes seuls indices sont son prénom, son âge que j'imagine être semblable à celui d'Oleg, et sa passion pour Racine.

Une personne me vient à l'esprit immédiatement : Bree Van de Kamp, dans *Desperate Housewives*. Une coiffure qui ne bouge jamais, un pull en cachemire sans la moindre bouloche, un collier de perles et une peau aussi douce que de la soie. Bien sûr, je ne dirai jamais à Oleg que j'imagine sa femme en Bree Van de Kamp. D'abord, parce qu'il risque de juger la comparaison peu flatteuse, et ensuite, parce que je ne crois pas que la famille Melnikov regarde *Desperate Housewives*. Je les soupçonne plutôt d'avaler les émissions intellectuelles sur Arte comme mes cousins avalent des *shots* de tequila. Je ne veux pas faire tache dans le paysage.

Iphigénie a onze ans. Seulement trois ans de moins que Nina le jour où elle a appris pour Claire et papa. Comment réagirait-elle si elle découvrait la liaison entre Oleg et moi ? Si elle découvrait que son père couche avec une femme qui n'a même pas six ans de plus qu'elle ?

Dans ma tête, Calliopée est blonde. Pas rousse comme l'héroïne interprétée par Marcia Cross. Les cheveux roux, c'est trop tape-à-l'œil, c'est connoté séductrice, sorcière. Une Calliopée est sage, elle ne parle pas sans y être invitée, elle est dévouée à son mari. C'est une poupée qui se fond à merveille dans le décor.

Est-ce qu'elle s'appelle Calliopée Melnikov, ou est-ce que conformément à la tradition russe, elle a féminisé le nom de famille de son mari, devenant ainsi Calliopée Melnikova ? J'en doute. Une Calliopée ne veut pas faire de vagues auprès de l'administration. Elle ne va pas déranger les employés de la préfecture en leur expliquant que dans la tradition russe, les noms de famille finissant par « in » ou « ov » prennent un « a » à la fin pour les femmes. L'idée qu'elle ait pu garder son nom de jeune fille ne m'effleure même pas l'esprit. Ce serait embêter, ce serait s'exprimer, ce serait déplaire.

Nous n'avons rien en commun, elle et moi, à part lui. Moi, je prends de la place, au sens propre comme au sens figuré.

Oleg me prend par le menton et me tourne vers lui.

— Écoute-moi, Elvira, c'est très important.

Je hoche la tête. Ses yeux bleus sérieux se plantent dans les miens. Mon cœur fait un saut périlleux dans ma poitrine. *Non, c'est sûr, je ne suis pas lesbienne. Prends ça dans ta face, Anne. Et toi aussi, Soraya.*

— Je ne quitterai jamais ma femme pour toi. Tu comprends ça, n'est-ce pas ?

« Ma femme ». Subitement, le prénom de Calliopée a disparu de la discussion, comme s'il essayait de séparer sa vie de famille de moi en ne le prononçant plus, de soustraire ce que nous venons de faire dans cette chambre d'hôtel de la réalité qui l'attend à la maison.

J'opine à nouveau, cherchant à l'intérieur de moi-même une vague de jalousie qui ne vient pas. Est-ce que j'avais vraiment envisagé un avenir avec Oleg, au-delà de la semaine ou du mois prochain ? Est-ce que je m'attendais vraiment à ce qu'il abandonne sa famille, pour vivre pleinement une idylle avec moi ?

— Ce que je ressens pour toi est très fort, Elvira. Nous allons continuer à nous voir, car pour le moment au moins, je ne peux pas vivre sans toi. Enfin non, c'est faux, disons plutôt que je n'ai pas envie de vivre sans toi. Mais ma femme est ma moitié. Ma vie est avec elle. On a des enfants. Tu comprends ça, n'est-ce pas ?

« Ma femme ». À nouveau. Ce n'est pas mon imagination, il évite bel et bien de prononcer son prénom.

Je me demande si ce qu'il me dit me rend triste. Pour la forme, j'imagine un avenir avec Oleg. Dans trente ans, je n'aurai que quarante-six ans. Je serai plus jeune que maman. Oleg en aura près de soixante-dix.

S'il quitte Calliopée pour moi, elle aura profité de lui durant sa jeunesse, tandis que moi, je devrai essuyer le fruit de ses incontinences. En d'autres termes, son caca. Je me dis que c'est peut-être ce qui attend Claire. Papa a bientôt cinquante ans, et elle, seulement trente-deux. Une grimace involontaire m'échappe.

Je réalise qu'il me propose de devenir sa maîtresse. C'est laid comme mot, *maîtresse*. C'est à la fois une femme qui couche avec un homme marié et une institutrice à l'école primaire. À part le contexte, rien ne peut dire si on parle de l'un ou de l'autre. Un quiproquo dans le film *Un crime au paradis* me revient en tête, quand Jacques Villeret explique à André Dussollier qu'il est « allé voir sa maîtresse », et qu'il explique qu'il en a une « comme tout le monde ». Le personnage d'André Dussollier prend un air effaré jusqu'à ce qu'il comprenne que Jacques Villeret parle en réalité d'une maîtresse d'école.

— Tu fais une drôle de tête. Ça te fait de la peine, ce que je dis ?

Je secoue la tête.

— Non, au contraire. Je trouve que ça fait sens.

En répondant ainsi, j'accepte de rejoindre le rang des *maîtresses*, toutes ces femmes que les hommes cachent, à qui on distribue les restes, les morceaux de chair et de gras dont les épouses légitimes n'ont pas voulu. Les femmes détestées, comme Camilla Parker Bowles.

Oleg sourit et m'embrasse sur le front, satisfait.

— Je savais que tu comprendrais. Tu es très mature, pour ton âge, Elvira. Tu as quoi ? Dix-sept ans ?

— Seize. J'aurai dix-sept ans en août.

Est-ce que ça s'est passé comme ça pour Claire et papa ? Est-ce qu'ils ont eu cette discussion sur l'oreiller, la première fois qu'ils ont couché ensemble ? Est-ce que Claire lui a demandé, du bout des lèvres, le prénom de maman ? Est-ce que papa a répondu, puis refusé de l'appeler « Viktoria », disant simplement « ma femme », comme s'il espérait l'effacer ? Est-ce que c'était le plan au départ, papa qui reste avec maman, Claire qui reste dans le placard, jusqu'à ce qu'un imprévu — un imprévu du nom de Ghislain — fasse déraper la mécanique bien huilée ?

— Bien sûr, il ne faudra en parler à personne, d'accord, bébé ? Tu sais que ça pourrait m'attirer de gros ennuis. Et même pour ta réputation à toi. Les gens penseront que tu couches avec tes profs pour avoir de bonnes notes. On ne veut pas ça, pas vrai ?

Je manque d'éclater de rire. « De toute façon, à qui tu veux que je raconte ? J'ai aucun ami ! ». Mais je ne dis rien, car je ne veux pas qu'il ait pitié de moi. Je refuse qu'il pense que je suis une pauvre fille dont personne ne veut, que je me suis intéressée à lui, car j'étais en manque d'attention. Mes histoires avec Anne ne le regardent pas. De toute façon, il prendra ça pour des chamailleries d'enfants de maternelle. Il vient de dire que j'étais mature.

Je ne serai probablement jamais aussi parfaite et sophistiquée que Calliopée, mais je peux au moins essayer.

2013

— T'es sûre que tu vas pas t'ennuyer ?

Non, je suis pas sûre. Avec tes amis, je suis jamais sûre de rien.

Mais c'est Charles, Charles qui me donne des conseils sur mon roman. Charles qui est allé à l'anniversaire de Prunc alors que je sais très bien qu'il ne l'apprécie pas beaucoup. D'ailleurs, c'est réciproque, même si l'un comme l'autre sont beaucoup trop attachés à moi pour l'admettre. Alors il faut que je fasse parfois des sacrifices, moi aussi. Non, pas des sacrifices. Des *compromis*.

— Non, mon amour, je ne vais pas m'ennuyer.

Je vais écouter des gens discuter stratégies d'échecs en buvant des bières chaudes. Qu'est-ce qui peut bien m'ennuyer là-dedans ?

J'enfile une robe bleue avec des baskets blanches. Plus jamais je ne mets de talons à un événement avec des joueurs d'échecs. Il n'y aura sûrement que des garçons — peu d'hommes du cercle d'amis de Charles sont en couple — et personne ne compatira avec mes douleurs aux pieds. Je ne veux pas être un fardeau, la petite amie qui soûle tout le monde.

Mon copain me regarde d'un air approbateur, mais ne me fait pas de compliment. Nous avons dépassé ce stade. Je suis censée savoir qu'il me trouve jolie rien qu'en le voyant dans ses yeux. À titre personnel, je considère que la disparition des compliments est une bêtise, qu'un mot gentil ne coûte rien, deux ou trois secondes, pas plus. Mais après tout, je n'y connais rien. Charles est ma première vraie relation sérieuse, je suis la petite amie de quelqu'un et non la maîtresse. C'est peut-être chez moi que les choses ne tournent pas rond.

Nous arrivons chez Cyril. La pièce est déjà enfumée. On n'a plus le droit de fumer dans les lieux publics depuis quelques années, alors les gens en profitent dans les appartements. Comme Cyril est aussi un fumeur, il ne demande pas aux gens de sortir ou a minima de fumer à la fenêtre. Le tabagisme passif, ils ne connaissent pas. De toute façon, à part Charles et moi, les non-fumeurs sont rares. Je toussote, mais ne dis rien. Pas de fardeau, pas de petite amie qui soûle tout le monde.

Mon cœur commence à battre plus fort quand j'aperçois Mariam. Puis il se calme quand je me rends compte que ce n'est pas Mariam, mais Lamia. D'un point de vue génétique, ce sont de vraies photocopies, mais quelques détails me permettent de les distinguer. La fille qui se tient devant moi a une queue de cheval, des lunettes à monture de corne, des ongles grignotés jusqu'à la moelle. Rien à voir avec le style simple et soigné de Mariam.

C'est logique, après tout, que Lamia soit là. Elle fait partie du cercle de joueurs d'échecs de Charles. Tous deux ne sont pas vraiment amis, mais ils gravitent dans les mêmes lieux. Tenant à la main un verre de ce qui me semble être du Sprite, Lamia me reconnaît et me claque une bise sonore. Je l'observe. Décidément, il me serait impossible de les confondre. Je ne vois pas dans le regard de Lamia ce feu de joie que je trouve tellement magnétique chez sa jumelle.

Je m'installe sur un bord de canapé. À côté de moi, deux hommes font ce qui s'appelle un *blitz* — il s'agit de disputer une partie d'échecs le plus rapidement possible, en général en cinq minutes. Trois autres les observent, absolument fascinés. Je rive mon regard sur eux, stupidement. Comment arrivent-ils à suivre quoi que ce soit ? C'est impossible, ça va beaucoup trop vite. Ce n'est qu'un entremêlement de doigts et de poignets. Ils n'ont même pas le temps de réfléchir.

Cyril me tend une bière. Comme je le supposais, elle est chaude, mais pas de fardeau, pas de petite amie pénible qui soûle tout le monde avec ses revendications. Je la goûte, et en plus d'être chaude, elle est trop forte pour moi. Je me résous à bavarder en la buvant le plus lentement possible. Mais parler de quoi ? De défense sicilienne, de variante Alapine ? Que puis-je contribuer à ce type de discussion ?

Ils me font penser à des Sherlock Holmes en puissance, tous, à fumer, à réfléchir et à sortir des déductions magiques.

— Elvira ?

Je me retourne brusquement en entendant cette voix. C'est Mariam, cette fois, c'est vraiment elle. Elle tient un bol de guacamole à la main. Elle porte un chemisier fuchsia avec un jean — je n'aime pas le rose, d'habitude, mais il lui va à merveille. Ses cheveux sont lâchés, et j'aperçois des créoles dorées à ses oreilles. Elles soulignent les étincelles dans ses yeux. Des yeux couleur miel. J'ai lu ça plusieurs fois dans les livres : des yeux couleur miel. Chaque fois que je tombais dessus, je me disais que c'était une image complètement idiote. Des yeux peuvent être verts, bleus, marron, noirs, noisette, à la rigueur. Le miel, ça peut être une couleur de cheveux, mais pas d'yeux.

Maintenant que je connais Mariam, je sais que je me trompais. Les auteurs qui parlent d'yeux couleur miel ne le font pas uniquement par poésie. Il existe des yeux qui sont réellement ainsi. Ce n'est même pas qu'une couleur, d'ailleurs, c'est tout un concept : c'est un éclat, une douceur, une chaleur. Il faut à tout prix que je pense à réutiliser cette image dans *La patience des bas-fonds*. Tout à coup, j'ai l'impression que si je ne parviens pas à retranscrire la couleur des yeux de Mariam par écrit, je ne deviendrai jamais une vraie autrice. Ça devient une épreuve du feu.

— J'ai proposé à ma sœur de venir, j'entends Lamia murmurer à Charles à voix basse. Cyril m'a dit que c'était OK. Depuis sa rupture, elle a beaucoup tendance à ruminer seule chez elle. Alors, j'essaie de lui proposer de sortir de temps en temps. Le monde à l'envers, hein ?

J'essaie d'imaginer Mariam « ruminant » dans un coin et je n'y arrive pas. Elle est tellement solaire. Comment peut-elle se retrouver seule ne serait-ce que cinq minutes ? Je jette un coup d'œil furtif à Lamia. Les deux sœurs ont les mêmes yeux, mais ceux de Lamia n'ont pas la couleur du miel. Ils sont noisette avec une pointe de doré. Ça n'a rien à voir.

— Chaton ! s'exclame Charles. Regarde, c'est Mariam ! Tu dois être contente de la revoir.

Mes joues s'empourprent. J'ai l'impression d'être une enfant obligée d'aller à une soirée chez les amis de ses parents, qu'on envoie jouer dans la chambre avec la progéniture desdits amis, pour éviter qu'elle gêne.

Je me lève et la salue. Je ne lui ai pas reparlé depuis que je l'ai plantée au café pour voler au secours de ma mère et Nina. Je suis partie sans lui dire au revoir. Elle ne m'a jamais demandé d'explications. Elle avait pourtant mon numéro. Quand j'ai appris pour maman, j'ai éprouvé un fort besoin de me confier à elle, un besoin que je n'ai jamais assouvi. J'ai commencé à écrire plein de fois, et je me suis toujours arrêtée avant d'appuyer sur « Envoyer ». Qu'est-ce que je pouvais bien écrire ?

« Coucou, nana que je connais à peine et que j'ai vue deux fois dans ma vie. L'Alzheimer de ma mère empire et j'ai vraiment besoin d'en parler à quelqu'un. Est-ce que tu veux être cette personne ? »

Elle m'aurait prise pour une folle, pour une désespérée, pour une sans-amis.

— Tu veux une bière ? lui demandé-je.
— Non merci. Je bois pas d'alcool.
— Oh.

Je regarde involontairement le verre de Lamia, celui qui contient le Sprite. Mariam a dû suivre le mouvement de mes yeux, puisqu'elle complète :

— Je suis musulmane.
— Ah oui. Bien sûr.

Et moi, je suis une vraie cruche.

Mariam parle si librement de tout, de religion, d'orientation sexuelle. Pourquoi ne puis-je pas en faire autant ?

— J'ai besoin d'un peu d'aide en cuisine pour faire plus de guac. Tu viens, El ?
— Oh… oui, oui, bien sûr.

En temps normal, je m'offusquerais, je lui demanderais pourquoi elle ne réclame pas plutôt l'aide d'un garçon, pourquoi nous devons aller en cuisine sous prétexte que nous sommes des filles. Mais c'est Mariam. Alors je la suis comme une abeille désireuse de butiner sa fleur.

Nous sortons du salon. Elle referme la porte de la cuisine et soupire :

— Ah, enfin seules ! C'est tellement barbant, là-bas !

J'éclate de rire.

— T'as pas vraiment besoin d'aide pour le guac, pas vrai ? je demande en désignant du regard l'énorme bol de guacamole tout frais et déjà préparé.

— Non, pas du tout. Mais ils ne font que parler d'échecs et fumer. Moi, ça me fait tourner la tête. C'est pour ça que je me suis proposé de cuisiner.

— Tu devrais leur demander de fumer à la fenêtre.

Si quelqu'un pouvait leur donner des ordres, c'est bien Mariam. Ils l'écouteraient, je n'ai aucun doute là-dessus.

— Oh, non. Tant pis. Je veux pas soûler Cyril, c'est chez lui après tout.

Silence. Je me mordille la lèvre.

— Je suis désolée pour l'autre fois. Je t'ai un peu laissée en plan, je me suis même pas excusée.

— T'inquiète. Vu la vitesse à laquelle t'es partie, je me suis dit que ça devait être important.

Nouveau silence, plus pesant, celui-là. « Demande-moi ce qui s'est passé, la supplié-je du regard. Je te dirai. Si tu ne poses pas la question, ça sera bizarre, je serai la personne qui balance un truc triste sur sa vie à une quasi-inconnue et qui met tout le monde mal à l'aise. Alors que si tu me demandes, je serai une personne qui répond à une question. C'est pas pareil du tout. »

Elle ne me pose aucune question, sans doute par discrétion. C'est ainsi que fonctionnent les relations entre les êtres humains, maintenant ? Les premiers ne posent pas de questions par discrétion, les seconds ne donnent pas d'informations par politesse. Comment peut-on communiquer dans ces conditions ?

— J'espère au moins que c'était pas une amie qui t'appelait « de l'hosto » pour te tirer d'un rendez-vous naze, plaisante-t-elle, un peu gauche.

J'éclate de rire. Compte tenu des circonstances, la blague n'a rien de drôle, mais elle a le mérite de détendre l'atmosphère.

— Pourquoi t'es là ? je demande.

— T'es pas contente de me voir ?

— C'est pas ça, je balbutie en rougissant. Lamia a dit que tu ruminais depuis ta rupture. Je comprends, je suis passée par là, aussi, mais bon, t'es quand même mieux chez toi avec un bon bouquin que dans une pièce enfumée, non ?

Mariam m'adresse un clin d'œil complice.

— Ah, elle, décidément ! C'est sûr que c'est pas évident. Solenn, mon ex, me reprochait de ne pas la présenter à mes parents… Elle ne comprenait pas que si je n'ai aucun problème pour afficher mon homosexualité à mes potes, pour mes parents, c'est différent. Ils sont un peu de la vieille école.

Je hoche la tête, essayant d'imaginer la réaction de mon père si je ramenais une fille à la maison en la présentant comme ma petite amie.

— Alors, elle a réagi comme elle pouvait : elle a couché avec une autre.

— Quelle connasse.

Je me révolte contre cette Solenn que je ne connais pas, car elle a osé faire du mal à Mariam. J'en oublie tous les gens autour de moi, des gens que j'apprécie, qui ont infligé la même douleur à d'autres. Mon père et Claire. Oleg et moi. Là, c'est Mariam, et donc ce n'est pas pareil. L'infidélité, ça arrive, c'est une mauvaise action qui ne fait pas de nous de mauvaises personnes, mais ça ne devrait pas arriver quand on est en couple avec Mariam.

— Ouais, un peu.

Nous éclatons de rire. Elle me prend la main.

— Ça te dit, on se casse ? me demande-t-elle.

— Hein ?

— Pas longtemps. Un quart d'heure. On se promène. On étouffe dans cette cuisine, il fait beaucoup trop chaud.

— Mais…

J'entrouvre la porte pour regarder mon copain, occupé à discuter avec son groupe d'amis. De thèmes qui me passionneraient sans aucun doute.

— Il a l'air de très bien s'en sortir sans toi, murmure Mariam, comme devinant mes pensées. Tu prends ton portable, de toute façon. S'il s'inquiète, il appellera.

— OK, on y va.

Elle ouvre la porte. Je passe la première. J'ai l'impression de sentir sa main chaude au creux de mes reins, mais ce n'est peut-être que mon imagination ?

2023

L'EHPAD des Russules est situé dans le Nord de la France, à Tergnier. Au début, Nina et moi envisagions de choisir un établissement en région parisienne, pour pouvoir rendre visite à notre mère plus souvent. Mais nous avons vite déchanté en voyant les prix et en les comparant avec la faible retraite de maman. Nina a suggéré de changer de région, et j'ai accepté — après tout, elle prenait en charge la majeure partie des frais, la décision lui revenait. Le Nord nous permettait de nous éloigner du luxe de l'Île-de-France tout en continuant de bénéficier de billets de TER abordables et de temps de trajet acceptables. Mes horaires sont plus souples que ceux de Nina, je m'y rends plus souvent. Mais depuis quelque temps, je me demande si c'est vraiment le travail qui éloigne ma sœur des Russules, ou si elle redoute une boule de cristal dans laquelle elle lirait un avenir peu réjouissant pour elle.

Chaque fois que je pénètre dans l'EHPAD de Tergnier, je viens à regretter les années covid, ce temps où je pouvais ne pas rendre visite à ma mère et justifier ça par de l'altruisme. « Je ne vais pas voir ma mère, car j'ai peur de lui refiler le covid ». Entre les progrès de la vaccination et la faible virulence du variant Omicron, ces excuses ne sont plus que cela : des excuses. Ma mère a eu le covid deux fois déjà et s'en est tirée avec un simple mal de gorge et une migraine de quarante-huit heures.

Je déteste cet endroit déprimant. Quelle surprise, n'est-ce pas : un EHPAD qui déprime. Rien ne peut rendre cet endroit accueillant, même si tout le monde est gentil avec moi. Le personnel me reconnaît, me demande des nouvelles de ma sœur, de ma femme, de ma fille. Moins de mon père, c'est un sujet tabou ici, sans doute parce que ma mère a dû en dresser un portrait moyennement flatteur à l'époque où elle avait encore les idées claires.

Et si dans une vingtaine d'années, c'est Nina que je retrouve ici ? Nina qui ne reconnaît plus personne, ni moi, ni mes neveux Grégoire et Émile, ni Pierrick. Quelqu'un qui ressemble à Nina, mais qui n'est plus Nina. Une Nina sans âme.

Au début, quand j'allais voir ma mère, elle était lucide la plupart du temps. Elle demandait à sortir, à retourner dans son appartement. Elle disait que nous n'avions pas le droit. Mais elle était sous la tutelle de Nina, alors nous avions le droit. Parfois, j'avais envie d'accéder à sa requête, croire que l'incident du fer à repasser était isolé, qu'elle avait encore de beaux jours d'autonomie devant elle. Et puis, elle me posait une question, me redemandait une information qu'elle ne pouvait avoir oubliée, comme le prénom de son petit-fils ou de sa mère. Et ça me rappelait que je devais tenir bon, que Nina et moi avons pris la bonne décision en décidant de la placer.

Je pensais naïvement que c'était le plus dur, refuser à ma mère sa liberté alors qu'elle la réclamait. J'avais tort. Tant que ma mère réclamait sa liberté, ça signifiait qu'elle était encore là. Petit à petit, elle a commencé à s'absenter. Son corps se vidait de son âme. Elle me reconnaissait de plus en plus rarement. J'ai commencé à me demander si elle m'appellerait par mon prénom ou par celui de quelqu'un d'autre. Et puis un jour, un peu avant que le ciel chargé de covid-19 nous tombe sur la tête, je me suis rendu compte que ses bons jours étaient devenus tellement rares que je n'espérais plus rien.

— Bonjour, madame Constant, lance Agnès en me voyant arriver à l'accueil. Belle journée, n'est-ce pas ?

Je regarde de manière dubitative mes baskets couvertes de boue, mon trench trempé, mon parapluie dégoulinant et les gouttes de pluie torrentielle qui s'écrasent contre la vitre des Russules. Agnès éclate de son rire cristallin et parvient à m'arracher un sourire.

De tous les auxiliaires de vie aux Russules, Agnès est ma préférée. Elle est un peu plus jeune que moi — je dirais vingt-neuf ou trente ans. Elle est ici depuis cinq ans et sa bonne humeur n'a jamais flanché. C'est pour moi un véritable mystère — mon cœur deviendrait noir et rabougri si je devais passer mes journées ici, à regarder des personnes âgées tenter de se souvenir de leur prénom et attendre que la mort vienne les chercher. Mais Agnès n'est pas moi. Elle a de grosses lunettes qui me font penser à celles de ma belle-sœur Lamia, des yeux clairs et ronds et un visage parsemé de taches de rousseur. Quant à sa couleur de cheveux, je n'ai jamais vraiment su ce que c'était. Elle adore les couleurs pastel improbables, façon manga. Aujourd'hui, sa coupe garçonne affiche un rose barbe à papa.

— Je vous ai déjà dit de m'appeler Elvira, je réponds. « Madame Constant », j'ai l'impression d'avoir soixante-dix ans, alors que je ne suis pas beaucoup plus vieille que vous.

— Pardon, madame Constant, c'est l'habitude, réplique Agnès, espiègle, en m'adressant un clin d'œil. Comment va la petite ?

— Bien, bien. Elle a deux ans, vous savez ce que c'est.

— Oh que oui ! Je suis passée par là !

Agnès a un petit garçon un peu plus âgé qu'Alex, mais je ne me souviens plus de son prénom.

— Et votre sœur ? On l'a pas vue depuis longtemps, par ici !

— Elle a beaucoup de boulot.

— Oui, bien sûr, c'est pas évident. Et c'est pour quand, votre prochain livre ?

Je souris. Agnès fait partie de mes lectrices les plus assidues. Elle a acheté mes trois romans, que je lui ai dédicacés. J'ignore si elle fait ça parce qu'elle aime réellement ma prose ou parce qu'elle ne peut pas s'empêcher d'être serviable avec tous ceux qui l'entourent. Je ne suis probablement pas la seule autrice qui passe aux Russules, en tant que visiteuse ou patiente. Ça ne m'étonnerait pas tant que ça qu'Agnès achète les livres de tout le monde.

— Pas tout de suite, je pense. Mon inspiration est un peu en panne en ce moment.

Doux euphémisme. À vrai dire, cela fait six mois que je n'ai pas écrit une ligne, mais personne ne le sait ; ni Mariam, ni Prune, ni Nina, ni même Martin, alors je ne vais certainement pas partager cette information avec Agnès.

— C'est dommage. J'espère que vous écrirez vite quelque chose. J'ai tellement adoré *La charité des flammes*, surtout le personnage de Fantine.

Elle m'adresse un nouveau clin d'œil. Fantine, une auxiliaire de vie solaire aux cheveux arc-en-ciel, a une source d'inspiration bien particulière, et Agnès n'est pas dupe.

— Comment va-t-elle ? je demande.

Le regard de la jeune femme s'assombrit. Ça ne dure même pas une seconde, c'est à peine perceptible, mais j'ai réussi à le voir. Mon cœur se serre.

— Vous savez ce que c'est…

Je hoche la tête. Agnès me conduit jusqu'à la salle commune. Ma mère est assise seule à une table ronde, à la même place où je l'avais laissée la dernière fois, vêtue de la même robe de chambre, à croire qu'elle a dormi ici pendant trois semaines. Je fais semblant d'ignorer l'odeur de transpiration qu'elle dégage. Je sais que le personnel est débordé, qu'ils n'ont pas le temps de la laver tous les jours, mais je ne peux rien y faire.

— Bonjour.

Juste « bonjour ». Pas de « bonjour, maman » qui risquerait de la perturber. Sa mémoire ne reviendra pas de toute façon, alors autant rendre ses journées aux Russules les plus paisibles possibles.

Elle lève les yeux vers moi. Il ne reste plus grand-chose de la femme rondelette qui m'a élevée. Je le sais, mais je me fais cette réflexion à chaque fois, comme si je m'attendais à voir la Viktoria Pèlerin de mon enfance réapparaître comme par magie. Mais la magie, ça n'existe pas, à part dans *Harry Potter*. Maman est amaigrie, ses joues sont creusées, son regard est dans le vague. Quand j'étais adolescente, on me répétait que je ressemblais à ma mère et je détestais ça ; je voulais avoir le physique de mannequin de mon père, dont a hérité Nina — dans une version plus féminine.

— Bonjour, Kris.

J'aurais préféré être une inconnue. J'aurais pu raconter ma vraie vie, celle d'une Elvira qu'elle ne connaît pas. Et égoïstement, je préfère être « madame » plutôt que « Kris ». Comment expliquer que j'aie disparu de l'esprit de ma mère avant Kristina, qu'elle n'a pas vue grandir ? On ne peut pas rivaliser avec les morts. Nina et moi, nous sommes là, humaines, avec nos défauts. Mais pour maman, il était facile d'imaginer que Kris a été une fille parfaite avec une vie parfaite. « La voilà, la preuve, je pensais au début. Je n'ai été qu'une fille de remplacement. Je n'aurais jamais été là si Kris était restée. »

Puis je m'en suis voulu. Quel genre de fille s'attarde sur ce genre de chose quand sa mère n'est plus qu'une enveloppe corporelle ? J'ai dépassé la trentaine depuis longtemps. Il faut que je laisse ces enfantillages à leur place : dans le passé.

— Bonjour, maman.

Je lui tends la joue, qu'elle embrasse mollement.

— Comment vas-tu aujourd'hui, maman ?

Elle sourit.

— Je vais très bien, et toi ?

— Oh, tu sais, ta petite-fille est un peu turbulente, mais elle a deux ans, c'est toujours un peu difficile…

Ma mère n'a jamais rencontré Alex. J'ai préféré ne pas infliger ça à ma fille, lui présenter une dame qui ne se souviendrait pas d'elle en lui disant « c'est ta grand-mère ». J'ai également souhaité épargner ma mère. Évidemment, mon vœu le plus cher est que maman connaisse sa petite-fille, mais ce serait égoïste, ça ne ferait que lui embrumer l'esprit. Alors, je lui parle d'elle par bribes, comme un peintre impressionniste qui créerait un paysage en déposant de petites touches de couleur sur une toile. J'espère créer une image d'elle dans ce qui reste encore de ma mère.

— Tu étais turbulente à cet âge, aussi.

Je hoche la tête, un sourire de plâtre sur le visage. Kris n'a jamais eu deux ans.

— Ah oui ?

— Oui... tu voulais tout le temps manger des glaces... une fois, ton père et moi, on a cédé pour ta troisième glace de la journée, et tu as eu mal au ventre...

Je n'ai jamais vraiment aimé les glaces. Mon péché mignon à moi, c'étaient plutôt les bonbons et les gâteaux. C'était sûrement Nina qui mangeait des glaces à s'en donner mal au ventre. Je n'en sais pas grand-chose, je n'étais pas née.

Je me souviens des visites que nous rendions en famille à Baba Nastia il y a plus de vingt ans. *Poslushaite ! Ved, esli zviozdy zajigaiut, znachit, eto komu-nibud nujno?* Je n'ai pas gardé beaucoup de souvenirs de la langue russe, je ne l'ai plus pratiquée depuis qu'Oleg ne fait plus partie de ma vie. Mais je me souviens de cette phrase que Baba Nastia répétait tout le temps, l'introduction de son poème de Maïakovski préféré.

Si maman est une étoile, pourquoi ne l'allume-t-on pas ? J'ai besoin d'elle. Nina aussi. Et ses petits-enfants ont besoin d'une grand-mère normale, qui prépare des soupes de légumes et des gâteaux au chocolat, et qui joue à cache-cache. Pourquoi l'étoile de ma mère s'est-elle éteinte ?

1995

Dans une semaine, je vais avoir sept ans. Maman ne sera pas là.

Depuis qu'elle m'a giflée alors que je n'avais rien fait, elle est particulièrement gentille avec moi. Une fois, elle a même pris ma défense pendant que Nina et moi, on se disputait. Ça n'arrive jamais. D'habitude, c'est toujours « Elfe, arrête d'embêter ta sœur pendant qu'elle révise » par-ci, et « Elfe, va aider ta sœur, elle ne peut pas mettre la table toute seule » par-là. Personnellement, je trouve que Nina est tout à fait capable de mettre la table toute seule, après tout, c'est elle qui a quatorze ans et moi qui en ai six et demi —

bientôt sept ! — mais de toute façon, ça ne sert à rien de discuter avec maman.

Hier, avant que nous ne partions en vacances avec papa et Nina, maman m'a prise sur ses genoux — elle ne le fait plus depuis un moment, plus depuis que je suis entrée à l'école primaire. Elle me répète toujours : « Tu es une grande fille, Elfe, que diraient tes copines si elles te voyaient sur les genoux de maman ? ». J'essaie d'imaginer les têtes d'Anne et Marjo, et effectivement, je pense qu'elles se moqueraient. Surtout Marjo, qui a déjà sept ans.

Mais là, quand elle m'a proposé de venir, j'ai dit oui. Après tout, mes copines ne sont pas là pour voir.

— Qu'est-ce que tu aimerais pour ton anniversaire, Elfe ? Tu as le droit de choisir ce que tu veux.

— Je veux un chat, je réponds direct, sans hésiter.

Anne a un chat et il est trop beau. Je l'ai vu quand je suis allée chez elle. Il est blanc et poilu, il a de grands yeux verts, un peu comme ceux d'Anne. Je les trouve très beaux, mais je n'ai pas osé dire à Anne qu'elle avait les mêmes yeux que son chat. Dans ma tête c'est un compliment, mais on ne sait jamais, ça pourrait la vexer. Il s'appelle Tom. Je pense que ça ne lui va pas, car dans le dessin animé, Tom est gris et pas blanc, mais il est tellement beau que je veux le même.

Maman soupire.

— Tu sais bien que ce n'est pas possible, Elfe chérie, Nina est allergique.

Comme par hasard, je ne peux pas avoir quelque chose parce que ça risque d'embêter la chouchoute.

Je boude en silence.

— Et une Barbie qui joue au foot ?

Maman réfléchit.

— Je ne crois pas que ça existe. Mais je regarderai.

Si maman ne trouve pas, ce n'est pas grave, car j'ai la solution : je vais la demander au père Noël. Maman doit aller chercher les jouets dans les magasins, alors que le père Noël les fait fabriquer par ses lutins dans son atelier, au pôle Nord. Même qu'ils expliquent tout dans le film *Super Noël* qu'on est allés voir au cinéma l'an dernier. Logiquement, il peut donc créer toutes les poupées Barbie qu'il veut. Je sais que je n'ai pas été particulièrement sage. De toute façon, le père Noël ne peut pas nous surveiller toute l'année, il faut bien qu'il se repose, alors il regarde surtout les mois juste avant Noël. Si je suis très sage à partir de la rentrée, il fabriquera peut-être une Barbie joueuse de foot rien que pour moi. Et je suis sûre que le père Noël, il s'en fiche que le foot ce soit pour les garçons, du moment que je suis assez sage.

— Et si jamais ça n'existe pas ? Il y a autre chose que tu veux ?

Je réfléchis. En fait, ce que je veux, c'est que tout redevienne comme avant – avant le cri, avant la gifle. Là, l'ambiance est très bizarre et ça me fait peur. Mais j'imagine que ça ne sera pas possible non plus.

— Moi, ce que j'aime, c'est écrire.

Ce n'est pas vraiment un indice, et ça ne dit absolument pas ce que je veux, puisque je ne le sais pas moi-même. Mais je laisse maman se débrouiller avec ça, elle n'avait qu'à pas me gifler. Elle me serre contre elle.

— D'accord, ma puce. Je vais voir ce que je peux faire avec ça. Tu seras bien sage avec papa et Nina, n'est-ce pas ?

De toute façon, si je ne suis pas sage, Nina va fayoter, alors je suis bien obligée.

Je croyais qu'on irait à Biarritz, mais non. On va quand même à la mer, comme papa l'a promis. Mais nous sommes partis en Normandie, dans un endroit qui s'appelle Luc-sur-Mer. C'est un nom bizarre, car il y a un Luc dans ma classe, mais je ne vois vraiment pas le rapport que ça peut avoir avec lui. Papa m'a expliqué qu'on n'irait pas à Biarritz, car c'est trop loin pour qu'il conduise seul, et qu'il faut donc qu'on aille plus près de chez nous. Je ne suis pas sûre que je vais aimer Luc-sur-Mer autant que Biarritz, mais je ne dis rien, je n'ai pas envie d'être punie.

C'était bizarre, dans la voiture. D'habitude, maman s'assoit toujours à côté de papa, et moi, je suis à l'arrière avec Nina. Là, j'avais la banquette arrière pour moi toute seule. Nina était à l'avant. Elle aurait dû être contente — elle veut toujours être devant — mais là, elle faisait la tête et parlait à peine avec papa ou moi. Elle a tout de suite mis son walkman sur ses oreilles et s'est enfermée dans sa bulle.

— Venez, on joue à qui verra la mer en premier, propose papa.

Je me tiens aussi droite que possible sur mon siège auto. Quand papa dit ça, c'est que la mer n'est pas loin. Je ne gagne jamais à ce jeu, c'est toujours Nina qui gagne, mais ce n'est pas juste parce qu'elle est beaucoup plus grande que moi et elle peut donc plus facilement voir par les fenêtres. Chaque année, elle ronchonne un peu, elle dit qu'elle est trop grande pour jouer à ce jeu, mais finalement, elle cherche quand même toujours la mer. Là, je me dis que j'aurai encore moins de chances de la repérer, vu que Nina est assise tout devant.

— Jouez sans moi, lance Nina. J'écoute ma musique.

Elle fait semblant, comme d'habitude. Je me dis qu'elle me fait croire ça pour que je baisse ma garde, et pour mieux gagner. Je n'y crois pas une seconde. Et puis…

— Je la vois ! Elle est là, elle est là !

Pour la première fois depuis trois ans — avant, j'étais trop petite pour bien me rappeler — c'est moi qui crie. La mer apparaît, immense. Elle occupe tout l'avant de la voiture. Nina l'a forcément vue. Je reste quelques secondes à la regarder, bouche ouverte. Ça y est, elle est là. La mer. C'est vraiment les vacances. Le mois de juillet dans la chaleur parisienne, c'était nul. Là, je pourrai enfin sauter dans les vagues, faire des châteaux de sable, creuser des trous, courir, jouer au cerf-volant avec papa.

— Mais, Nina, tu l'as pas vue ?
— Fous-moi la paix, maintenant, répond Nina.
— Nina, tu parles autrement à ta sœur s'il te plaît.

Je suis un peu contente que Nina se soit fait gronder quand même. Ce n'était pas de la grosse engueulade — je me serais fait gronder beaucoup plus que ça si j'avais parlé comme ça à Nina. Mais c'était une engueulade quand même.

Il y a quelque chose que je ne comprends pas. Pourquoi est-ce que Nina n'a pas cherché la mer, alors qu'elle était sûre de gagner ?

2005

Je suis la maîtresse d'un homme marié.

Je fouille mon cœur à la recherche de culpabilité. Je me dis « si je culpabilise, c'est que je ne suis pas une horrible personne ». Mais je dois être une horrible personne, car je n'éprouve rien de tel. Je ne ressens que de l'excitation. Je suis une héroïne de roman. De nos jours, il est impossible d'imaginer un livre, ou un film, ou une série, sans adultère.

Pour chercher la culpabilité, j'essaie de repenser aux mois qui ont suivi la séparation de mes parents. Mais j'étais trop petite. C'est Nina qui a tout pris de plein fouet. Maman a cherché à me protéger des problèmes d'adultes, mais elle avait moins de considération pour ma sœur. Alors, ces mois-là, j'arrive à les reconstituer grâce à ce que Nina m'a raconté, une fois que j'ai grandi. « Maman pleurait tous les jours. » « Maman prenait des antidépresseurs. » « Après la naissance de Ghislain, maman n'est pas sortie du lit pendant une semaine, alors c'est moi qui t'ai emmenée à l'école. C'était pas facile avec le lycée, je venais de rentrer en seconde, j'arrivais à la bourre, je me faisais engueuler par tous mes profs. »

Je me souviens vaguement d'une période, en CE1, où j'allais à l'école avec Nina. J'avais dû l'embêter, lui demander pourquoi ce n'était pas maman qui m'emmenait, et elle avait dû inventer des excuses, comme d'habitude. Nina m'a caché beaucoup de choses. Si ça m'énervait à l'époque, je ne lui en veux plus. Elle a cherché à me protéger comme elle pouvait alors qu'elle n'était elle-même qu'une enfant, plus jeune que je ne le suis aujourd'hui.

Je pense à Iphigénie, la fille d'Oleg. Quel sera son sort si jamais le pot aux roses est découvert ? Est-ce qu'elle devra s'occuper de son petit frère ? Est-ce qu'elle se fera aussi engueuler par ses profs alors qu'elle ne fera que gérer comme elle peut ? Est-ce que tout ça, ça sera par ma faute ?

Pourtant, aucune culpabilité n'est plus intense que le frisson que je ressens quand je pénètre dans la salle de classe d'Oleg, pour la première fois depuis ce jour à l'hôtel. Je m'installe le plus nonchalamment possible à mon bureau et je l'interroge en silence. « Tu as vu comme je suis sage ? Je suis sûre que personne ne se doute de rien. » Lui aussi est impassible, presque trop même. Il balaie la classe du regard et ses yeux ne s'attardent pas sur les miens, même pas une demi-seconde. L'espace d'un instant, je panique. Est-ce que tout ce qui s'est passé entre nous n'était que le fruit de mon imagination ? Ou pire, est-ce que c'est vraiment arrivé, mais ça ne signifiait rien pour lui ?

— J'espère que vous avez bien relu vos textes, dit-il lentement, dans ce français impeccable teinté d'un accent russe qui le caractérise.

« Est-ce que tu vas m'interroger ? Est-ce que ça va être ça, maintenant, tu vas t'acharner sur moi pour faire comme s'il n'y avait jamais rien eu entre nous ? » Je n'espère pas. Je n'ai pas bien révisé mon texte. Si je devais me faire engueuler par Oleg — non, *Melnikov*, il faut que je me réhabitue à l'appeler par son nom de famille tant que je suis entre les quatre murs du lycée — devant tout le monde, je pense que j'en mourrais.

— Hé, Elle et Vire, psst !

La voix espiègle de Soraya me tire de ma rêverie. Je soupire. Si elle m'appelle, ça ne présage rien de bon. Elle n'a jamais eu un seul mot gentil pour moi de toute mon existence. Je songe à ne pas me retourner, ou alors à lui rétorquer que mon prénom est Elvira et que je ne lui parlerais pas si elle refusait de l'utiliser. Puis je me dis que ça ne servirait à rien, sinon à faire naître des moqueries supplémentaires.

Un papier atterrit sur mon bureau. Oleg — *Melnikov* — a le dos tourné, et heureusement. Quand un papier circule, les profs ont cette fâcheuse habitude de punir aussi bien le destinataire que l'expéditeur. Je n'ai jamais compris le concept. Si ça se trouve, le destinataire n'a rien demandé à personne. La vieille Tyran est la pire de tous : non seulement elle punit, mais en plus elle lit le papier et le commente devant tout le monde.

Je déplie la missive. C'est un dessin. Soraya n'est pas douée en dessin — heureusement pour elle, on n'a plus arts plastiques au lycée — mais elle arrive quand même à se faire comprendre. Elle a gribouillé deux femmes nues. La première écarte largement les jambes, exhibant sa chatte épilée. La deuxième s'apprête, j'imagine, à la lui lécher. Faire du dessin pornographique quand on arrive à peine à faire du dessin normal n'est pas évident. Pourtant, l'identité de la deuxième femme ne fait aucun doute : Soraya a bien pris la peine de dessiner chaque bourrelet. C'est moi, la grosse Elvira. Elle et Vire.

Je fais une grimace en direction de Soraya. *Comment Anne a pu me faire ça ?*

Je repense à cette soirée, celle où tout a basculé. On partageait tellement de choses, Anne et moi. Quand on n'avait pas trop de devoirs, on passait systématiquement nos soirées ensemble. En général, on se retrouvait chez Anne. C'est plus grand chez elle. Il y a trois chambres : une pour ses parents, une pour elle, et une pour son petit frère. Et le salon, bien sûr.

Je n'ai jamais vécu dans un appartement aussi grand. Et puis, elle a la télé dans sa chambre, ce qui nous permettait de nous amuser avec sans avoir besoin de déranger ses parents.

La plupart du temps, soit on regardait des épisodes de *Desperate Housewives* en s'empiffrant de pop-corn, soit on mettait des perruques colorées et on utilisait sa machine à karaoké. En général pour s'époumoner sur les chansons d'Avril Lavigne. Quand j'y repense, je me dis que c'était un peu idiot d'enfiler des perruques colorées pour chanter du Avril Lavigne, mais je crois qu'on voulait se mettre dans une ambiance disco tout en beuglant des chansons de notre époque.

« She wants to go home
But nobody's home
That's where she lies
Broken inside »

On hurlait le « broken inside » comme si nos vies en dépendaient. Même si nos niveaux d'anglais respectifs nous permettaient de comprendre les mots, aucune de nous ne pouvait prétendre en saisir le sens. Que savions-nous du « broken inside », nous qui n'avions jamais eu de chagrin d'amour, qui étions toujours ensemble, qui n'avions jamais vu la dépression en face ? Je ne me doutais pas une seconde que j'étais à deux doigts de découvrir la signification de ces mots.

Pendant qu'on chantait, on s'est regardées. On était proches, très proches. On n'avait plus besoin de lire les paroles qui s'affichaient à l'écran, on a chanté tellement de fois *Nobody's Home*. On pouvait profiter l'une de l'autre.

Anne était belle. Pourquoi je parle au passé ? Ça n'a pas de sens. Elle est toujours en vie et elle est toujours aussi belle. Ce que je veux dire, c'est qu'elle n'avait jamais été aussi belle qu'en cet instant. Une poupée blonde avec de grands yeux verts. Elle sortait tout droit d'un dessin animé Disney.

Alors, je l'ai embrassée.

Est-ce que c'était parce que j'étais amoureuse d'elle ? Près d'un mois et demi après, je n'ai toujours pas la réponse à cette question. Je n'ai jamais connu l'amour. J'ai demandé plusieurs fois à papa comment il savait qu'il était amoureux de Claire. « Quand tu aimes quelqu'un, tu le sais », c'est tout ce qu'il m'a répondu. Alors, si je ne sais pas vraiment si j'étais amoureuse d'Anne, c'est que je ne l'étais pas, pas vrai ?

C'était la magie de l'instant. Je ne suis pas lesbienne, contrairement à ce qui est écrit sur les portes des toilettes ou sur le dessin de Soraya. Je pourrais le leur prouver si ma relation avec Oleg — Melnikov — n'était pas à cacher à tout prix. Mais je dois garder le secret, pour pas qu'Oleg perde son poste, pour pas que sa femme soit malheureuse, pour pas que sa fille soit obligée d'emmener son petit frère à l'école et se fasse engueuler par ses profs.

Ça s'est passé très vite, en quelques secondes seulement. Je n'ai même pas eu le temps de comprendre si Anne m'avait rendu ou non mon baiser, tant elle s'est dégagée rapidement.

— Qu'est-ce que tu fous, El ?

Elle avait l'air apeurée. Comme si, à ses yeux, j'étais devenue un monstre.

— Pardon, je…

« Je » quoi ? « Je pensais que tu en avais envie aussi » ? « J'ai pas fait exprès » ? Toutes ces excuses semblaient pâteuses sur ma langue, alors je n'ai rien dit.

— Mais El, t'es gouine ?

— Non !

Je me suis violemment défendue, comme si elle venait de m'insulter, alors qu'en réalité, je n'ai jamais compris ce qu'il y avait de mal à être « gouine ». Les femmes qui aiment d'autres femmes ne dérangent personne, alors pourquoi on les empêcherait de faire ce qu'elles veulent ? En revanche, je sais que les *gouines*, on se moque d'elles. Et je ne voulais pas qu'on se moque de moi.

— Sors de chez moi, tout de suite.

— Mais Anne, je suis désolée…

— Sors de chez moi, tu me dégoûtes.

— Je le referai plus, promis !

— Je me sens pas en sécurité avec toi.

— Mais Anne, t'es tarée ! Je vais pas te sauter dessus ! J'étais dans l'instant et puis… Je suis pas gouine,

OK ? Mais même si je l'étais, de quoi t'as si peur ? Tu fréquentes bien des garçons hétéros, non ? Eux aussi peuvent t'embrasser, en théorie !

J'ai failli ajouter « belle comme tu es », mais je me suis dit que ça aggraverait mon cas.

— Bordel ! T'es ma meilleure amie ! Et là, tu vas tout gâcher, parce que j'ai fait une connerie ?

— T'es pas ma meilleure amie. Ma meilleure amie s'appelait Elvira, elle a couché avec un mec qui s'appelait Justin, un pote de son cousin ou je sais plus quoi. C'étaient des mensonges, tout ça, avoue ! C'était pour mieux rentrer dans ma culotte !

— Tu racontes n'importe quoi ! Je t'ai jamais menti, jamais !

— El, être gouine, c'est du suicide social. Je peux pas être associée à toi.

— Depuis quand tu t'intéresses à ce que pensent les autres ?

Anne n'a rien dit, mais je n'avais pas besoin de sa réponse. Elle s'est toujours intéressée à ce que pensaient les autres, simplement elle le cachait. Sinon, pourquoi ces yeux maquillés, pourquoi ces vêtements à la mode ?

— Sors de chez moi, El, s'il te plaît.

J'ai pris mon manteau et mes chaussures, et je suis partie sans me retourner, sans lui dire au revoir. *Stupide.* Ce mot résonnait dans ma tête comme un mantra. J'avais été stupide, j'ai agi de façon impulsive, et maintenant, j'ai perdu ma meilleure — ma *seule* — amie.

Broken inside

2013

Il est environ vingt et une heures, mais la nuit n'est pas encore tombée. Les avantages du mois de juin. Je me surprends à rêver de vivre dans un monde où la nuit arrive toujours tard, où je ne suis jamais obligée d'aller au boulot et d'en revenir dans le noir. L'air est un peu frais, je regrette d'avoir laissé en haut le cardigan en coton que m'a offert Prune.

— On va où ?
— J'en sais rien du tout ! s'amuse Mariam.

Nous ne sommes pas à la campagne. Se promener dans Paris n'a rien de particulièrement agréable. Avec les premiers beaux jours, les gens se précipitent dans les parcs, rapidement écrasés par le poids de la foule. Ils en deviennent plus étouffants que les rues bordées d'immeubles. C'est comme choisir entre la peste et le choléra. Pourtant, pour rien au monde, je ne quitterai Paris. C'est simple, en France, il y a Paris et le reste. On ne peut espérer un avenir professionnel en dehors de la région parisienne. Je pourrais écrire n'importe où, mais trouverais-je vraiment une université où on voudrait d'une demi-écrivaine comme enseignante ?

Tandis que Mariam marche à mes côtés, je sens le parfum de ses cheveux — un shampoing aux fruits exotiques, qui lutte contre l'odeur de la cigarette du fumoir de tout à l'heure.

— Tu ne portes pas le voile ?

Bravo, El, bravo. C'est tout ce que tu trouves à dire pour faire la conversation ? Tu lui demandes si elle porte le voile ?

— Pardon ?

Elle se tourne brusquement vers moi.

— Non, rien, je…

— Tu m'as demandé pourquoi je portais pas le voile, c'est ça ?

— Euh…

Je bafouille, je rougis, pourtant, quand j'ose lever les yeux vers Mariam, elle ne semble pas fâchée.

— Sois pas gênée. C'est légitime comme question. Je ne bois pas d'alcool, mais je ne porte pas le voile. Je ne mange pas de porc, mais je ne mange pas halal non plus. Je ferai le ramadan, mais je couche avant le mariage.

Jamais de tabous avec Mariam.

— Je suis pleine de paradoxes. Mais c'est le cas de toutes les religions, finalement. Regarde les chrétiens. Ils sont allés manifester en masse contre le mariage pour tous sous prétexte que l'Église définit le mariage comme l'union d'un homme et d'une femme, mais ils ne se gênent pas pour mettre des capotes, alors que le cul pour le cul, c'est censé être un péché. Et les liens sacrés du mariage, laisse-moi rigoler, y'en a la moitié qui vont voir ailleurs dès que leur mari ou leur femme a le dos tourné. Au moins, mes paradoxes à moi ne regardent que moi, pas vrai ?

Elle a raison. Je n'ai rien à répondre à ça.

— Je…. Je ne suis pas chrétienne. J'ai pas vraiment de religion. Je veux dire, si, j'ai été baptisée catholique, mais c'est à peu près tout. Mes parents ne se sont jamais vraiment préoccupés de me donner une éducation religieuse.

— Quand j'ai dit « les chrétiens », je parlais pas de toi, Elvira, me rassure-t-elle en me mettant une main chaude sur mon épaule.

Je frissonne.

— Je pense que toi, t'as pas fait partie des péquenauds qui ont fait la Manif pour Tous en janvier, je me trompe ?

— C'est même plutôt l'inverse, je réponds. Avec Charles, on a été à l'autre. Celle des partisans du mariage pour tous.

— C'est gentil pour nous.

— C'est normal. C'est pas parce qu'on est hétéros qu'il faut fermer les yeux sur ce qui se passe, sur des gens qui défilent dans la rue pour l'intolérance, car c'est ça dont il s'agit, au fond.

Mariam me prend la main. Je réprime un nouveau frisson. Mais que m'arrive-t-il ? Est-ce que je suis en train de tomber malade ? J'espère que non. Je peux accepter d'être enrhumée en hiver, quand il fait froid dehors et que rester sous la couette avec une boisson chaude est presque obligatoire. Mais être malade en juin, c'est triste.

— T'es sûre de ce que tu dis, là ? me demande-t-elle doucement.

— Quoi ? Si, j'ai vraiment manifesté pour le mariage pour tous. Tu me crois pas ?

— Non, pas ça, l'autre truc.

— Quel autre truc ?

Je suis perdue.

— Par rapport au fait que t'es hétéro.

— Hein ? Mais bien sûr que je le suis !

Je me rends compte que j'ai parlé plus fort que je ne l'aurais voulu. Je suis presque en colère. Je ne sais pas contre qui ; Mariam n'a fait que me poser une question. Pourquoi je ne peux pas lui répondre calmement : « si, je suis bien hétéro » ?

Je repousse loin dans ma mémoire ma discussion avec Prune, celle sur la bisexualité. J'essaie également d'oublier le visage d'Anne, sa grimace de dégoût quand j'ai tenté de l'embrasser. « Qu'est-ce que tu fous, El ? » J'ai décidé que tout ça ne me concernait pas. L'histoire avec Anne n'était qu'une expérience de jeunesse, comme dans la chanson de Katy Perry. « I kissed a girl and I liked it ». Quant à ce que j'éprouve pour Mariam… c'est simplement de la fascination, oui, de la fascination. Mariam est magnifique. La plus belle femme que j'aie jamais vue en vrai. En plus, il émane d'elle une confiance en elle inhabituelle pour quelqu'un de notre âge. C'est normal qu'elle me fascine ! Si Katy Perry venait discuter avec moi, je ressentirais sans doute la même chose, non ?

— Je suis hétéro ! Je suis avec Charles !
— Calme-toi, Elvira. Pourquoi t'es énervée comme ça ?

Je ne sais pas et ça m'énerve encore plus. Elle place ses mains rassurantes sur mes épaules et me fixe avec ses yeux couleur miel. Ils brillent comme des étoiles au milieu de son visage.

Écoutez ! Puisqu'on allume les étoiles, c'est qu'elles sont à quelqu'un nécessaires. Les étoiles dans les yeux de Mariam me sont si nécessaires en cet instant.

— Excuse-moi, je murmure enfin.
— T'inquiète, c'est rien. Je m'en fiche, moi. Tant que tu es honnête avec toi-même au sujet de ce que tu ressens, ça me va.

De nouveau, je suis ébahie par sa maturité, son absence totale d'égoïsme, complètement hors de propos chez une jeune femme qui a trois ans de moins que moi. *Je suis bien hétéro, oui, je l'envie, c'est tout, j'ai envie d'être elle, tout comme j'ai envie d'être Katy Perry. C'est interdit, peut-être ?*

— Qu'est-ce qui te fait croire que je peux ne pas l'être ?

J'ignore pourquoi je décide de creuser le sujet, pourtant je le fais. Je n'aurais pas dû, j'ai peur de la réponse.

— T'as entendu parler du *gaydar* ?

Je hoche la tête. Bastien, le frère de Prune, m'en a parlé plusieurs fois.

— On a un peu la même chose, nous. Le « lesbodar » si tu préfères, même si ça existe pas, en vrai. Et quand je suis avec toi, disons que je sens que mon « lesbodar » s'affole. Mais il peut se tromper, aussi. T'as vraiment jamais eu de doute sur le sujet ?

J'essuie mes mains moites sur ma robe. J'ai tout à coup très chaud alors que j'avais la chair de poule il y a cinq minutes.

— Une fois, j'avoue.

En regardant mes pieds, je lui raconte ce qui s'est passé avec Anne.

— Qu'est-ce qu'elle est devenue, cette fille ?

— Aucune idée, c'était au lycée.

— Mouais. C'était une lesbienne refoulée si tu veux mon avis. Pour avoir réagi aussi violemment.

J'éclate de rire. J'ai vu Mariam peu de fois, mais je vois qu'elle fait partie de ces personnes qui ont toujours le don de remonter le moral des autres.

— C'est gentil, mais franchement, ça m'étonnerait. Mais c'est pas important. J'avais quoi, quinze ans ? Seize ? J'y pense même plus. J'avais pas de sentiments pour elle. Je l'ai embrassée dans la magie de l'instant.

— Uh-uh.

Je lève les sourcils. Mariam n'a pas l'air de me croire du tout.

— Mais si, je te promets ! Et maintenant, je suis avec Charles.

Je commence à m'énerver à nouveau, devant ce brin de femme si curieux, si apaisé, qui m'observe avec ses yeux à mille et une paillettes. Je ne sais pas pourquoi je n'arrive pas à lui faire accepter posément mon point de vue. Dans mon agitation, c'est à peine si je remarque que sa main s'est posée sur ma taille.

— Elvira. Calme-toi.

— Hein ?

Sa main remonte doucement jusqu'à mon omoplate. J'hésite à me dégager, mais je ne le fais pas. Une petite voix à l'intérieur de moi me susurre que je n'en ai pas vraiment envie.

— Ferme les yeux.

Je fais une grimace.

— T'as pas confiance ?

J'ai l'impression d'être dans la scène de *Harry Potter et le Prince de sang-mêlé,* le film, où Ginny demande à Harry de fermer les yeux avant de lui enfourner je ne sais quelle friandise magique dans la bouche. À la différence près qu'il y a à l'écran autant d'alchimie entre

Harry et Ginny qu'entre une huître et un cochon d'Inde. Entre Mariam et moi, l'alchimie est palpable, elle pénètre l'air de juin et nous enveloppe.

Je hoche la tête et finis par m'exécuter. Les lèvres de Mariam, veloutées, couvertes d'un rouge à lèvres couleur bois de rose, que j'ai longuement observées en cachette, se posent délicatement sur les miennes. Mon cœur menace de s'extirper de ma poitrine et de faire un vol plané hors de ma gorge. Je découvre que mon estomac est capable d'acrobaties que j'ignorais. Je me laisse faire, et au bout de quelques secondes, je lui rends son baiser.

Charles me semble alors bien loin. Une petite voix au fond de moi me répète que je fais une bêtise, que Charles est quelqu'un de bien, que je trahis sa confiance. Mais impossible de l'écouter, impossible de me concentrer sur cette voix, car je n'arrive à me concentrer que sur les lèvres de Mariam, sur ses mains dans mon dos qui descendent jusqu'à mes fesses…

Je voudrais que ce baiser dure toujours, mais petit à petit, Mariam me libère de son étreinte.

— Tu penses toujours que t'es hétéro ? me demande-t-elle, en me fixant de ses yeux de miel.

2023

— Vous devez être madame Constant.

Retrouver Mathieu Bichon n'a pas été chose aisée. Ce n'est pas du tout celui qui s'occupe de C.C. Kristaux, puisqu'il ne travaille aux éditions Tango que depuis peu. Il est même toujours en période d'essai, ce qui explique son absence du site Internet. Il est désireux de faire ses preuves, de trouver la perle rare. Son profil LinkedIn compense l'absence de page dédiée : il a travaillé auparavant pour plusieurs maisons d'édition connues.

La première chose qui me frappe chez Mathieu Bichon, c'est sa petite taille. Je mesure plus d'un mètre soixante-dix. Si j'ai l'habitude des hommes plus petits que moi, rares sont ceux que je surplombe d'au moins quinze centimètres. En le voyant, je pense en premier à Nicolas Sarkozy, que je n'ai pourtant jamais rencontré, mais qui était obligé de se grandir en portant des talonnettes, surtout lorsqu'il se tenait à côté de Jacques Chirac.

Puis, je pense à une version miniature de l'acteur Stanley Tucci, dans *Le diable s'habille en Prada*. La petite quarantaine, chauve, avec un air intelligent et de grosses lunettes à monture noire. Il ne ressemble que de loin à sa photo de profil LinkedIn qui doit bien avoir une dizaine d'années.

Mathieu Bichon a tenu à ce qu'on se rencontre dans un discret café du quinzième arrondissement, à quelques minutes de marche des locaux des éditions Tango. « Ainsi, vous pourrez boire du vrai café, m'a-t-il affirmé. Celui de notre machine est infect, un jus de chaussette. » Je n'ai pas osé répondre que de toute façon, je n'aimais pas le café. Quand quelqu'un qui travaille aux éditions Tango vous propose un café, vous le buvez, c'est tout.

— C'est très gentil de me recevoir, monsieur Bichon, je lui réponds.

Peut-on vraiment parler de « recevoir » si le rendez-vous a lieu dans un café et non dans les locaux ? Et puis zut ! Je suis vraiment nulle !

Je me sens gauche. À la terrasse d'un café parisien, je suis comme un éléphant dans un magasin de porcelaine. Mais même dans un bureau, je n'aurais pas été dans mon élément. À bientôt trente-cinq ans, j'ai beaucoup moins l'habitude des entretiens que les adultes normaux. J'ai assez vite été embauchée pour donner des cours d'initiation à l'écriture à l'université où j'ai fait mes études, et je n'ai jamais aspiré à faire autre chose. Je n'ai jamais vraiment renoncé à mon rêve de vivre de ma plume, et Mariam travaille d'arrache-pied pour que je puisse le réaliser un jour. Mais avec environ deux pour cent des écrivains en France dont le salaire dépasse le SMIC, il y a beaucoup d'appelés et peu d'élus.

Je prends conscience de ce que ce rendez-vous représente pour moi. Une chance de vivre de ma plume. Une chance de faire partie de ces autrices et auteurs dont on parle à la télé et qui sont invités au Festival du Livre de Paris. Mon esprit s'emballe très vite et je me force à prendre une profonde inspiration pour me calmer.

— Vous pouvez m'appeler Mathieu.

— Euh… d'accord. Dans ce cas, vous pouvez m'appeler Elvira.

— Bien.

Il interpelle un serveur et demande deux cafés allongés. J'ai un haut-le-cœur. Boire un café court m'est déjà difficile, mais un allongé ! Pourquoi certains hommes se permettent-ils de commander pour les femmes sans leur demander leur avis ? Et Fifi Desmoulins, pourquoi le fréquente-t-elle, cette femme si indépendante qui ne se laisse pas marcher sur les pieds ? J'ai d'abord envie de ravaler ma fierté, de ne pas gâcher ma chance pour une simple histoire de café infect. Puis je me souviens que l'objectif des éditions Tango est de mettre en avant des femmes fortes. Colette, la vieille dame du roman de C.C. Kristaux, ne se serait pas laissée faire, elle.

J'attrape le bras du serveur.

— Pardon, monsieur. Plutôt un thé pour moi, finalement, s'il vous plaît.

Je me force à fixer Mathieu Bichon droit dans les yeux, même si mon instinct me crie de détourner le regard.

— Bien sûr, madame, répond flegmatiquement le serveur — sa veste m'indique qu'il s'appelle Nathanaël. Noir, vert, blanc ? Ou plutôt une infusion à l'hibiscus ?

— Oh, infusion à l'hibiscus, excellente idée ! Merci.

Mon compagnon de table me fait un clin d'œil.

— Excusez-moi, je n'aurais pas dû commander à votre place.

— Il n'y a pas de mal.

— Bien.

C'est la deuxième fois qu'il dit « Bien » en cinq minutes. J'ignore si c'est bon signe ou non. Il se pince l'arête du nez et me regarde attentivement. *Est-ce que c'est à moi de parler ? Est-ce que je dois me taire ? Est-ce que c'est à moi d'évoquer mon roman ?*

— Il fait beau aujourd'hui. C'est plutôt sympa de boire un café en terrasse.

La météo, bravo. C'est quoi la prochaine étape ? Tu lui dis que c'est quand même terrible, ce qui se passe en Ukraine ?

— Ce n'est pas pour parler du beau temps que vous êtes là, Elvira, n'est-ce pas ?

— Non, en effet, concédé-je.

— Vous avez toujours rêvé de vous faire publier par les éditions Tango, et là c'est l'occasion pour vous, n'est-ce pas ?

Il manque pas de toupet, lui ! Comme si sa maison d'édition était la huitième merveille du monde !

Sauf qu'il n'a pas tort. Sa maison d'édition est bien la huitième merveille du monde.

— On peut dire ça comme ça. Je lis toutes les nouveautés qui paraissent aux éditions Tango. Je me les fais offrir par ma femme, dis-je avec un petit rire nerveux. À vrai dire, quand mon amie Fifi m'a dit que vous étiez intéressé, ça m'a surprise… J'avais essayé de vous envoyer des manuscrits, mais je n'ai jamais eu de réponse.

— Mais jamais celui de votre dernier roman, je me trompe ? *La charité…* comment vous dites…

— *La charité des flammes,* je rétorque, un peu piquée qu'il n'ait même pas pris la peine de se souvenir du titre.

— Oui, c'est ça ! Un titre magnifique, si vous voulez mon avis, très poétique. Vous avez très bien choisi. Bien sûr, si vous travaillez avec nous, il faudra le changer pour qu'il corresponde à notre ligne éditoriale, mais on verra ça plus tard…

Je déglutis. Je suis attachée à mes titres. C'est ma marque de fabrique : des titres qui ne veulent rien dire au premier abord, mais qui s'expliquent à la fin. À la fin de *La charité des flammes,* l'EHPAD dans lequel Rose vit sa dégénérescence brûle dans un terrible incendie, et Rose avec lui. Son fils Thibault est dévasté, mais dans l'épilogue, on apprend que son épouse est enceinte. Il avait toujours refusé d'avoir un enfant, car il craignait que cela l'empêche de s'occuper de sa mère. Ainsi, de façon macabre, les flammes se sont montrées *charitables* avec lui.

— Vous êtes avec moi, Elvira ?

— Oui, bien sûr. Désolée, je n'ai pas eu le temps de manger ce matin, j'ai un peu la tête qui tourne.

— Vous voulez prendre quelque chose ? C'est la maison qui régale.

— Non, vraiment, je vous assure.

— Bien.

Je me mordille la lèvre.

— Vous avez lu le roman, donc ?

— Pas en entier, non, mais Fifi me l'a si bien vendu ! Et j'ai adoré le début.

— Vous ne lisez pas forcément le roman en entier avant de rencontrer l'auteur ou l'autrice ?

— Vous êtes tous les mêmes, ceux qui sortent de l'auto-édition, c'est dingue, remarque-t-il avec une condescendance non dissimulée. Vous savez combien de manuscrits atterrissent tous les jours sur la table des maisons d'édition ?

J'ai ma petite idée, c'est pour ça que j'en suis là, à vrai dire...

— Beaucoup, beaucoup ! Alors, on lit le début et si ça ne matche pas, c'est poubelle ! POUBELLE !

J'opine discrètement.

— Pour vous, le début a matché, et puis, vous êtes une amie de Fifi, alors, ça a joué en votre faveur.

J'éprouve de plus en plus d'antipathie pour cet homme, refusant presque de croire qu'il travaille pour une maison d'édition telle que Tango. Comment cette maison qui se tarit d'être un lieu d'épanouissement pour les personnages féminins forts a-t-il pu embaucher pareil énergumène ?

— Si vous êtes publiée aux éditions Tango, je serai votre éditeur. Vous allez devoir retravailler votre roman. C'est un bon livre, mais il n'est pas très *bankable*. Le livre est un produit comme un autre, n'est-ce pas, Elvira ?

Je baisse les yeux et m'aperçois que mon infusion à l'hibiscus est déjà sur la table. Je verse distraitement le contenu de la théière dans ma tasse. Une partie se retrouve dans la soucoupe, mais Mathieu Bichon ne semble pas le remarquer.

— N'est-ce pas, Elvira ?

J'opine à nouveau.

— Bien. Je vais finir votre roman et je vous enverrai un contrat par mail. Maintenant, si vous voulez m'excuser, j'ai du travail.

Il boit son café allongé d'une traite, comme s'il

s'agissait d'un espresso, dépose un billet de dix euros sur la table, et s'en va, me laissant seule avec mon infusion et mes réflexions.

Je n'ai pas envie de travailler avec un type pareil, c'est certain. Mais ce n'est qu'un type. Un type n'est pas représentatif de ce que pense une maison d'édition. Est-ce que je suis prête à renoncer à mon rêve juste pour un gros naze ? N'est-ce pas important d'avoir un pied chez Tango, quitte à travailler avec quelqu'un d'autre par la suite ?

Je prends une profonde inspiration. Je crois que j'ai pris ma décision.

1995

J'adore aller à la plage. On n'y est pas allés très souvent depuis notre arrivée à Luc-sur-Mer, car il pleut beaucoup ici. Ça change de Biarritz où il fait beau tout le temps, même quand il y a du vent. J'ai beaucoup boudé les premiers jours car je voulais aller me baigner, mais il y avait trop de pluie. J'ai essayé de dire à papa qu'on s'en fichait, parce que si je suis dans l'eau, je ne vois pas ce que ça change que l'eau tombe du ciel, mais il n'a rien voulu entendre. Les adultes sont quand même bizarres.

Mais aujourd'hui, il fait beau, alors on est sur la plage et on s'amuse bien. D'accord, c'est moins bien sans maman. En même temps, maman nous surveille sans arrêt, et c'est parfois un peu pénible. « Mets ton chapeau ». « Viens là que je te remette de la crème solaire ». « Ne joue pas trop loin, je veux pouvoir te voir ». Alors que papa, lui, il doit parfois faire des trucs de travail sur la plage. Je ne comprenais pas trop pourquoi il devait travailler pendant les vacances, et puis un jour, il m'a sorti un cahier de vacances. Pour préparer mon passage en CE1, il a dit. Alors, j'imagine que ce qu'il fait sur la plage avec tous ses papiers, c'est comme un cahier de vacances, mais pour les grands.

Aujourd'hui, Nina ne veut pas m'aider à creuser mon trou. Elle se trouve trop grande pour ça. Elle pense que creuser des trous, c'est bon pour les bébés. Tant pis pour elle, elle ne sait pas comment s'amuser, c'est son problème. Elle préfère aller voir les garçons. Je ne sais pas trop pourquoi — c'est bête un garçon, tout le monde sait ça. Sauf Hugo, bien sûr, mais c'est un secret.

En ce moment, elle est censée me surveiller. C'est ce que papa lui a demandé de faire pendant qu'il fait ses cahiers de vacances. Je pense qu'elle le fait, mais un peu de loin. Elle m'a surtout dit « Elfe, tu ne bouges pas d'ici » et elle est allée voir un garçon tout maigre qui a plein de boutons dans le dos. Beurk. Pendant que je creuse le trou, je suis obligée de lever la tête toutes les deux minutes, car je l'entends rire très fort. Jamais elle ne rit fort comme ça à la maison. J'imagine qu'ils doivent jouer au concours de celui qui rira le plus fort. Je ne vois pas d'autre explication. Mais dans ce cas, je ne vois pas trop pourquoi elle se donne autant de mal – elle a déjà gagné. Le garçon boutonneux, je ne l'entends même pas.

Elle a de la chance. Je ne compte pas bouger d'ici pour le moment, car je suis beaucoup trop absorbée par le trou que je creuse avec ma petite pelle bleue. Mais bientôt, j'aurai envie de me baigner et j'espère que Nina voudra bien m'emmener. Au moins, j'espère que si je demande à papa de l'obliger, il ne se rangera pas de son côté.

Tout à coup, j'entends des chuchotements énervés derrière moi. L'une des voix est celle de papa.

— Tu ne devrais pas être là.

— Tu n'es pas venu me voir depuis trois jours. Tu m'as pris une loc juste à côté, pour passer me voir, et tu n'es pas venu…

— Je suis ici en famille, tu comprends ? Et Elvira n'est pas encore au courant…

Je tourne brusquement la tête quand j'entends mon prénom. Le soleil tape. Je suis obligée de mettre ma main au-dessus de mes yeux pour mieux voir. Une femme blonde se tient à côté de papa et me sourit.

— Salut, Elvira.

— Claire !

Je me lève pour courir vers elle et m'arrête net.

Claire porte un maillot de bain deux-pièces fleuri microscopique, très différent des une-pièce unis que maman porte d'habitude. Il ressemble à celui qu'a Nina, sauf qu'elle a des seins beaucoup plus gros que ma sœur, et les minuscules triangles de son haut n'ont pas l'air tout à fait capables de les contenir. Mais ce n'est pas son maillot de bain qui retient mon attention. C'est son ventre.

Il est tout rond et tendu, comme si elle avait avalé un ballon de foot sans mâcher. Je ne l'ai pas vue depuis un mois et demi. Avec ses robes amples, je n'avais jamais remarqué que son ventre était comme ça.

Bien sûr, je ne suis pas idiote. On m'a déjà tout expliqué. Maman m'a raconté que quand papa et elle ont voulu m'avoir, ils sont allés dans un jardin magique et papa a choisi une fleur. Maman a alors mangé cette fleur qui a grossi dans son ventre et s'est transformée en moi. J'ai demandé si cette fleur était un myosotis, vu que ce sont mes fleurs préférées, et maman m'a assurée que oui. J'ai vu des photos de maman avec le même ventre rond et tendu que celui de Claire.

Le fiancé de Claire l'a donc emmenée dans le même jardin et a aussi choisi une fleur et bientôt cette fleur va se transformer en bébé. C'est une bonne nouvelle pour elle, ça veut dire qu'il existe, son fiancé, elle n'avait pas l'air sûre.

— Elfe, arrête de la regarder comme ça voyons, ce n'est pas poli ! gronde papa entre ses dents.

— Ce n'est pas grave, Basile, laisse-la, répond Claire. Tu as vu, Elvira, j'attends un heureux événement.

« Un heureux événement. » Je trouve cette phrase bizarre. En janvier, Anne a eu un petit frère.

Apparemment il ne fait que pleurer et crier. Anne est contente parce qu'il paraît que son frère est mignon et ça lui fera quelqu'un avec qui jouer, mais elle n'arrête pas d'entendre ses parents se plaindre. Sa mère dit qu'elle n'arrive pas à dormir, que le bébé fait trop de bruit. Si elle n'est pas heureuse, pourquoi est-ce qu'elle appelle ça un « heureux événement » alors ? Et j'imagine que Claire sera tout aussi malheureuse quand son bébé arrivera. Je fais un peu la tête, mais je ne dis rien, car j'imagine que sinon, papa me dira de nouveau que « c'est pas poli ».

— Tu vas avoir un bébé ? je demande.

Claire hoche la tête.

— Quand ?

— C'est prévu pour novembre. C'est un petit garçon.

Ils sont forts quand même. Ils arrivent à déterminer précisément la date à laquelle la fleur se transformera en bébé, et ils savent même que ce sera un garçon.

— Et c'était quoi, avant ?

— Comment ça, avant ?

— Ben, comme fleur !

J'aime bien Claire, mais je me souviens que la première fois que je l'ai vue, j'ai eu l'impression qu'elle était un peu bête.

— Ah !

Claire éclate de rire.

— C'était… c'était un tournesol.

Je hoche la tête. C'est bien, un tournesol, c'est joli, et les graines de tournesol, c'est bon.

— Et comment tu vas faire pour le faire sortir ?

Cette partie était toujours un peu floue quand maman me racontait l'histoire du myosotis. Elle m'expliquait comment le myosotis était rentré dans son ventre — en le mangeant, tout simplement — mais jamais vraiment comment j'en étais sortie. Pourtant, j'en suis forcément sortie, puisqu'aujourd'hui, je suis dehors.

— Ah… euh…

C'est bizarre, cette gêne. Comme si Claire elle-même ne savait pas. Si quelqu'un me demandait d'avaler une fleur pour la transformer en bébé, ce serait la première question que je poserais. « Il sortira comment ? » J'ai l'impression que c'est la moindre des choses.

— Ton père m'a dit que tu allais avoir sept ans demain ! Tu vas être une si grande fille !

Je trouve ça très gentil que Claire ait pensé à mon anniversaire. Tout à coup, je sens des bras autour de moi. Je lève les yeux et Nina nous a rejoints, avec son copain boutonneux. Elle a l'air vraiment méchante, Nina, encore plus méchante que quand je la bats au Monopoly Junior.

— Occupe-toi d'Elfe, d'accord ? dit-elle à son copain.

Sa voix est étrange. Elle parle tout doucement, mais en même temps c'est comme si elle criait. Le garçon m'entraîne un peu plus loin.

J'entends Nina traiter Claire de « sale *peute* ». J'ai à peine le temps de me rappeler de ce qu'a dit Marjo : une *peute*, c'est une femme grande, blonde et mince. Avec son ventre, Claire n'a pas l'air très mince, et j'ai envie de corriger Nina. Pour une fois que je sais quelque chose qu'elle ne sait pas !

J'échappe à la surveillance du garçon — qui regarde déjà autre chose et n'est pas vraiment très doué pour ça — et cours vers Nina pour la corriger. J'arrive juste à temps pour voir Nina pousser violemment Claire. Papa la rattrape de justesse, sinon elle serait tombée sur le sable.

— NINA !! crie papa.

Je suis moi-même surprise par sa grosse voix. Il la prend quand il veut me demander de ranger mes jouets, mais jamais avec Nina.

— Nina, excuse-toi ! Tu aurais pu blesser Claire ! Non mais ça va pas, de foncer sur les gens comme ça ?

Tout le monde sur la plage nous regarde maintenant. C'est un peu la honte.

— Je m'en fous ! hurle Nina. Vous en avez rien à foutre, vous tous ! Tu fais que des conneries, papa ! Tu fais jamais autre chose que des conneries ! Et elle, là ! Elle est à peine plus vieille que moi ! Non mais tu te rends compte un peu ? Tu te comportes comme le dernier des connards dans les mauvaises séries qui échange sa femme contre le dernier modèle !

— Nina, arrête, ce n'est pas du tout comme ça que les choses se sont passées…

— Basile, c'est bon. Elle a droit à sa colère, intervient Claire.

Elle s'assoit sur la chaise longue de papa, une main posée sur son ventre tendu.

— Tout va bien ? Le bébé va bien ? demande papa.

— Oui, oui, tout va bien, c'est bon, je suis pas en sucre, et ce bébé non plus. Arrête de t'inquiéter pour tout. Nina, je comprends ta réaction. On n'a pas vraiment fait les choses… Enfin, on aurait pu mieux gérer la situation.

— Toi, la salope, ta gueule, on t'a pas sonnée !

Je n'ai jamais vu ma sœur comme ça. Ses yeux lancent des éclairs, elle postillonne, on dirait presque qu'elle bave, comme les chiens enragés dans les films.

Nina se tourne vers moi et se radoucit.

— Je vois que Jean ne t'a pas surveillée.

Je pensais que je me ferais disputer, mais je crois être la seule personne ici contre laquelle elle n'est pas fâchée.

— C'est pas plus mal que tu sois là. Est-ce que quelqu'un va se donner la peine d'expliquer à Elfe ce qui se passe ? Ou on va continuer à lui mentir jusqu'à sa majorité ?

Je commence à renifler. Je vais bientôt me mettre à pleurer. Je n'en ai pas envie, car papa et maman m'expliquent toujours que ce n'est pas la meilleure façon d'obtenir ce qu'on veut, mais ça ne va quand même pas tarder.

— M'expliquer quoi ? je demande. Me mentir sur quoi ?

— C'est rien, Elvira, ce sont des histoires de grandes personnes. Tu veux bien retourner voir le jeune homme pendant que papa, Nina et moi, on discute ? me demande tendrement Claire.

— Non ! s'écrie Nina en tapant du pied. Elle a le droit de savoir. Arrêtez de lui mentir sous prétexte que c'est une gosse. Vous êtes vraiment des parents de merde, avec les gosses que vous avez et avec ceux que vous allez avoir. Soit vous lui dites, soit c'est moi qui le fais. Et tout de suite.

2005

Certains me diront que ce n'est pas bien. Je leur répondrai que je suis simplement trop curieuse.

Je sais ce que j'ai dit. Que je ne ressentais aucune jalousie vis-à-vis de Calliopée. C'est toujours vrai. Oleg et moi, nous ne devons pas faire nos vies ensemble. Quand j'aurai envie de me marier, il sera probablement déjà mort. Je sais tout ça, mais je suis curieuse. Même si nous continuons de nous voir à l'hôtel, il refuse de me parler de lui, comme s'il avait érigé une barrière entre sa relation avec moi et le reste. Comme si nous n'avions rien en commun.

Il a raison, je le sais. Son existence bien rangée et moi, nous n'avons rien en commun. Mais j'aimerais en avoir un aperçu, comme un extrait de film, comme une petite vieille qui espionne ses voisins par le trou de serrure, qui lape par petites gorgées une vie dont elle ne fera jamais partie.

Trouver son adresse sur les Pages blanches a été facile. J'avais peur qu'il soit sur liste rouge, comme c'est le cas de beaucoup de profs. On s'est amusées à les chercher avec Anne, à l'époque où… à l'époque. On a cherché la vieille Tyran, notamment. Vous savez comment elle s'appelle ? Geneviève. C'est un prénom de vieille, certes, mais je m'attendais à un prénom plus moche. Gilberte ou Roberte, par exemple. On a donc cherché Geneviève Tyran, mais on n'en a trouvé aucune. Pareil pour les autres profs. Quand j'ai évoqué le sujet avec Nina, elle m'a expliqué que ce n'était pas étonnant : ils craignent que les élèves qui ont eu des mauvaises notes, ou pire, leurs parents, viennent les harceler chez eux.

Mais Oleg n'est pas comme ça, probablement parce que, comme il me l'a expliqué, c'est un professeur d'université avant tout. Au lycée, les profs se sentent obligés de maintenir une certaine distance, de montrer qu'ils sont vieux et qu'ils savent tout mieux que tout le monde. À l'université, les relations profs-élèves sont plus détendues. Les Oleg Melnikov ne pullulent pas dans Paris. Il n'y en a qu'un. Il habite dans le treizième arrondissement, près de Place d'Italie.

J'ai tenté de me convaincre que ça ne servait à rien. Même si j'aperçois Oleg, rien ne me dit que je verrai sa famille et que j'en apprendrai davantage sur sa vie.

Oleg ne le sait pas, mais une fois, quand il était aux toilettes, j'ai fouillé dans son portefeuille, et j'ai trouvé une photo d'une femme, qui ressemblait curieusement à l'image que je m'étais faite de Calliopée. Je pourrais être une bonne écrivaine, je suis douée pour imaginer les gens. Je n'ai pas eu le temps de fouiller davantage pour chercher des photos de ses enfants. Je ne voulais pas me faire surprendre.

J'ai envie de la voir en vrai. Les Anglo-saxons disent que la curiosité a tué le chat, mais personne ne dit qu'elle a tué la lycéenne. Au pire, elle l'a fait renvoyer du lycée.

Mais je vais faire en sorte que ça n'arrive pas. Je me suis promis de ne jamais laisser la passion détruire ma vie. J'ai assuré mes arrières. Je me suis déguisée. Je me suis sentie un peu ridicule sur le coup, mais c'est comme ça qu'ils font dans les films. Ambiance Eva Grimaldi dans *Les Anges Gardiens*, quand elle attend Gérard Depardieu à l'aéroport parce qu'elle le soupçonne d'avoir une liaison. Au détail près qu'Eva Grimaldi interprète une danseuse de cabaret, et que je n'en suis pas une. Je ne me suis donc pas habillée aussi sexy. J'ai préféré mettre un sweat ample et un jogging, des vêtements qu'Oleg ne m'a jamais vu porter. Mais pour tout le reste : foulard, lunettes de soleil, tout pareil. Eva Grimaldi en haut, rappeuse en bas.

Il n'y a pas de bancs face à son immeuble, j'ai donc pris place dans un café. J'ai commandé un Ice Tea que j'essaie de faire durer le plus longtemps possible. Mon argent de poche ne me permet pas de me ruiner en terrasses de café. Il ne fait pas très beau, et c'est tant mieux : j'ai déjà très chaud avec mon sweat. Le serveur qui m'a apporté mon Ice Tea me regarde bizarrement. Je le comprends, ce n'est pas tous les jours qu'il voit quelqu'un avec un accoutrement pareil. Dans le doute, il m'a fait régler en avance, craignant sans doute un resto-basket.

J'ai hésité à prendre des livres de cours. Après tout, le bac de français est dans deux semaines, et Oleg ou pas Oleg, il faut à tout prix que je révise. Mais après, je me suis dit que j'aurais l'air suspect avec mes livres de cours de Première. Alors j'ai préféré amener le roman que je suis en train de lire : *Ça*, de Stephen King. Un pavé, avec un clown effrayant sur la couverture. Ainsi, personne ne viendra me chercher des noises de peur que je sois aussi psychopathe que Grippe-sou, et je pourrai me cacher facilement. Et depuis que je connais la passion du clan Melnikov pour Racine et ses petits camarades, je ne parle pas de mes goûts littéraires avec Oleg. Il ignore donc que j'aime les romans de Stephen King.

Je règle mon Ice Tea et bois une minuscule gorgée. J'espérais avoir des cacahuètes avec, pour pouvoir les grignoter et ainsi gagner un peu de temps. Mais non, c'est un de ces cafés parisiens où ils ne souhaitent pas que tu t'installes. Ils veulent que tu débarrasses le plancher le plus vite possible pour pouvoir empiler les clients comme des acrobates dans une pyramide humaine. Mais peu m'importe. Je ne bougerai pas de mon poste.

J'espère qu'Oleg n'est pas encore rentré chez lui. Normalement non, je sais qu'il travaille à l'université jusqu'à dix-huit heures trente le jeudi. Fort heureusement, ça coïncide aussi avec le jour où je finis les cours un peu plus tôt.

Soudain, je me fige. Je ne vois pas Oleg, mais je vois une femme. Elle sort de l'immeuble que je surveille. Elle porte de grandes lunettes carrées, une veste imprimée pied-de-poule et une jupe unie. Elle a l'air d'avoir environ trente-cinq ans et même si elle est loin, elle pourrait vraiment être la femme sur la photo.

Je plisse les yeux. En matière de style vestimentaire, c'est vraiment une version plus jeune et plus intellectuelle de Bree Van de Kamp, et ma curiosité est immédiatement piquée. Est-ce que je prends le risque de la suivre pour en avoir le cœur net ?

Oui. Je suis venue ici, après tout, et Calliopée ne me connaît pas. Et puis, elle n'est pas agente du FBI, non plus — pas que je sache, en tout cas, étant donné qu'Oleg refuse de m'en dire davantage sur elle. Elle n'a aucune raison de penser qu'elle est suivie. Je vide mon Ice Tea d'une traite et entame ma marche sur le trottoir d'en face pour plus de discrétion.

Va-t-elle s'engouffrer dans la bouche de métro ? Il me sera alors plus facile de me perdre parmi l'essaim de gens pressés qui courent à l'heure de pointe. Mais non, elle poursuit sa route. Il doit être environ dix-huit heures trente.

Elle s'arrête parmi un groupe de personnes, en majorité des femmes, attroupées devant un bâtiment. Je le détaille pour trouver de quoi il s'agit.

Une école primaire.

Qu'est-ce qu'il m'a dit, Oleg, déjà ?

« Ma fille, Iphigénie, a onze ans. Mon fils, Hippolyte, en a huit. » Les seules informations qu'il a jamais partagées sur ces enfants. Il n'a jamais dit en quelle classe ils étaient et je n'ai jamais demandé, car je voulais montrer que je comprenais où était ma place. Mais je devrais être capable de le déduire toute seule, non ?

Onze ans. On va où, à onze ans, déjà ? J'étais où, moi, à onze ans ? C'est fou comme on oublie vite. Ce n'était pourtant pas il y a si longtemps. Je devrais me rappeler ce que je faisais à cet âge. Je fais un rapide calcul mental. Si Iphigénie a eu onze ans en début d'année, elle est en CM2. Si elle les a eus l'an dernier, elle est en sixième. À moins qu'elle n'ait redoublé, mais avec une famille aussi intellectuelle que la sienne, c'est peu probable. En revanche, il n'y a aucun doute possible sur Hippolyte. Si la femme que j'ai vue est bien Calliopée, c'est lui qu'elle est venue chercher. Je vais donc le voir.

Étant donné l'heure, Hippolyte va sûrement à l'étude. Ça veut donc dire que Calliopée travaille. J'ai commencé à aller à l'étude quand papa est parti et maman est devenue femme de ménage. Et même avec ça, elle travaillait tellement qu'elle devait souvent demander à Nina de passer me récupérer à l'école.

Je me demande ce que Calliopée fait comme métier. C'est ça quand on n'a aucune information : on est obligée de deviner. Je suis plutôt fière de mon travail de détective, même si je n'ai pas vraiment déduit grand-chose. Vu son look et sa passion pour le théâtre classique, je dirais bibliothécaire.[1] C'est un métier qui me plairait, bibliothécaire, si je n'arrive pas à être écrivain. Si je ne parviens pas à produire des livres, peut-être pourrai-je au moins travailler parmi eux ? Mais j'espère que je ne serai jamais habillée comme Calliopée. Elle a l'air beaucoup trop jeune pour ses fringues qui la vieillissent.

Des enfants commencent à sortir. Pas autant qu'au moment de la fin des cours de seize heures trente, mais quand même quelques-uns. Je guette celui qui pourrait être Hippolyte. Les parents commencent à se disperser, emmenant chacun un chérubin sautillant par la main, trop pressé de raconter sa journée. Dire qu'il y a quelques années, j'étais à leur place ! Ça me paraît presque impossible. Je suis sûre que je n'ai jamais été aussi petite.

Calliopée — enfin, la femme que je surveille — est restée seule. Je m'agite de mon côté. C'est presque un feuilleton. Je deviens investie dans la vie de cette

---

[1] Ceci est la perception stéréotypée d'une jeune fille de seize ans en 2005. Évidemment, les vraies bibliothécaires n'ont pas de « look » qui les distingue. (Je le sais car j'en côtoie un certain nombre !)

femme, peu importe si c'est Calliopée ou non. Je me demande s'il y a eu un problème avec son enfant, mais elle n'a pas l'air de s'inquiéter et reste étrangement calme. Les portes s'ouvrent à nouveau. Une jeune institutrice sort en poussant, le plus naturellement du monde, un jeune garçon en fauteuil roulant.

Je retiens ma respiration. Ce visage. Cette mâchoire carrée. Ces yeux bleus. Il est le portrait craché d'Oleg. La femme que j'ai suivie l'attire à elle, tout en échangeant quelques mots avec l'institutrice.

Je viens de voir Hippolyte Melnikov et il est en fauteuil roulant.

Quand j'étais enfant, il n'y avait personne en fauteuil roulant dans mon école. J'en ai bêtement déduit que les élèves en situation de handicap allaient dans des établissements à part, ou étaient scolarisés à la maison. Mais c'est faux, bien sûr. C'est le cas pour certains sans doute, mais il doit exister des parents désireux d'offrir à leur progéniture la scolarité la plus « normale » possible, de lui faire côtoyer d'autres enfants.

Pauvre garçon. Les parents oublient souvent qu'un enfant différent dans une ambiance scolaire normale est un enfant qui se fait insulter ou maltraiter. Moi, je me fais régulièrement traiter d'Elle et Vire, alors que je suis simplement en surpoids. Je n'ose imaginer les moqueries que le petit Hippolyte doit subir.

J'hésite à les suivre jusque chez eux, puis me ravise. Cet aperçu de la vie d'Oleg m'a finalement apporté plus de questions que de réponses, et des questions que je ne pourrais jamais lui poser, même s'il acceptait d'y répondre. Qu'est-il arrivé à son fils ? Est-il handicapé de naissance ? Est-ce pour ça que ses relations avec sa femme sont tendues ? Est-ce qu'elles sont vraiment tendues, leurs relations, d'abord ? Je n'en sais rien. Mon esprit naïf — et ce que j'ai connu avec mes parents — suppose qu'il faut forcément que les choses aillent mal dans un couple pour pouvoir être infidèle, mais ce n'est pas le cas. Parfois, il suffit d'un coup de foudre. Est-ce que tout va bien entre Oleg et Calliopée et je suis un coup de foudre ?

Est-ce vraiment ce que je veux être ? Ai-je envie de faire ma vie avec Oleg, de le prendre tout entier, avec notre différence d'âge, avec sa fille qui n'a que cinq ans de moins que moi et son fils en fauteuil roulant ? Moi qui ne suis même pas sûre de vouloir être mère un jour, ai-je envie d'être belle-mère ?

Je m'engouffre dans une rue et m'adosse à un mur. Prise de nausées provoquées sans doute par une accumulation d'informations que je n'avais pas vraiment envie d'avoir, je vomis dans la poubelle la plus proche.

2013

— On se couche, chéri ?

Tandis que je suis plongée dans *Les Apparences* de Gillian Flynn, Charles lit un énième livre sur des stratégies d'échecs. Comment peut-il rester concentré là-dessus ? J'ai essayé de m'y intéresser quand nous avons commencé à sortir ensemble, sincèrement. Je me disais que je ne pouvais pas être une copine digne de ce nom si je ne faisais pas cet effort. J'ai trouvé ces manuels soporifiques, même les plus simples, ceux pour les débutants dans mon genre, ceux qui n'y connaissent rien, à part que le fou se déplace en diagonale et que la reine est la pièce la plus puissante du jeu. *Enfin, un jeu pas sexiste.*

Je suis fascinée qu'il prenne autant au sérieux son travail de responsable du club d'échecs de l'université. J'aime aussi enseigner l'écriture créative — moins qu'écrire moi-même, cela va de soi, mais ça me plaît — mais jamais je ne songerais à apporter mon planning de cours dans notre lit.

D'habitude, je m'endors avant Charles. J'ai besoin de plus de sommeil que lui, et il faut que je me lève une heure avant lui pour que nous quittions en même temps l'appartement. En ce sens, nous sommes un couple très cliché.

Aujourd'hui, il faut que Charles se couche avant moi. C'est indispensable. J'ai les yeux qui picotent pourtant. Pour tenir, comme je déteste le café, j'ai caché une canette de Red Bull derrière les toilettes. Je n'aime pas énormément le Red Bull non plus, avec son goût de *bubble-gum* trop chimique et sucré, mais aux grands maux, les grands remèdes.

Charles me regarde par-dessus ses lunettes, celles qu'il met le soir après avoir retiré ses lentilles de contact.

— Mais dors, toi, si t'as envie. Éteins la lumière, je garde ma lampe. Ça te dérange jamais, d'habitude.

Je me mords la lèvre. Je savais qu'il allait répondre ça.

— C'est que... On se couche plus jamais ensemble, toi et moi. On ne se lève plus jamais ensemble, non plus. Je me sens délaissée. Tu me manques.

Je tente mon meilleur regard de chien battu, celui auquel il ne pourra pas résister. Effectivement, il replace le marque-page à l'intérieur de son livre et me toise d'un air attendri.

— Oh non, chaton. Tu veux un câlin, c'est ça ?

J'acquiesce. Nous éteignons la lumière et nous nous blottissons l'un contre l'autre dans le lit. Je repense aux débuts de notre relation, à ces moments que je chérissais tant. Le premier homme contre lequel je m'endormais de façon routinière, sécurisante. J'adorais sentir ses bras forts sur les miens, son corps chaud tout contre mes fesses, son souffle dans mon cou. Aujourd'hui, rien n'a changé, mais j'ai l'impression d'être lovée contre un mannequin. Au lieu de m'abandonner à ses bras, je me crispe et me raidis. M'endormir ici et maintenant serait comme m'endormir dans les bras d'un parfait inconnu.

Un fait intéressant sur Charles : il n'aime pas se coucher tôt, mais dès qu'on éteint la lumière, il s'endort en deux minutes, d'un sommeil aussi lourd que celui d'un lion qui vient de dévorer la plus dodue des antilopes. Tout le contraire de moi qui vais bâiller à m'en décrocher la mâchoire et capituler, pour finalement me retourner dans mon lit pendant une demi-heure.

Aujourd'hui, ça ne rate pas. À peine plus d'une minute plus tard, j'entends son ronflement régulier près de mon oreille.

Prudemment, je m'extirpe d'entre ses bras et me dirige sur la pointe des pieds vers la salle de bains exiguë. Je m'assois sur la cuvette des toilettes, sors ma canette de Red Bull de sa cachette et l'ouvre le plus silencieusement possible, en veillant à ne pas me casser un ongle. Elle est chaude, le liquide sucré a un encore moins bon goût que d'habitude.

J'ouvre mes SMS.

[Elvira]
T'es là ?

Je regarde l'heure. Il est un peu moins de minuit. Elle est peut-être déjà couchée. Elle a un emploi du temps très chargé. J'ai envie qu'elle m'attende, qu'elle me consacre tout son temps libre, mais lui demander ça serait faire un caprice. J'exigerais d'elle des choses que je suis incapable de lui offrir en retour. Ça ne serait pas juste. Je cligne plusieurs fois des yeux et je prie le Dieu de la technologie de faire apparaître à l'écran les trois points de suspension qui me signalent qu'elle écrit quelque chose, ces points clignotants qui symbolisent l'espoir. Je ne prends pas de gorgée de Red Bull supplémentaire. Si Mariam dort, autant ne pas me torturer avec cette boisson infecte et la balancer dans les toilettes, là où est sa juste place.

[Mariam]

Ah, quand même ! J'ai cru que jamais t'allais te connecter.

[Elvira]

Désolée, ça a été long pour envoyer Charles se coucher. Un vrai gamin, je te jure.

[Mariam]

Tu sais ce que j'en pense.

Mariam est le genre de personne qui joue cartes sur table. Elle ne minaude pas, elle ne fait pas passer ses sentiments pour moins que ce qu'ils sont réellement, elle sait ce qu'elle veut et elle le demande. C'est rafraîchissant de croiser une personne comme ça, dans ce monde étriqué où l'on n'arrête pas de dire aux femmes qu'il ne faut pas paraître trop enthousiastes dans leurs relations. Quand on s'est embrassées, pour elle, c'était clair. « J'ai le béguin pour toi, El. Je n'arrête pas de penser à toi. J'ai envie qu'on soit ensemble. »

Facile à dire, pour une femme qui a compris depuis l'âge de treize ans que jamais un organe génital masculin ne franchirait le seuil de son jardin secret. Beaucoup moins pour celle qui, à vingt-quatre ans, réalise qu'elle aime peut-être les femmes autant que les hommes. Beaucoup moins pour celle qui doit faire un choix entre la relation confortable qu'elle vit depuis deux ans avec un adorable intellectuel et les papillons qu'une jolie brune a fait naître dans son ventre.

Droite dans ses bottes, Mariam a imposé ses règles. On s'est embrassées une fois, histoire de savoir si le baiser que nous avons échangé pouvait provoquer quelque chose en moi, qui remettrait en question mes certitudes sur mon orientation sexuelle. *Spoiler : oui.* « Je sais que t'as besoin de réfléchir, El, et je comprends. Tu es en train de te chercher et je ne veux pas te faire peur ni te brusquer. En revanche, il ne se passera plus rien de physique entre nous deux tant que tu ne te seras pas décidée : Charles ou moi. Tu prends le temps nécessaire, mais pendant ce temps, nous serons juste amies. Je ne serai pas l'autre femme. Je me respecte trop pour ça. Je respecte trop Charles pour ça. »

Je me suis dit à ce moment-là qu'il fallait peut-être attendre avant de lui avouer que j'ai été « l'autre femme » pendant plusieurs semaines à l'âge de seize ans, pendant ma brève, mais passionnée relation avec Oleg Melnikov. *Que va-t-elle penser de moi ? Va-t-elle déduire que je ne me respecte pas ?*

[Mariam]
Je sais pas pourquoi t'as besoin d'attendre qu'il soit couché pour m'écrire. On est amies, non ? T'as quand même encore le droit d'écrire à tes amies ?

J'avale une gorgée de Red Bull. Bien sûr que j'ai le droit d'écrire à mes amis, quel que soit leur sexe, d'ailleurs. Jamais Charles ne regarderait mon téléphone, jamais il ne me surveillerait, jamais il ne m'imposerait de règles farfelues. Il me fait beaucoup trop confiance.

C'est ça, le plus douloureux, dans cette histoire, trahir quelqu'un qui me fait une confiance aussi aveugle.

Mariam a raison, au fond : il n'y a rien dans nos messages. Nous n'y faisons même pas allusion au baiser que nous avons échangé. Elle soutient qu'en parler serait « avoir une liaison émotionnelle », et donc la dernière étape avant la liaison physique. J'avoue ne pas trop comprendre sa logique, mais je n'ai pas envie de la perdre, alors je me plie à ses règles, le temps de faire le vide dans ma tête.

Charles et moi avons des vacances prévues en juillet. Nous avons réservé une semaine en demi-pension à Tenerife, aux îles Canaries. Ce seront nos premières vacances ensemble, et nous avons économisé pour nous les offrir. Elles sont non remboursables. Il m'est impossible de prendre une décision avant. Premièrement, passer vingt-quatre heures sur vingt-quatre en tête-à-tête avec Charles me permettra d'y voir plus clair dans notre relation et dans mes sentiments pour lui. Deuxièmement, choisir Mariam avant cette échéance serait tirer une croix sur deux ans d'économies. Je ne peux pas m'y résoudre. Ma mère a passé trop d'heures à faire le ménage et à m'apprendre la valeur de l'argent pour que je cède à mes pulsions, tête baissée, comme ça.

[Elvira]
J'ai quand même l'impression de le trahir.

[Mariam]
Comment va ta mère ?

Je sais qu'elle s'inquiète réellement, mais je sais aussi qu'elle n'a pas envie de parler de Charles, qu'elle a besoin de changer de sujet. Je ne voulais pas évoquer l'Alzheimer de maman, mais Mariam a réussi à me faire parler. Si je n'ai jamais eu de mal à séparer sexe et sentiments, j'ai bien plus de difficultés à contrôler mes émotions avec quelqu'un qui me pousse à me confier. *Spoiler : ces personnes sont peu nombreuses.*

[Elvira]
Tu sais, il n'y aura plus jamais de mieux, il faut l'accepter. Cette maladie est comme ça. Ma sœur l'a prise chez elle. Mais à terme, il faudra sûrement qu'on la mette dans une maison.

Nina, mon roc, celle qui a toujours pris son rôle d'aînée très à cœur. Que ce soit sur cette plage la veille de mes sept ans, ou aujourd'hui, elle a prouvé que je pouvais toujours compter sur elle.

[Mariam]
Je suis désolée que tu vives ça. J'aurais tellement aimé pouvoir faire quelque chose.

[Elvira]
Tu ne peux rien faire, il faut accepter et avancer.

J'ai pleuré dans les bras de Charles quand Nina et moi avons compris que maman ne serait plus autonome. J'ai pleuré le passé, la mère que j'ai connue qui n'est plus vraiment là, mais aussi l'avenir. Ni Nina ni moi n'avons osé évoquer cette possibilité : si maman et Baba Nastia ont eu la même maladie à des âges similaires, c'est qu'elle est très probablement héréditaire. Et moi ? Est-ce qu'un jour, je vais moi aussi ranger des objets incongrus dans le frigo et me répéter qu'il ne s'agit que d'un moment d'inattention, que je suis juste fatiguée ? Quand ce moment viendra, vais-je, moi aussi, réussir à regarder la réalité en face ?

2 0 2 3

— C'est bon, Alex est couchée, me dit Mariam en revenant dans le salon, le *babyphone* à la main. Elle voulait tout le temps une nouvelle histoire. Elle est insupportable en ce moment.

Je me retiens de rétorquer à Mariam que se plaindre du comportement de notre fille ne l'empêche pas de ramener le sujet « deuxième enfant » sur le tapis régulièrement. Je n'ai pas envie de me disputer avec elle. Cela fait déjà plusieurs semaines qu'elle n'en a pas reparlé. Peut-être a-t-elle tourné la page, et insister là-dessus ne ferait que remuer le couteau dans la plaie. J'opte pour la solution douce.

— C'est les *terrible two*, il paraît. Nina a vécu ça avec les garçons, Martin est passé par là aussi. C'est tout à fait normal, ça se calme ensuite.

Martin et sa compagne Sarah ont deux enfants : Adam, quatre ans, et Mélodie, qui a l'âge d'Alexandra.

Ma femme s'assoit sur mes genoux et je l'entoure de mes bras. Je plonge mon nez dans ses cheveux et inspire profondément. Elle sent un mélange de sueur et de shampoing aux fruits exotiques. Une odeur que la plupart des gens ne qualifieraient pas de sensuelle, mais qui, sur Mariam, m'excite terriblement. Je joue avec le cordon de son jogging.

— Maintenant qu'elle est couchée, on pourrait peut-être… ?

— Oh, mon cœur…

Je soupire. J'ai l'impression que nous ne faisons presque plus l'amour ces derniers mois. Ce n'est pas faute de faire preuve d'initiative. Pourtant, j'ai l'esprit très préoccupé, avec l'état de ma mère qui empire, mon père qui se complaît dans son rôle de veuf éploré et le contrat de Mathieu Bichon qui n'atterrit toujours pas dans ma boîte mail.

Ne sois pas trop impatiente. Il n'a même pas encore lu le roman en entier. Il a sûrement beaucoup de boulot. Et c'est un peu un connard, donc il te fait mariner. Tu préférerais peut-être ne pas travailler pour un mec pareil, mais tu n'en as pas vraiment le choix, si ?

Quand j'en ai parlé avec Mariam, elle m'a soutenue dans ma décision de faire l'impasse sur la personnalité de cet éditeur. « Ce n'est qu'un gars. Il ne sera peut-être pas là tout le temps. Peut-être qu'on te filera quelqu'un d'autre à la place. Si ça se trouve, il va même passer sous un bus. Et même s'il reste, ce gars, est-ce que c'est si grave ? Est-ce qu'être publiée par les éditions Tango, la maison de tes rêves, n'est pas plus important ? »

— Je sais que tu en as envie, et moi aussi, me murmure-t-elle. Mais je suis un peu fatiguée. J'aimerais prendre une douche et aller me coucher. On le fait ce week-end, d'accord ? Promis !

Elle se lève. À contrecœur, je lâche sa taille. Je la regarde s'éloigner dans son jogging rayé et le t-shirt fuchsia que je lui ai offert, celui avec l'inscription « T'as de beaux yeux tu sais », en référence à ses yeux couleur miel et à son métier d'ophtalmo. Ses formes sont si parfaites et délicates que j'éprouve comme une douleur en bas du ventre, une irrépressible envie de lui faire l'amour. Mais je n'insiste pas davantage. Le sexe n'est pas agréable si on a besoin de convaincre. Il faut que l'autre puisse totalement s'abandonner. J'aime quand les yeux de Mariam deviennent vitreux, quand sa poitrine rougit sous l'effet de l'orgasme. Pas quand la ride du lion se creuse entre ses sourcils, car elle pense à autre chose.

J'entends l'eau de la douche couler. L'animal en moi a envie de la rejoindre, l'humaine résiste pour lui laisser son intimité. Une vibration retentit. Je remarque le smartphone de Mariam posé sur la table. Je le prends pour lui apporter dans la salle de bains, elle ne va jamais nulle part sans d'habitude. Elle est encore plus vissée à cette chose que moi — et j'ai besoin des réseaux sociaux pour promouvoir mes romans. J'aperçois la notification qui apparaît sur son écran et me fige. Mon sang se glace d'un coup, il se solidifie, il prend du volume. J'attends l'explosion de mes veines incapables de le contenir, celle qui me tuera et me soulagera, et mettra fin à ce cauchemar.

Pas elle. Pas Mariam. Pas ma femme.

Khaled miaule et monte sur mes genoux, là où Mariam a laissé sa place encore chaude. *Il y avait un épisode de* Dr House *où un chat se mettait sur les gens qui allaient mourir, car ils dégageaient une espèce de chaleur. Peut-être que moi aussi, je vais mourir.*

Je le caresse machinalement. J'hésite entre le chasser et le serrer contre moi. Si j'ai bien vu ce que j'ai vu, je vais avoir besoin de plonger mon visage dans son épaisse fourrure grise pour me réconforter. Mais peut-être que je n'ai pas vu ce que j'ai vu. Dans ce cas, je dois rester concentrée, il ne faut pas que je me laisse perturber par ses miaulements de chat en manque d'attention. D'un geste distrait, je le fais descendre sur le canapé.

[I.]
Tu me manques. Je n'arrête pas de penser à toi.

Si on cligne des yeux suffisamment de fois, on peut faire disparaître ce qu'on n'a pas vraiment envie de voir, n'est-ce pas ? J'ai rêvé, ça ne peut pas être un vrai message, n'est-ce pas ? J'ai connu tellement d'infidélités dans ma vie, j'ai même *été à l'origine* de certaines d'entre elles, c'est normal de voir l'infidélité partout, non ?

Toi, tu es comme ça, El. Toi, tu triches, tu floutes les règles. Pas Mariam. Regarde, quand tu étais avec Charles, elle a refusé qu'il se passe quoi que ce soit d'autre après ce premier baiser tant que tu n'avais pas fait ton choix. C'est Mariam. Elle n'est pas comme toi. Elle ne ferait jamais une chose pareille.

Et puis, une petite voix dans ma tête, que je n'ai pas vraiment envie d'écouter, me susurre des paroles que je n'ai pas vraiment envie d'entendre. *Oui, mais elle t'a quand même embrassée pendant que tu étais avec Charles. Elle n'est pas toute blanche.*

Elle n'avait que vingt-deux ans, à l'époque, merde ! rétorque la première voix. *Qui n'a pas fait de conneries à l'âge de vingt-deux ans ? Là, elle en a bientôt trente-deux ! Elle a changé, et toi aussi. Vous en avez traversé des épreuves en dix ans !*

Il n'y a qu'un moyen d'en avoir le cœur net. Je fais quelque chose dont je ne suis pas fière, que font les épouses qui manquent de confiance en leur couple dans les films, ces femmes dont je ne pensais jamais faire partie. Je tente de déverrouiller l'iPhone de Mariam. La reconnaissance faciale ne s'activant évidemment pas, je tape le code avec des doigts fébriles.

Nous avons le même sur nos téléphones. 070321. L'anniversaire d'Alex. Je pousse un soupir de soulagement lorsque les icônes colorées apparaissent à l'écran. Si elle n'a pas changé son code, c'est bien qu'elle n'a rien à se reprocher, si ?

Ou alors, elle est comme ces clichés d'infidèles dans les films et les séries : elle a envie de se faire prendre.

J'accède à ses messages. Celui qu'elle vient de recevoir est toujours là, celui signé par une certaine I. Je ne veux pas les lire, je sais bien que rien de bon ne pourra en sortir. Il faut que je parle à Mariam et pas que j'imagine des choses. Mais je ne peux pas, je suis comme hypnotisée.

« Tu es belle quand tu rougis. » Mariam à I.

« T'as dit quoi à Elvira ? » I. à Mariam.

« Je crois que je suis accro à toi. » Mariam à I.

« Je repense à ta main dans la mienne. » I. à Mariam.

L'eau de la douche s'arrête. Je jette le téléphone sur la table basse, comme brûlée.

— Tout va bien ? demande Mariam. J'ai entendu un bruit.

— Tout va bien, oui, je me suis cogné le genou.

— Fais attention, mon cœur.

Je t'en foutrais moi, des « mon cœur ».

Je tente de reprendre un rythme de respiration normal. Après tout, il n'y a rien de si grave dans ces messages. Cette I… Enfin, je vais l'appeler par son prénom, car évidemment, je sais de qui il s'agit : Inez, cette bombe hispanique qui partage le cabinet avec Mariam. « Tu sais qu'Inez est hétéro, pas vrai ? ». Tu parles ! Moi aussi, je croyais l'être au moment où j'ai rencontré Mariam, et six ans plus tard, je disais « oui » à une femme devant monsieur le maire.

Peut-être qu'Inez n'est qu'un symptôme. Le symptôme d'un bouleversement dans la vie de Mariam, qu'elle gère en cherchant de l'attention ailleurs. Oui. Un symptôme.

Je me remémore les messages que j'ai parcourus. Il n'y avait aucune allusion sexuelle, peut-être qu'il ne s'est encore rien passé. Peut-être que c'est juste un *crush* réciproque. Dans ce cas, c'est gérable.

J'en sais quelque chose. J'ai moi-même géré un tel *crush*, en marchant sur la ligne sans jamais la dépasser, sans qu'il ne se passe jamais rien de physique.

J'ai rencontré Martin Loerzel, celui qui est aujourd'hui devenu mon meilleur ami, à un salon. Nous avions un petit stand dans un coin, près des toilettes, avec cette visibilité toute relative accordée aux auteurs auto-édités. Je venais de publier mon deuxième roman, *Les contours des savants*, celui dans lequel l'héroïne invente un sérum secret qui permet de guérir un cœur brisé. C'était début 2019, six mois avant mon mariage avec Mariam. De son côté, Martin formait avec Sarah un couple solide, leur fils Adam était âgé de quelques mois. Nous nous sommes tout de suite rapprochés, car nous partagions les mêmes goûts littéraires. Il habitait — et habite toujours — à Bruxelles. Après le salon, nous avons échangé nos numéros. Il n'y avait aucun mal à ça, puisque nous étions pris tous les deux. Je me souviens que Mariam était ravie que je me sois fait un nouvel ami. Elle aime beaucoup Prune, mais elle considère que ce n'est pas une mauvaise chose de « varier les plaisirs », comme elle dit.

Mais ma relation avec Martin a évolué de façon exponentielle en un laps de temps très court. Je crois que ni lui ni moi n'avons vu le loup venir. Nous étions amis, mais nous ne voulions pas nous avouer que notre amitié ne respectait pas les codes d'une amitié classique. Je n'ai jamais vraiment compté le nombre de messages que nous nous envoyions par jour, mais je pense que ça avoisinait la centaine. Je lui écrivais au réveil, au coucher. Je pensais à lui immédiatement en me levant. Cette pensée lâchait des papillons étranges dans mon ventre. J'adorais le doux battement de leurs ailes, même si j'avais la désagréable sensation qu'ils ne devaient pas être là.

Un jour, Martin a décidé d'être honnête. S'il n'avait pas fait le premier pas, j'aurais sûrement continué à nier. « Je craque pour toi. Pas de quoi t'affoler, c'est un mini *crush*. J'aime Sarah et je sais que tu aimes Mariam. Je sais qu'il n'y aura jamais rien entre nous, mais j'ai envie qu'on reste amis et j'ai besoin de prendre soin de toi. » C'est comme s'il libérait quelque chose en moi, comme s'il mettait des mots sur les sentiments que nous éprouvions depuis quelques semaines. Je pouvais enfin me dire : « Oui, voilà, c'est juste un *crush*, il ne se passera rien. Je ne trahis pas Mariam, car il ne se passe rien. C'est toujours elle que je veux épouser. »

Je ne saurai jamais pourquoi ni comment ce *crush* est arrivé. Je pense que Mariam devait être stressée par la préparation du mariage — il faut dire qu'elle a géré soixante-quinze pour cent de la cérémonie — et elle a temporairement arrêté de faire attention à moi. J'ai cherché cette attention auprès de Martin. Il mesure un mètre quatre-vingt-dix. Quand j'étais à côté de lui, je réalisais que ça m'avait manqué de me sentir désirée par un homme. Il avait cinq ans de moins que moi, ce qui, à mes yeux, rendait son désir tout à fait improbable. Je sais que c'est idiot de réfléchir comme ça, à notre époque de nombreuses femmes sont plus âgées que leurs compagnons, mais mon père a quitté ma mère pour une femme de dix-huit ans sa cadette. Dans mon esprit, les hommes aimaient échanger leur épouse contre le dernier modèle à la mode.

Nous discutions de nos vies, Martin et moi, tout en flirtant. Nous n'y voyions aucun mal jusqu'à ce jour où nous avons failli aller trop loin. Martin avait été invité pour parler de son roman, dystopique comme le mien, dans une petite librairie de banlieue belge. Il a suggéré une double rencontre avec moi, qu'ils ont généreusement acceptée. Il m'a récupérée à la gare de Bruxelles. Après avoir mis à nu nos âmes par messages interposés, nous n'arrivions plus à nous parler. Nous étions vulnérables, gênés de nous être dévoilés autant. Nous étions des ados des années 2000, qui passent leur nuit à discuter sur MSN et ne s'adressent pas la parole au lycée.

Nous sommes allés boire un verre de vin pour nous détendre avant la rencontre. L'alcool aidant, nous avons réappris à nous comporter l'un avec l'autre. Au moment de régler l'addition, Martin m'a dit « Laisse, je t'invite » en passant, de façon peut-être un peu trop insistante, sa main sur mon bras.

Une main sur le bras, ce n'est rien. Pourtant, ma respiration s'est arrêtée. Une bombe nucléaire de désir a explosé dans mon corps tout entier. Quand je repense à cet instant aujourd'hui, c'est une phrase du roman *Mon mari* de Maud Ventura qui me vient à l'esprit : « C'est absurde, mais c'est la vérité : la seule main de Maxime sur mon bras m'apparaît plus obscène que toutes les images pornographiques que contient Internet. » On remplace Maxime par Martin, et paf, ça fait des Chocapic, comme dans la publicité.

En une seconde, mille images ont envahi mon esprit, auxquelles j'avais pourtant interdit l'accès en gardant mon *crush* très chaste. Je fermais les yeux et mon désir prenait vie. Je voyais mes fantasmes. Martin et moi, adossés contre la porte des toilettes du bar. Ma jupe relevée, ma culotte envolée vers d'autres cieux, mes jambes enroulées autour de lui. Le contact de nos lèvres brûlantes de désir. Sa main sous mon haut, cherchant fébrilement mes tétons sous mon soutien-gorge.

— Excuse-moi, je dois prendre l'air.

Je suis sortie du bar en courant, et j'ai repris mon souffle, les mains sur les genoux.

— Qu'est-ce qui t'arrive ?

Martin, toujours attentionné, toujours prêt à faire passer mes désirs avant les siens.

— Choupie, réponds-moi, regarde-moi.

Je l'ai regardé dans les yeux, ses grands yeux marron si inquiets pour mon bien-être, qui me faisaient fondre comme un sorbet à la framboise oublié sous le soleil de Sienne.

— On ne peut pas continuer. Ce que tu viens de faire, là… C'était rien, je sais, mais c'était quelque chose pour moi. J'ai senti… du désir. Si tu continues de faire des trucs comme ça, je ne pourrai pas te résister très longtemps, mais il faut qu'on résiste à tout prix. J'aime Mariam. Je dois l'épouser dans quelques mois. C'est la femme de ma vie. Et toi, toi… Toi, tu es avec Sarah. C'est elle que tu aimes, pas moi. Adam a besoin de son papa. Tu comprends ?

Il a hoché la tête en me regardant d'un air mélancolique. J'ai fondu en larmes. Il est resté planté là, avec cette envie irrépressible de me serrer contre lui qu'il éprouvait sans doute. J'ai enfoui mon visage dans son torse. J'ai senti ses bras timides et hésitants se refermer autour de moi.

— Bien sûr, tu as raison, El.

— Je veux que nous restions amis. Nous nous comprenons, toi et moi, ton amitié compte beaucoup... Mais si on ne peut pas être sages, on ne peut pas se parler du tout.

— Tu as raison, choupie. Je suis allé trop loin. Pardon.

L'incident a été clos. Nous avons arrêté de flirter et de jeter de l'huile sur le feu de nos sentiments déjà bien embrasés. Nous sommes progressivement redescendus vers une relation plus amicale. Aujourd'hui, Martin est mon meilleur ami. Nous nous écrivons tous les jours, mais de façon moins impulsive. Sarah et Mariam s'entendent très bien et ignorent l'une comme l'autre à quel point nous avons été proches de les trahir.

Ce jour-là, j'ai découvert qu'on pouvait en même temps être heureuse en couple avec la femme de sa vie et avoir le cœur brisé.

J'essaie de me calmer tandis que je pense à cette catastrophe évitée de justesse. Peut-être que c'est de ça qu'il s'agit entre Mariam et Inez. Un *crush*, qu'elles vont gérer ensemble, car Inez n'a peut-être pas non plus envie de changer de vie. Je me souviens qu'elle a un mari et un fils. Peut-être qu'elles vont étouffer leurs sentiments sans qu'il ne se passe rien ? Si je veux comprendre, il faut que je parle à Mariam.

Je la vois sortir de la douche. Elle est nue. Quand Alex est couchée, nous ne nous embarrassons pas de vêtements. Même en cet instant, je ne peux m'empêcher d'admirer sa beauté à la fois simple et irréelle. Ses cheveux fraîchement lavés ruissellent le long de ses épaules. Je me surprends à suivre le chemin des gouttelettes. Elles descendent le long de ses seins ronds, puis glissent jusqu'à la petite brioche moelleuse au niveau du ventre, qui n'était pas là quand nous nous sommes connues, mais qui la rend encore plus adorable à mes yeux.

Nous ne pouvons pas parler tandis qu'elle est nue ainsi, devant moi. Sa nudité enlèverait à cette discussion tout son sérieux.

— Habille-toi, lui dis-je d'un ton plus dur et plus autoritaire que ce que j'aurais probablement voulu. Faut qu'on parle.

PARTIE 3

« Ma sœur, elle, était étendue sur le lit, tout habillée, elle jouait avec ses doigts en scrutant le plafond parsemé d'étoiles et de planètes parce que c'était une chambre d'enfant, l'enfant avait grandi, était parti, les étoiles étaient restées. »

(Philippe Besson, *Ceci n'est pas un fait divers*)

1995

Je regarde à tour de rôle papa, Claire et Nina. J'avais envie de pleurer il y a cinq minutes, mais là, je ne sais plus trop. Nina a l'air de savoir ce qui se passe, et pas moi. Et ça, ce n'est pas juste.

— Me dire quoi ? je demande.

Je repense à maman qui me dit toujours que crier n'est pas le meilleur moyen d'avoir ce qu'on veut, que parfois, il suffit de dire « s'il te plaît » pour que les gens obéissent. Elle appelle ça « le mot magique ». C'est comme « abracadabra » sauf que ça marche dans la vraie vie — parce que je sais que les sorcières et les magiciens, ça n'existe pas en vrai. Je vais avoir sept ans demain quand même.

— Papa, tu peux me dire ce qui se passe... s'il te plaît ?

Papa, Claire et Nina échangent des regards. Papa et Nina ont l'air vraiment énervés l'un contre l'autre. Claire fait la même tête que Sébastien à l'école quand Valérie lui demande d'aller au tableau et qu'il n'a pas appris sa leçon. Je me demande quelle leçon elle n'a pas apprise.

— T'es contente de toi, j'espère ? demande papa à Nina.

— J'avoue que je suis pas mécontente, je te remercie.

— On avait prévu de lui dire avec maman...

— Mais quand ? À la maternité, quand ce suppôt de Satan verra enfin le jour ?

Elle commence à chanter « Il est né le suppôt d'Satan » sur l'air de « Il est né le divin enfant », avec un rire qui ressemble davantage à celui de Cruella qu'à celui de ma sœur. Je ne sais pas ce qu'est un « suppôt », ni qui est ce « Satan », mais j'ai l'impression que Nina devient maboule.

— Nina, enfin ! intervient Claire.

Ma sœur la regarde avec un air tellement méchant qu'elle se recroqueville aussitôt. Elle a l'air d'abandonner la partie.

— Papa ? je demande à nouveau, en reniflant malgré moi.

— On voulait qu'Elvira passe un bel été ! C'est sa première année d'école, elle a eu de bonnes notes, elle l'a mérité, non ? Tu ne penses toujours qu'à toi !

— Moi ? Moi, je ne pense qu'à moi ? Putain, c'est la meilleure, celle-là !

— Nina, surveille ton langage !

Je note dans ma tête qu'il faut absolument que je demande à Nina ce que veut dire « putain ». Vu que ça n'a pas l'air de plaire à papa, c'est que c'est sûrement un gros mot, et c'est toujours cool quand on arrive à apprendre des gros mots aux copines, à l'école. Marjo ne va pas en croire ses oreilles quand je lui raconterai.

— Je m'en bats les couilles de mon langage ! Merde, putain, chiotte, bordel, bite ! Voilà, j'ai dit plein de gros mots ! Tu vas faire quoi maintenant ? Tu vas me punir ? Ben vas-y, punis-moi ! Que je me fasse punir par quelqu'un qui n'est même pas capable de garder sa putain de bite dans son putain de slibard !

Il faudra que je lui demande pour « bite », aussi.

Les gens ont l'air d'avoir peur de nous. Je vois des adultes qui prennent leurs enfants par la main et partent en courant. D'un côté, c'est plutôt bien que la plage se vide. Quand il y a trop de gens, il y en a toujours un pour râler parce qu'il a peur de se tordre la cheville en tombant dans les trous que je creuse, alors que c'est à eux de regarder où ils mettent les pieds.

J'avoue que moi aussi, je commence à avoir un peu peur. Je n'ai jamais vu Nina comme ça. Je n'ai jamais vu papa crier sur Nina. C'est le monde à l'envers, ici. J'ai peut-être atterri dans une autre dimension avec des monstres qui ressemblent exactement aux gens que je connais, mais qui sont en vrai des monstres. Je suis peut-être dans un épisode de *Fais-moi peur*, la série que Nina met parfois à la télé le mercredi après-midi pour, comme le nom l'indique, me faire peur, et se moquer de moi ensuite. Je suis une grande fille, donc elle n'y arrive pas du tout, mais j'ai parfois un peu peur quand même. Il ne faut juste pas le répéter à ma sœur, sinon elle va recommencer.

— Tu lui dis ou je lui dis ? demande Nina d'une voix plus calme.

— Nina…

— Papa et Claire vont avoir un bébé ! hurle Nina soudain. C'est notre petit frère qui est là, dans le ventre de cette pouffiasse !

« Pouffiasse ». J'espère ne pas oublier tous les mots importants. Je vais revenir de ces vacances avec un vocabulaire super riche. Pour une fois que c'est moi qui vais apprendre des trucs à Marjo !

Mais du coup, je n'ai pas écouté ce qu'elle a dit. Je n'ai écouté que « pouffiasse ».

— J'ai pas compris, je réponds honnêtement.

— Papa et Claire vont avoir un bébé ! répète Nina. Claire porte notre petit frère !

— On va avoir un petit frère ?

J'ai toujours voulu avoir un petit frère. Ou une petite sœur, mais on est déjà deux sœurs, alors c'est bien de varier un peu. Comme quand je mange trois Carambars à la fraise et me rends compte qu'un au citron, ça aurait été bien aussi. Ce serait fatigant pour les parents, mais moi, ça me ferait vraiment plaisir. Parce qu'être la plus jeune de la famille, c'est quand même un peu pénible, surtout que Nina est beaucoup plus vieille que moi et elle aime bien montrer qui commande. Si j'ai un petit frère, c'est moi qui vais commander, non ? Et moi, j'aime bien l'idée de commander. Je sais que comme pour le petit frère d'Anne, il y aura une phase où il ne va faire que crier et pleurer, mais ce ne sera pas toute la vie. Avec un peu de chance, les parents le mettront dans leur chambre à eux, et pas avec Nina et moi.

— Mais c'est bien, non ? T'es pas contente d'avoir un petit frère ?

Nina se prend la tête dans les mains. Je ne comprends pas, qu'est-ce que j'ai dit de mal ?

— Elfe, fais un effort !

Mais de quoi ? Quel effort ? Elle n'a qu'à mieux expliquer aussi. Elle parle en langage codé parce qu'elle se prend pour une grande personne. Je fais la moue.

— J'ai rien compris.

— Ce gosse ne sera pas le fils de papa et maman. Ce sera le fils de papa et Claire. Papa va avoir un bébé avec Claire.

Je sais que Nina me fait marcher. Ce n'est pas possible que papa ait un enfant avec Claire. Je sais comment ça marche, le jardin magique. Ça n'accepte que les papas et les mamans, pas les papas et les Claires. Et papa ne choisirait jamais un tournesol comme fleur pour le donner à manger à Claire. Ça n'a pas de sens, papa déteste le jaune.

— Même pas vrai ! je m'écrie.

— Nina, ta gueule, tu veux ? aboie papa. Viens là, Elfe, je vais tout expliquer.

Il s'assoit sur le sable et me fait signe de venir près de lui. Je m'approche, un peu effrayée.

Nina s'écarte un peu et se met debout à quelques mètres de nous, en train de bouder. Papa met son bras autour de moi. J'aime bien quand il fait ça, car ça veut dire qu'il se prépare à me parler comme à une adulte, et donc à me raconter des choses intéressantes.

— Tu sais que maman et moi, on vous a eues, toi et Nina, parce qu'on s'aimait très fort.

— Comme le prince Philippe et la princesse Aurore.

Dans *La belle au bois dormant*, le prince Philippe a quand même affronté un dragon pour sauver la princesse Aurore. Si ça, ce n'est pas de l'amour, je ne sais pas ce que c'est.

— Oui, un peu comme ça. Mais tu sais, dans les dessins animés, ils t'expliquent que l'amour dure toujours, et que les princes restent toute leur vie avec les princesses. Dans la vraie vie, ça ne marche pas toujours comme ça.

— Ah bon ? Dans la vraie vie, tu peux changer de princesse ?

— Bien sûr. Ce n'est pas ce qu'on fait les parents de ta copine Marjolaine ? Maintenant, elle habite avec sa maman, et son papa vit dans une autre maison ?

— Oui ! Son papa il vit avec sa *peute* !

— Je ne suis pas sûr qu'il faut le dire comme ça, trésor.

— Ben une *peute* c'est juste une femme jeune, blonde et mince, non ? C'est pas bien d'être jeune, blonde et mince ?

Papa lâche un soupir. Nina lève les sourcils, marmonne « ça va être long dis donc » et se laisse tomber sur le sable à son tour.

— Bon, admettons. Son papa vit avec une femme jeune, blonde et mince. Et c'est ce que je vais faire, moi aussi. Je vais emménager avec Claire après les vacances. C'est aussi une femme jeune, blonde et mince.

— Elle a pas l'air très mince, je commente, les yeux rivés sur le ventre de Claire.

— C'est temporaire, trésor. C'est parce qu'elle va avoir un bébé.

— Papa, je suis perdue. Si elle va avoir un bébé avec son fiancé, pourquoi tu vas vivre avec elle ? Et puis, on n'est pas censées avoir un petit frère ? Comment on peut avoir un petit frère si tu vas vivre avec Claire ? Il faut pas que maman soit là pour avoir le petit frère ? Pour manger la fleur, tu sais ?

— Un homme et une femme, quels qu'ils soient, peuvent faire un bébé. Il y a quelques mois, j'ai emmené Claire dans le jardin et je lui ai fait manger une fleur. Et maintenant, cette fleur va devenir un bébé, qui va être ton petit frère, ou plutôt ton demi-frère, pour être exact.

— Comment ça, mon demi-frère ?

Si je ne dois avoir qu'une moitié de petit frère, j'espère au moins que c'est la moitié la plus intéressante que je vais avoir. Si je veux le commander, il faut qu'il ait une tête pour pouvoir comprendre ce que je vais lui dire, donc si j'ai uniquement les jambes, ça ne va pas du tout me plaire.

— Alors, c'est un peu technique mais... Ton frère, ou ta sœur, c'est une personne qui a le même papa et la même maman que toi. Alors qu'avec ton demi-frère, tu n'auras qu'un seul parent en commun, ce sera moi. Maman ne sera pas la mère de ce petit frère, ce sera Claire.

Je crois que je commence à comprendre...

— Claire va venir avec nous, alors ?

Papa secoue la tête.

— Non, toi tu vas continuer de vivre avec Nina et maman. Et moi, je vais quitter la maison et aller vivre avec Claire. On se verra quand même très souvent, tu viendras chez moi plusieurs soirs par semaine avec ta sœur, et les week-ends aussi. Et on continuera à partir en vacances ensemble. Tu ne verras même pas la différence, promis.

— Mais alors, vous ne vous aimez plus, avec maman ?

Papa souffle bruyamment.

— Ce n'est pas exactement ça... Disons que moi, maman, je ne l'aime plus. Elle, par contre... Enfin, peu importe. Oui, c'est ça, on ne s'aime plus. Mais ça ne change rien au fait qu'on vous aime très fort, toutes les deux, Nina et toi.

« On ne s'aime plus ». Papa et maman ne s'aiment plus. Ils vont « divorcer », comme les parents de Marjo. Papa va avoir un bébé avec Claire. Nina et moi, on va leur rendre visite le week-end.

Je me relève de ma serviette et hurle à pleins poumons :

— JE VOUS DÉTESTE TOUS ! JE NE VEUX PLUS VOUS VOIR !

Tous trois me regardent, la bouche ouverte. Des jeunes un peu plus âgés que Nina commencent une partie de beach-volley juste à côté. Je ne réfléchis plus et fonce droit sur eux, et cours le plus vite que je peux, avant qu'ils n'aient le temps de se rendre compte de ce qui se passe. J'entends la voix de Claire à travers le brouhaha général :

— Basile ! Basile ! Fais quelque chose ! Elle est en train de s'enfuir !

Je me retourne rapidement et vois que papa s'est lancé à ma poursuite, mais a foncé droit sur une des filles du groupe de beach-volley. Elle est tombée, papa est tombé sur elle et a commencé à crier :

— Nina ! Aide-moi ! Rattrapez cette gamine, quelqu'un !

Je cours de plus belle. Les gens pensent que je cours lentement, car je suis lourde pour mon âge, mais je suis assez rapide. Pour semer tout le monde, je remonte l'escalier, sors de la plage et m'accroupis derrière une voiture.

2005

Il paraît que si on fixe assez longtemps un test de grossesse sans cligner des yeux, on peut en altérer le résultat.

Je ne sais pas d'où j'ai sorti cette information. Probablement d'une série où une héroïne rêve qu'elle est enccinte et quand elle se réveille, tout redevient comme avant. Une vie normale.

Je ne me suis pas inquiétée quand mes règles ont eu deux semaines de retard. Je n'ai jamais été réglée comme du papier à musique. Nina dit qu'à mon âge, c'est normal, qu'il faut le temps que ça se structure et que ça ira mieux d'ici deux ou trois ans. Et puis, je me suis dit que j'allais quand même vérifier.

Oleg et moi, on utilise toujours un préservatif. Sans exception. Parce qu'il ne veut pas ramener une MST à la maison. Parce que je ne veux pas tomber enceinte. Parce que papa n'a pas été très rigoureux sur la contraception. C'est comme ça que Ghislain est venu au monde.

Il y a environ un mois, le préservatif a glissé au moment où Oleg s'est retiré. J'ai dû le repêcher à l'intérieur de mon vagin avec mes ongles, ce qui n'est absolument pas une expérience agréable. Je lui ai demandé s'il pensait qu'il y avait un risque, il a secoué la tête. Je ne suis donc pas allée prendre la pilule du lendemain. Non seulement elle n'est pas remboursée, mais en plus les pharmaciens jugent les femmes qui l'achètent, comme si elles avaient fait exprès de ne pas se protéger. C'est Nina qui me l'a dit ; elle a pris la pilule du lendemain un jour où elle avait oublié sa pilule habituelle, et une vieille dame aigrie l'a regardée de travers.

Vous savez ce qui est plus effrayant que les vieilles dames aigries qui te regardent de travers quand tu achètes la pilule du lendemain ? Les vieilles dames aigries qui te regardent de travers quand tu achètes un test de grossesse.

C'est une précaution. Ce sera forcément négatif. Personne ne tombe enceinte comme ça, juste avec une fois. Ces choses n'arrivent que dans les livres et les films.

Il faut croire que non.

Ma culotte sur les chevilles, je regarde l'embout en plastique imbibé d'urine, je louche sur le minuscule écran et j'attends. Rien. Ou plutôt si : toujours la même chose. Je suis enceinte. Ce signe « + » me nargue. « Tu es enceinte, me murmure-t-il. Tu découvres que tu es enceinte la veille du bac de français. Comme les ados des émissions de télé-réalité américaines qu'on voit avoir des mômes alors qu'elles sont des mômes elles-mêmes. »

Je suis enceinte d'Oleg. Un homme marié qui a déjà deux enfants. Papa a quitté maman pour élever Ghislain avec Claire, mais je ne suis pas assez stupide pour croire que tous les hommes du monde agiraient de la même manière. Que dirait Calliopée si son mari abandonnait son enfant handicapé pour élever le bébé d'une lycéenne ? L'idée elle-même est absurde.

Il faut néanmoins que je parle à Oleg. Il est en partie responsable de cette situation, parce qu'il faut être deux pour faire un bébé. *Un fœtus. Ce n'est pas un bébé, c'est un fœtus, et ça restera un fœtus, car tu vas t'en occuper.* Enfin, *nous* allons nous en occuper. C'est quand même lui qui m'a conseillé de ne pas prendre la pilule du lendemain.

Il m'a demandé de ne jamais l'appeler, par discrétion par rapport à sa femme. On ne communique que par textos. Heureusement que papa m'a donné son Nokia pendant les vacances de Pâques ! Ma relation avec Oleg aurait été bien compliquée si je n'avais eu que le fixe de maman. Mais je ne peux quand même pas lui écrire « Je suis enceinte », comme ça, de but en blanc. Il faut au moins que je lui parle au téléphone, non ?

[Elvira]
G 1 truc a te dir. Je pe tappelé + tar ?

Il n'y a personne à la maison. Je devrais être en train de réviser mon bac. Au lieu de ça, je reste assise sur la cuvette des toilettes, à regarder dans le vide. Je ne peux pas m'imaginer enceinte. Je ne veux pas de ces regards qui passent de mon ventre à mon visage, ces regards de pitié qui se diront « La pauvre, elle avait son avenir devant elle, maintenant, tout est fichu. » Mais je vais régler ça. J'ai posé une première pierre. J'ai prévenu Oleg. En tout cas, je l'ai prévenu qu'il se passait quelque chose, que j'avais besoin d'aide. C'est mieux que rien. Il doit connaître le sujet mieux que moi, non ? Je ne sais pas s'il a déjà accompagné quelqu'un se faire avorter, mais il a assisté à deux accouchements. C'est un peu le même domaine, non ?

Je me force à respirer. Oui, il saura quoi faire. Il réglera le problème, et bientôt, ce ne sera plus qu'un mauvais souvenir. Je passerai mon bac de français, je ferai de mon mieux. Après, il m'accompagnera au planning familial, où ils m'aideront à me débarrasser du fœtus qui a élu domicile dans mon ventre.

Je m'essuie et tire la chasse. Je suis en train de me laver les mains quand le téléphone sonne. Le nom d'Oleg apparaît à l'écran. Il a pu se libérer rapidement. Mon cœur fait un bond dans ma poitrine quand je réalise que je n'ai aucune idée de la façon dont je vais aborder la question. Peut-être qu'il me suffira de me lancer.

— Elvira ? Je te dérange ?

— Non, non. Merci d'avoir appelé si vite.

— En fait… moi aussi, j'ai un truc à te dire. C'est compliqué à dire par téléphone…

— Tu veux qu'on se retrouve à l'hôtel de d'habitude ?

Je suis terrifiée à l'idée de lui annoncer la nouvelle en face à face. Je préférerais faire ça par téléphone, où je peux me contenter d'imaginer l'expression sur son visage.

— Non, non, par téléphone, c'est mieux…

Je suis bien d'accord.

— Tu veux me dire ton truc d'abord ? me demande-t-il.

— Non, toi d'abord, c'est bon.

Comme ça, je réfléchis à la manière dont je lui annonce. Mais de quoi j'ai peur, de toute façon ? Il va m'aider, il est obligé de m'aider.

— Elvira… Je ne sais pas comment te dire ça… Il ne faut plus qu'on se voie.

Hein ? On rembobine, s'il vous plaît !

— Mais comment ça ?

— Elvira. Je suis à l'hôpital. Ma femme a fouillé dans mon téléphone. Elle a vu les messages. Elle a essayé de se pendre.

J'essaie d'imaginer la femme que j'ai vue il y a environ un mois tenter de mettre fin à ses jours, et je n'y arrive pas. Les femmes propres sur elles dans son genre ne se suicident pas, n'est-ce pas ? C'est une femme tellement lisse et parfaite, avec ses lunettes, sa veste imprimée pied-de-poule et sa jupe. Je suis sûre qu'il ne lui arrive rien qui puisse perturber sa perfection. Elle n'a pas la trace de l'oreiller sur la joue quand elle se réveille le matin. Elle n'a pas mauvaise haleine quand elle mange de l'ail. Elle ne transpire pas quand elle fait du sport. Elle n'a pas de petits grumeaux de mascara qui se forment dans les coins des cils. Elle n'a pas la trace du jean qui s'enfonce dans le bourrelet. D'ailleurs, elle n'a même pas de bourrelets. Comment peut-elle envisager de se pendre ?

— Mais comment ça ? je répète, comme une idiote.

— Elvira.

Arrête de dire mon prénom comme un débile, espèce de connard !

— Tu sais, quand tu m'as questionné à propos de ma femme, je n'ai pas trop voulu te répondre. Parce que je ne voulais pas être un cliché. Dans les films, les hommes disent toujours à leurs maîtresses « Je ne peux pas divorcer, ma femme est dépressive ».

Maîtresse. Encore ce mot. C'est laid, décidément. Pourquoi veut-il le dire, ce mot ? J'étais d'accord pour avoir tous les attributs d'une maîtresse, pas pour en avoir le nom.

— Je ne voulais pas être un de ces hommes dans les films, donc j'ai préféré fermer ma gueule.

« Fermer ma gueule ». Avec son accent russe, l'expression grossière sonne faux dans la bouche d'Oleg, comme un héron qui hurlerait au milieu d'un groupe de chouettes.

— Sauf que c'est la vérité, ma femme est vraiment dépressive. Je ne t'ai rien raconté de tout ça, mais… il y a trois ans, elle a eu un accident de voiture avec les enfants. Je n'étais pas là. Elle était légèrement au-dessus de la limite autorisée. Pour l'alcool, je veux dire. Elle avait peut-être bu deux verres, mais c'est un petit gabarit… L'accident n'était pas de sa faute, et elle était loin d'être ivre, mais elle s'en est quand même voulu. Iphigénie s'en est tirée avec un bras cassé, mais Hippolyte… il a perdu l'usage de ses jambes. Depuis, il est en fauteuil.

Je garde le silence. Je suis abasourdie par l'histoire que je viens d'entendre et en même temps, je m'attendais à cette chute. Sans rien avoir demandé, j'ai obtenu les réponses aux questions que je me posais depuis que j'ai épié Calliopée et son fils. Je ne sais pas à quoi je m'attendais, mais certainement pas à ça. Un handicap de naissance, peut-être ? Je crois que ça existe, non ? Ou alors une chute dans les escaliers. Mais pas à ça. La culpabilité a donc fragilisé cette femme lisse et parfaite ?

Comme pour répondre à mon interrogation, Oleg poursuit son récit :

— Depuis ce jour, elle est dépressive. Elle prend des médocs et ça lui permet de fonctionner normalement, elle va au travail, elle s'occupe des enfants.

J'ai envie de lui demander ce qu'elle fait, comme travail, mais je me retiens. J'ai envie de satisfaire ma curiosité, mais ce n'est pas le moment.

— Mais bon, disons qu'il faut éviter de trop la... *bouleverser*. Et c'est exactement ce qui s'est passé. Elle a fouillé dans mon téléphone et elle a été bouleversée. C'est la goutte d'eau qui a fait déborder le vase.

— Et ça va aller ?

— Les médecins disent qu'elle va s'en sortir. Mais je suis désolé, Elvira, on ne peut plus se voir. C'était injuste de ma part de t'embarquer là-dedans. T'es jeune. Tu mérites mieux. T'as de bonnes notes. Tu vas faire autre chose de ta vie, d'accord ?

J'opine, même s'il ne peut pas me voir.

— Excuse-moi, je sais que tu voulais me dire quelque chose, toi aussi.

— Ah... euh...

J'en ai oublié mon problème. Il me paraît bien insignifiant comparé à ce qui arrive à Oleg. Pourtant, il ne va pas disparaître si personne ne s'en occupe.

— En fait... je t'appelais pour te dire la même chose. Je vais passer mon bac, ça va être l'été, j'ai envie de rencontrer d'autres garçons...

Tu lui parles de rencontrer des garçons alors qu'il est au chevet de sa femme à l'hôpital ? Mais t'as perdu la tête ou quoi ?

— Bien sûr, je comprends tout à fait. Prends soin de toi, Elvira.

Je raccroche avec la désagréable impression que je n'entendrai plus jamais la voix d'Oleg. Pourtant, je le recroiserai peut-être au lycée, mais je n'en suis pas convaincue. Ma respiration devient saccadée. Je m'effondre sur le sol de la salle de bains et les sanglots commencent.

Qu'est-ce que je vais faire, à présent ? Qu'est-ce que je vais devenir ? Je n'ai plus personne...

Ma vie entière a tourné autour d'Oleg ces dernières semaines, parce que je n'avais plus aucun ami. Oleg était devenu ma *personne*, mon confident. Maintenant, il n'est plus là, au moment où j'ai le plus besoin de lui.

Tout en pleurant, je compose le numéro de ma sœur, la seule personne qui pourra encore m'aider.

— Nina... Nina, s'il te plaît, viens. J'ai besoin de toi.

2013

Depuis que je suis toute petite, j'aime la mer. Je n'y suis pas partie depuis de nombreuses années. L'ironie du métier d'enseignante : on est obligé de partir en vacances quand les prix sont les plus élevés, mais on n'a pas les moyens de partir pendant cette période. Avec son club d'échecs, Charles est dans la même situation. Le jour de nos six mois, nous nous sommes dit que nous allions économiser pour nous offrir des vacances à la mer. Et nous y voilà. Tenerife. Les îles Canaries.

Quelqu'un de pourri gâté se plaindrait, sans doute. Il râlerait parce que la plage est trop loin de l'hôtel, parce que l'Océan Atlantique est un peu froid, parce que le sable n'est pas blanc, parce qu'en demi-pension les boissons sont payantes. Ce séjour a certes des défauts, mais il y a l'océan. Je pourrais regarder cette étendue d'eau pendant des heures, suivre le mouvement des vagues, observer l'écume qui vient mourir sur le sable et renaître de ses cendres dans les profondeurs.

Pourtant, j'aurais préféré être restée à Paris avec Mariam plutôt qu'être ici avec Charles. Je ne sais pas pourquoi je lui ai dit que je voulais attendre le voyage. Depuis l'instant où l'avion nous a déposés dans cet endroit paradisiaque dont j'ai toujours rêvé, j'ai envie de repartir.

Car ma décision est prise depuis longtemps. Je me voilais la face et ne voulais pas le reconnaître, car je mène une vie confortable avec Charles. Nous nous sommes blottis dans notre routine, composée de ses parties d'échecs, de sorties avec nos amis respectifs qui ne se mélangent jamais, de lectures côte à côte dans le lit. Le mot « routine » n'a pour moi aucune connotation négative. Au contraire, j'aspire à ce rythme de vie confortable que les êtres humains construisent avec quelqu'un qui compte pour eux. Je rêve d'être avec une personne à qui je peux dire : « J'aime notre routine, parce que c'est la nôtre ».

Le problème, c'est que cette personne est Mariam, pas Charles.

Depuis que nous sommes arrivés aux Canaries, je suis comme un écureuil sur le dos d'un hérisson. Je ne tiens pas en place. J'ai envie d'écrire à Mariam pour lui dire que ma décision est prise, qu'elle est la femme de ma vie. Non, je ne vais pas lui dire ça, elle n'a que vingt-deux ans et ça lui fera peur. Moi-même, je ne devrais pas réfléchir comme ça à mon âge, surtout quand je parle d'une personne que je n'ai embrassée qu'une fois. Pourtant, c'est vrai : Mariam fait vibrer mon cœur avec une intensité que je n'ai encore jamais éprouvée, même pas avec Oleg et certainement pas avec Charles.

Je repense à ces vieux films très sexistes, ceux avec les marins ou les cowboys qui regardent les filles avec leurs copains et disent « Tu vois cette fille là-bas ? Un jour, je l'épouserai ». C'est ça que je ressens pour Mariam. Un jour, j'épouserai cette femme. La loi pour légaliser le mariage pour tous va définitivement passer et Mariam et moi pourrons nous marier.

— El ? Chaton, tu m'écoutes ?

— Hein ?

Je me tourne vers Charles. Je réalise, penaude, qu'il me raconte quelque chose depuis plusieurs minutes et que je n'ai rien suivi. Je l'observe. Il est vraiment bel homme, avec ses bras musclés et ses épais cheveux bruns, loin du stéréotype du joueur d'échecs cérébral qu'on imagine dans les séries clichées comme *The Big Bang Theory*. Je vois bien les regards en coin que nous lancent les passants quand nous marchons main dans la main dans la rue. Je sais ce qu'ils murmurent aux oreilles de leurs potes. « Elle a de la chance de l'avoir ». « C'est rare qu'un homme comme lui remarque une fille comme elle ». « C'est gentil de sa part de s'être mis avec elle ». « Physiquement, il a au moins quatre points de plus qu'elle ».

Les gens minces pensent que les femmes grosses n'ont pas autant d'options que les autres, qu'elles sont obligées de se contenter du « moins pire ». C'est faux. Nous attirons autant d'hommes — et manifestement, dans mon cas, de femmes — que les femmes minces. Le problème, c'est que ces personnes n'assument pas toujours leur attirance.

Oleg n'a jamais assumé. Parce que j'étais sa maîtresse, mais peut-être aussi parce que j'étais grosse — l'histoire ne nous le dira jamais. Charles, lui, s'est toujours moqué de ce que pensaient les autres, et s'est affiché fièrement avec moi, entourant mes bourrelets de ses bras puissants. Et personne ne lui a jamais rien dit. Personne ne dit jamais rien aux gens qui assument.

Mariam aussi est prête à assumer. J'en suis certaine. Je le sais depuis le jour où elle m'a défendue, le jour de ce tournoi d'échecs, quand on s'est rencontrées. « Si t'aimes niquer des vaches, c'est ton problème, mais certainement pas le sien ». Je crois que je suis tombée amoureuse d'elle en ce moment précis, amoureuse de sa répartie, de son aplomb, de son honnêteté à toute épreuve.

— T'es sûre que t'as pas pris un coup de chaud ? s'inquiète Charles. Tu as les joues bien rouges. T'as mis de la crème solaire, au moins ?

Je hoche la tête, n'osant pas lui dire que je suis en train d'imaginer à quoi ressemble Mariam en maillot de bain. Si elle était aux Canaries avec moi, je le saurais.

— Désolée, mon amour, j'étais juste un peu distraite. Tu me disais quoi ?

— Regarde la fille, là-bas.

Je repère une femme, plutôt mince, mais avec quelques discrètes rondeurs. Le genre de rondeurs qui complexent inutilement les femmes qui ont un corps presque parfait. Elle porte un maillot de bain bleu canard avec un imprimé qui me rappelle les *Nymphéas* de Monet. C'est un très joli maillot, avec un nœud entre les deux seins. Ses cheveux sont coupés court. Elle est plutôt mignonne, sans être sublime. Je ne vois pas ce que Charles lui voit de spécial.

— Oui, je la vois. Et alors ?

— Tu vois comment elle s'amuse dans les vagues ?

Je la regarde, et souris. Effectivement, elle semble reproduire toujours le même jeu. Elle se lève, et tourne le dos à la vague, qui explose contre elle dans un fracas de gouttes cristallines. La femme s'effondre, disparaît sous l'eau, puis réapparaît quelques secondes plus tard, les cheveux trempés, une expression indescriptible de béatitude sur le visage.

— Oui, c'est plutôt mignon.

— Elle a quoi, trente ans ?

Je hausse les épaules.

— Ouais, à peu près. Et alors ?

— On dirait une gamine de six ans. Je sais pas moi, je suis plus jeune qu'elle, pourtant je ne ferais pas ce genre de choses. Elle se donne en spectacle.

Je ne trouve pas que cette femme se donne en spectacle. Je vois sur un transat un homme qui a l'air d'avoir son âge, et qui doit être son compagnon. Il la regarde s'amuser avec attendrissement, en sortant de temps en temps son smartphone pour immortaliser sa joie.

Je réalise alors : j'ai envie d'être cette femme, dans quelques années. Cette femme qui s'amuse dans les vagues. Ou la personne qui prend en photo sa compagne en train de s'amuser dans les vagues. Je n'ai pas envie d'être sérieuse, de rester sur un transat, de parler de stratégies d'échecs. J'ai envie de rester une enfant, et je resterai une enfant aux côtés de Mariam.

— Charles ?

— Oui, chaton ?

— Je vais te quitter. Je suis tombée amoureuse de quelqu'un d'autre. Je suis désolée.

Sur ces mots, je me lève. Il me crie « Attends ! Explique-moi ! », mais je l'ignore. Je ne sais pas si c'est réellement utile de fuir, puisque nous partageons la même chambre d'hôtel. Je vais devoir le retrouver plus tard, lui donner des explications. Mais je n'ai pas envie d'y penser pour le moment. J'ai envie de rejoindre la femme qui s'amuse dans les vagues.

2023

Mariam repart dans la chambre et revient en pyjama. Elle porte un t-shirt à l'effigie de Carapuce et un short à pois qui lui arrive à mi-cuisses. Je pense, attendrie, que Carapuce est son Pokémon préféré. C'est une information parmi les milliers d'autres que je connais sur ma femme, parce que je suis sa personne privilégiée. Je sais qu'elle préfère le beurre doux au beurre salé. D'ailleurs, je me moque d'elle parce que c'est une hérésie. Je sais que sa couleur préférée est le rose. Je sais qu'elle déteste le saumon fumé et adore les anchois, alors que c'est l'inverse pour la plupart des gens. Je sais qu'elle ne peut pas entendre *Dancing Queen* de ABBA sans se mettre à danser à son tour. Je sais qu'elle a pleuré en regardant les infos lorsque la Cour

Suprême américaine est revenue sur *Roe vs. Wade*, et que j'ai pleuré avec elle, car ma vie serait aujourd'hui bien différente si l'avortement n'était pas légal.

Qu'est-ce que je ferai de toutes ces petites choses si notre relation explose, ici et maintenant ? Et elle, que fera-t-elle de toutes ces petites choses qu'elle a collectées sur moi ? Est-ce que du jour au lendemain, elles deviendront des informations inutiles, car elles n'intéresseront personne en dehors de notre couple ? Est-ce que je pourrai partager ce que je sais sur Mariam avec Inez, en leur souhaitant bon vent ?

Mais non. Mariam ne va pas me quitter pour Inez. C'est un *crush*, rien de plus, c'est semblable à ce que j'ai vécu avec Martin. Ça n'a rien d'agréable pour moi, bien sûr. Ce n'est jamais positif de découvrir que sa femme craque pour quelqu'un d'autre. Mais si elle me dit qu'elle saura le gérer, je lui ferai confiance… Il faut juste qu'elle me le dise.

— Assieds-toi.

Elle s'exécute. Les cheveux mouillés de Mariam ont laissé deux taches d'eau au niveau de ses seins, et je suis submergée de désir alors que je ne devrais pas. Je chasse toutes les pensées sexuelles de mon esprit et brandis son téléphone avec l'échange de SMS. Avec le dernier message d'Inez bien en évidence : « Tu me manques. Je pense à toi. » Je ne dis rien, je le lui montre simplement. Je sais que si je me mets à parler, ma voix va fléchir, mes yeux vont se briser en milliers de larmes. Et je dois rester forte.

Tout en s'essuyant les cheveux, Mariam regarde le téléphone et blêmit.

— Oh.

C'est tout ce qu'elle trouve à dire. Elle fixe ses mains, crispées sur ses cuisses à moitié nues.

— Tu l'as dit.

Nous restons quelques instants en silence, à se dévisager l'une l'autre, comme les États-Unis et l'URSS durant la Guerre froide, chacune prête à voir l'autre dégainer l'arme nucléaire. Je m'attends à ce qu'elle sorte les excuses les plus clichées du monde. « Ce n'est pas ce que tu crois ». « Je peux tout expliquer ». « Nous sommes juste amies ». « Il ne s'est rien passé ». Ou pire « ce n'est qu'un coup d'un soir, c'est toi que j'aime ». Mais elle ne dit rien, et continue de me regarder.

— Tu crois pas que tu me dois des explications, là ?

Elle hoche la tête, mais ne dit toujours rien.

— Mais parle, putain ! T'es la seule nana au monde qui se fait prendre en flagrant délit d'adultère et qui dit que dalle ! Dis quelque chose, bordel ! Même les trucs les plus cons, on s'en fout, n'importe quels mots feront l'affaire !

Elle lève vers moi ses yeux couleur miel et c'est à moi de baisser le regard. Je dois rester forte et obtenir ces explications, et je n'arriverai à rien si la seule pensée qui me traverse l'esprit est « Dieu que ma femme est belle ».

— Parle ! Tu es amoureuse d'elle, c'est ça ?

Doucement, elle hoche la tête. Un son s'échappe de ma bouche qui s'apparente à un gémissement de coyote blessé. J'ai posé cette question par provocation, mais je ne m'attendais pas à cette réponse. *Non. Non. Non.* C'est un mauvais rêve, et je vais me réveiller.

— Il faut que tu parles, j'ai pas bien compris là !

— Oui, El. Oui, je suis amoureuse d'elle, et je vais te quitter.

Le téléphone m'échappe des mains et tombe sur la table basse. Bêtement, je me demande si Mariam a posé une vitre de protection sur son écran. Je réalise que l'iPhone de ma femme infidèle est le cadet de mes soucis.

— C'est un poisson d'avril ou quoi ?

— On est en juillet, El. Je ne plaisanterais pas sur ça. Tu comptes beaucoup trop pour moi.

— Tu me trompes, et je compte pour toi ?

— Je ne t'ai pas trompée. Enfin, presque pas. Je l'ai serrée contre moi. Je lui ai pris la main. C'est tout. Je n'ai pas couché avec elle.

— Voilà qui est mieux.

— Tu me connais, El. Tu sais que la double vie, c'est pas mon truc. Tu te souviens ?

Je n'arrive pas à croire qu'elle ose me parler de ça, de nos débuts chaotiques, de ma relation avec Charles, de ma difficulté à choisir.

— C'était pas pareil, putain ! J'avais vingt-cinq ans,

je venais de découvrir que j'étais bi, j'étais paumée. Et surtout, je t'ai choisie, *toi*. C'était le début de *notre* histoire. La nôtre. Tu comprends ?

— Je suis désolée, El. Tu es une belle personne. Tu ne mérites pas qu'on te fasse du mal.

Plus on me dit que je suis « une belle personne », moins j'y crois. C'est ce qu'on dit aux gens un peu moyens pour les rassurer sur le fait qu'au moins, ils ne sont ni des violeurs, ni des tueurs en série, ni des électeurs d'Éric Zemmour.

— Et Alex ? Tu y as pensé, à Alex ? je crache.

À vrai dire, depuis que j'ai lu ces messages, je n'ai pas pensé une seconde à Alex. Obnubilée par la possibilité de perdre Mariam, je n'ai même pas commencé à envisager ce que ça impliquerait pour notre fille. Cette pauvre petite doit être sous le charme du marchand de sable depuis très longtemps, et ignore tout de ce qui se passe entre ses mères.

— Arrête de me faire culpabiliser. Évidemment que j'y pense, à Alex. J'y pense tous les jours.

— Dire que tu voulais ramener un deuxième enfant dans l'équation !

— C'était avant.

— Avant quoi ?

— Avant de tomber amoureuse.

J'enfouis ma tête dans mes mains. J'ai envie de me griffer, d'enfoncer mes ongles dans mes yeux jusqu'à ce que du sang poisseux s'en échappe et recouvre pour toujours cette vision de ma femme, assise en face de moi, en train de m'annoncer calmement qu'elle me quitte pour une autre.

— Et je peux savoir ce que tu te dis, quand t'y penses, à Alex ?

— Je me dis qu'elle survivra. Cinquante pour cent des mariages finissent en divorces, non ? Les mariages y survivent. D'ailleurs, les statistiques montrent que la plupart des enfants préfèrent avoir des parents divorcés que malheureux.

— Mais divorcer c'est être malheureux, Mariam ! Regarde mes parents !

— Tu ne peux pas comparer, El. Ton père a fait les choses comme un connard. Il est tombé amoureux d'une autre et l'a mise enceinte et est venu l'annoncer à ta mère la bouche en cœur. Ce n'est pas vraiment ce qui s'est passé entre nous.

J'ouvre la bouche et la referme. Sur ce point, elle n'a pas tout à fait tort. Je repense à Alex. Mariam rapporte l'essentiel du revenu du foyer. Est-ce que je vais perdre sa garde ? Est-ce qu'elle viendra me voir tous les mardis à quinze heures, avec une assistante sociale tapie dans l'ombre qui va vérifier que j'ai trouvé un travail à temps complet, comme dans *Mme Doubtfire* ?

Comme si elle devinait mes pensées, Mariam reprend :

— Ne t'inquiète pas pour la garde. On trouvera une solution. Je demanderai la garde partagée. On trouvera une solution équitable.

— Trop aimable.

Je croise les bras sur ma poitrine et détourne le regard. Il y a une tache sur le mur, sans doute Alex qui a mis du crayon de couleur. Je me force à la fixer pour ne pas pleurer.

— Je suis désolée que tu l'aies appris comme ça, ajoute Mariam. Je ne suis pas désolée d'être tombée amoureuse, car je ne peux pas contrôler mes sentiments. Mais tu n'avais pas à l'apprendre comme ça. J'aurais dû te le dire. Mais j'ai un peu manqué de courage. Et pour ça, je te présente mes excuses. Je ne suis pas quelqu'un de lâche, mais là, je l'ai été, parce que je tiens à toi.

Je repense à Martin et moi, à cette relation épistolaire au cours de laquelle nous ne nous disions rien de spécial, mais qui faisait faire des saltos arrière à mon cœur au moindre message. Je me souviens à quel point j'avais fait attention pour que surtout, Mariam ne découvre rien. J'avais utilisé WhatsApp pour les messages au lieu des textos, plus discret. J'examinais chaque message envoyé, car « Mariam » et « Martin », ça commence pareil. J'avais mis en sourdine ma conversation avec Martin, vu que de toute façon je la vérifiais de moi-même toutes les cinq minutes, afin qu'à aucun moment une notification ne s'affiche sur l'écran. J'avais veillé à garder cette folie passagère pour moi seule, car je refusais que Mariam souffre. Alors, je faisais de mon mieux pour maîtriser mes sentiments.

Ma femme n'a rien fait de tout ça. Elle a oublié son

iPhone bien en évidence sur la table basse, à cinquante centimètres de moi. Elle savait qu'un message d'Inez pouvait arriver à tout moment. Elle n'a coupé aucune notification, elle n'a même pas changé son code.

— C'est faux, je rétorque. Tu voulais que je découvre ça comme ça. Tu voulais que j'initie la discussion, car tu étais effectivement trop lâche pour le faire. T'es beaucoup trop intelligente pour ne pas faire gaffe à ce point. Ils te laissent quand même être ophtalmo, merde. Tu voulais que je te prenne la main dans le sac, c'était peut-être inconscient, mais c'est ce que tu voulais.

Les mains de Mariam se crispent à nouveau sur ses cuisses, mais elle ne répond rien. Elle sait que j'ai raison.

— Explique-moi une chose, je reprends à nouveau, comment t'as fait ? Est-ce que pour toi toutes les hétéros sont en réalité des bis qui s'ignorent ? Est-ce que tu lui as fait le même numéro qu'à moi il y a dix ans ?

Elle cligne des yeux, comme si elle ne comprenait pas.

— Qu'est-ce que tu veux dire ?

— Et toi, t'es prête à tout quitter pour elle. Et elle ? Tu sais qu'elle a un mari et un fils, n'est-ce pas ? Est-ce qu'elle est prête à abandonner sa vie pour toi ? T'as pensé à ça ? T'as pensé que tu risques de te retrouver toute seule ? Ne t'imagine pas que je vais te reprendre après ça !

— Mais enfin, El, de qui tu parles ? Qui a un mari et un fils ?

— Ta copine de coucheries, là.

— On n'a pas couché, je te l'ai déjà dit, c'était la vérité. Et elle est célibataire.

— Elle a divorcé ?

— Mais non ! Elle n'a jamais été mariée et elle n'a pas d'enfants, et c'est une lesbienne pure et dure ! Enfin, de qui tu parles, El ?

— À ton avis ! D'Inez, ta pote ophtalmo là ! Vous devez en passer du temps à vous regarder dans le blanc des yeux.

Mariam porte la main à sa bouche.

— El… je croyais que t'avais tout lu. Ce n'est pas Inez.

C'est le coup de grâce. Il m'assassine, il me met KO. Je gis sur le ring sans pouvoir me relever, avec Mariam qui continue de me frapper avec ses gants de boxe en pleine poitrine. Ça ne devrait pas, pourtant. Elle va me quitter, peu importe pour qui, finalement, non ? Mais je suis dévastée, comme si le plus tragique dans cette histoire est d'avoir été assez bête pour me tromper de personne.

— C'est qui alors ? Je la connais ?

— Tu la connais, oui. C'est Fifi Desmoulins.

Un autre coup, mais sans les gants de boxe, cette fois.

— Fifi Desmoulins ? Comme l'écrivaine ? Celle qui écrit ces livres pour enfants ? Mais d'où vous vous connaissez ?

C'est sûr que sortir avec une autrice connue, c'est tout de suite plus classe qu'avec une qui ne rentre même pas dans ses frais.

— On s'est rencontrées à la RAAF. Elle m'a demandé mon numéro. J'ai cru que c'était pour un truc pour toi mais… elle m'a invitée au resto et…

— Mais pourquoi « I. » pour Fifi Desmoulins ?

— Tu ne connais pas son vrai prénom ?

— Non. Enfin, si, j'ai toujours supposé qu'elle s'appelait Sophie.

— Non. C'est ce qu'elle fait croire à un peu tout le monde. En fait, sa mère était une grande fan de Racine, et l'a appelée Iphigénie. Elle déteste, et puis… Quand on écrit des livres pour enfants, Iphigénie, ça fait quand même un peu pompeux, non ?

Iphigénie. J'ai déjà entendu ce prénom, j'ai déjà entendu l'histoire d'une mère obsédée par Racine qui gavait ses enfants de sa passion comme des oies en période de Noël.

Desmoulins. Un moulin. Un meunier. En russe, « meunier » se dit *melnik*. Comme Melnikov.

Non.

— Mariam, je demande d'une voix tremblante, sais-tu par hasard si Fifi — Iphigénie — a un frère en fauteuil roulant ?

1995

Je vois les adultes quitter la plage en courant et en hurlant : « Elvira ! Elvira ! ». Je sors de ma cachette et je m'éloigne le plus vite possible, avant qu'ils ne me repèrent. Je ne retournerai jamais là-bas. Jamais.

Ces gens m'ont menti. Papa, qui n'aime plus maman, alors que c'est juste la condition quand on est un papa, d'aimer la maman qui va avec. Maman, qui a accepté le fait que papa ne l'aime plus. Claire, qui s'est fait passer pour ma copine alors que son seul objectif dans la vie était de séparer mon papa et ma maman. Nina, qui savait tout ça et qui ne m'a rien dit.

Marjo avait raison, donc. Mes parents vont bien divorcer. Et papa va bien vivre avec une *peute*. Une belle femme blonde et mince.

Les gens autour de moi me regardent bizarrement. Ils n'ont sans doute pas l'habitude de voir une petite fille de six ans — presque sept ! j'aurai sept ans demain ! — courir seule pieds nus, en culotte de bain bleue à volants. Heureusement, il ne fait pas trop chaud et le trottoir ne me brûle pas les pieds.

Je cours tellement vite que je ne regarde pas où je vais, et je fonce sur une vieille dame.

— Pardon, je marmonne pour éviter d'attirer l'attention.

— Pas si vite, jeune fille ! dit la vieille dame en m'attrapant par l'épaule.

J'essaie de me dégager, mais la dame me tient fermement. Au moins, je n'entends plus mon père crier. Ils doivent être loin. Alors, je reste plantée là, en la regardant droit dans les yeux. Elle a la peau toute noire, comme Aminata dans ma classe, et doit être plus jeune que Baba Nastia. Maman me gronderait sans doute si je disais qu'elle était vieille, mais en vrai, elle est quand même un peu vieille.

— Que fais-tu ici, toute seule, sans chaussures ni chapeau ? Tu as mis de la crème solaire au moins ? Tu vas attraper un sacré coup de soleil !

Silence.

— Comment tu t'appelles ?

Silence.

— Alors, tu as avalé ta langue ?

— Ma maman m'a toujours dit qu'il ne fallait pas parler aux inconnus.

— Ta maman a tout à fait raison. Mais regarde, si je me présente, on ne sera plus des inconnues, n'est-ce pas ? Moi, je m'appelle Brigitte. Brigitte Leclerc-Fontanais. Et toi ?

Je la regarde. Elle a l'air gentille, je pense que je peux lui faire confiance.

— Elvira. Elvira Constant.
— Et où tu vas, comme ça ?
— Je me suis enfuie.
— Pourquoi ?

C'est là que je me mets à pleurer. J'ai retenu mes larmes pendant tout ce temps, car j'étais concentrée sur ma fuite. Mais la réalité de la situation me frappe de plein fouet. Papa va épouser Claire. Papa va avoir un bébé qui ne sera pas vraiment mon frère, peut-être même qu'il n'y aura qu'un torse de frère, sans les jambes, et je n'ai pas osé le dire devant Claire parce que ce n'est pas poli mais si c'est le cas, ça me fait très peur.

— Oh, ma pauvrette !

Brigitte me tend un bout de tissu et me serre contre elle. Je regarde le bout de tissu sans comprendre.

— Brigitte, dis, c'est quoi ce torchon ?
— Ce n'est pas un torchon, trésor. C'est un mouchoir. C'est comme un Kleenex, sauf que tu peux le réutiliser. C'est chouette, non ?

Moi, ça me paraît surtout un peu dégoûtant de remettre ses crottes de nez dans sa poche comme si de rien n'était, mais je suis polie alors j'essuie mes larmes avec le mouchoir. Elle m'attrape le nez avec et m'aide à me moucher.

— Voilà. C'est mieux comme ça, non ? Maintenant, si tu me racontais ce qui se passe pendant que je poursuis ma route ?

Brigitte m'attrape la main et commence à marcher. Au début, elle va un peu trop vite pour moi, puis petit à petit elle adapte son rythme pour que je puisse la suivre sur mes petites jambes. Je lui raconte mon histoire. Pendant que je parle, elle enlève sa chemise, la met sur mes épaules et se retrouve en débardeur. Elle me laisse terminer patiemment et me dit :

— Elvira, je crois que ton père a fait une erreur.

— Mais les grandes personnes ne font jamais d'erreurs. Parfois, maman me dit de l'écouter juste parce que c'est maman. Alors moi, je pense que les adultes, ils savent toujours tout.

— Malheureusement c'est faux, tu le comprendras bien assez vite. Nous les adultes, on a un avantage sur les enfants, c'est l'expérience.

— C'est quoi la *spériance* ?

— *L'expérience*, c'est quand tu as été sur Terre depuis beaucoup d'années et du coup, tu as vu plein de choses. Moi, par exemple, j'ai quarante-neuf ans.

— Qu'est-ce que t'es vieille !

— Tu as bien raison. Mais en quarante-neuf ans, j'ai vu plein de choses, beaucoup plus que toi en… quel âge tu as ?

— Je vais avoir sept ans demain.

— Bon anniversaire à toi en avance, alors. Donc, j'ai vu plus de choses, et j'ai donc plus d'outils pour savoir quoi faire quand je suis face à une décision. Mais ça ne veut pas toujours dire que je vais prendre la bonne. Ton papa, il avait plein d'outils. Il savait que faire un bébé avec une femme en étant marié, c'était mal. Mais il l'a fait quand même, et il doit avoir ses raisons. Sans doute est-il très amoureux de cette dame... comment tu as dit qu'elle s'appelait ?

— Claire.

— Claire. Et l'amour fait parfois faire des bêtises, qu'on ait de l'expérience ou non. J'en connais un rayon là-dessus, mais c'est une conversation pour un autre jour. Mais ce n'est pas parce qu'il a fait une bêtise que ça en fait un moins bon papa ou qu'il t'aime moins que ce qu'il t'aimait avant. Il n'a juste pas utilisé correctement ses outils. Tu comprends ?

— Je crois.

— Quant à ta grande sœur, tu ne devrais pas lui en vouloir comme ça. Elle a quel âge, tu as dit ? Treize ans ?

— Quatorze.

— Je sais que pour toi, ça te paraît... pfiout ! Loin ! T'as l'impression que c'est une adulte. Mais en réalité, elle n'a que sept ans d'expérience de plus que toi. Ton père, lui, il a...

— Trente-neuf.

— Il a accumulé trente-deux ans d'outils de plus que toi ! Donc en vérité, en expérience, ta sœur est plus comparable à toi qu'à ton père. Je pense que tes parents ont dû lui demander de ne rien te dire et elle a obéi, car elle ne voulait pas avoir d'ennuis. Est-ce que ça pourrait être la vérité ?

Vu comme ça, elle n'a pas tort.

— Et ta maman a dû lui dire que c'était important que tu passes un bel été. Elle a pris la décision de te protéger alors qu'elle doit être en train de souffrir de la situation. Ça fait souffrir, d'apprendre que quelqu'un ne nous aime plus. Tu as un fiancé, à l'école ?

— J'ai un fiancé, mais il n'est pas vraiment au courant. Il s'appelle Hugo.

— Tu imagines, si Hugo te disait qu'il ne t'aimait pas ? Tu aurais de la peine, non ?

— Oui, c'est vrai.

— Tu aurais peut-être du mal à prendre les bonnes décisions. Comme là, tu vois, tu t'es enfuie, et ton papa et ta sœur vont beaucoup s'inquiéter. Tu as pris cette décision parce que tu as eu de la peine, mais maintenant que tu y réfléchis un peu, est-ce que la décision te paraît bonne ?

Elle a raison, Brigitte, la décision n'a pas l'air bonne du tout. Je me mets de nouveau à pleurer, plus bruyamment cette fois.

— Allons, allons, me murmure Brigitte en me serrant contre elle.

— Elfe !

Quelqu'un nous fonce dessus à toute vitesse. Brigitte me lâche. Je passe de bras en bras, je n'y comprends rien, j'étouffe. Quand j'ouvre les yeux et renifle, je vois Nina accroupie devant moi.

— Ne refais jamais ça, Elfe, tu m'entends ? Papa s'inquiète beaucoup. Je t'avoue, j'en ai un peu rien à foutre, mais moi, je me suis inquiétée aussi, et ça, c'est plus grave !

— J'imagine que vous êtes la grande sœur, dit Brigitte en souriant.

— C'est ça. Je m'appelle Nina. Merci de l'avoir ramenée.

— De rien.

J'enlève la chemise et la rends à Brigitte, tandis que Nina m'attrape par la main et me conduit jusqu'à la plage.

2005

— Tu veux vraiment pas me dire qui c'est ?

Je secoue la tête. Ce moment où Nina s'est jetée sur Claire sur la plage, alors que celle-ci était enceinte de Ghislain, c'était il y a dix ans. Mais je m'en souviens encore, de cette rage dans les yeux de ma sœur. Je sais qu'elle n'a jamais pardonné à papa, qu'elle a refusé d'aller les voir, Claire et lui, depuis qu'elle a été en âge de le faire. Elle n'a jamais construit une relation avec Ghislain, non plus. Comment pourrais-je avouer à ma sœur que je viens de mettre une famille dans exactement la même situation que la nôtre ?

— Je ne vais pas te juger. Je peux t'aider, tu sais. J'en ai fait aussi des conneries, quand j'avais ton âge.

Oui, mais peut-être pas ce genre de conneries.

— C'est le Maxence de ta classe pour lequel je t'ai aidée à t'épiler ?

Je prends ma tête dans mes mains.

J'ai passé mes épreuves de français comme plongée dans la gelée. Je voyais flou, j'entendais flou. J'ai pondu à la hâte un commentaire composé parfaitement scolaire avec une introduction, une conclusion et deux axes. J'ai présenté à l'examinatrice un poème de Ronsard qui commençait par *Comme on voit sur la branche au mois de mai la rose*. J'ai eu de la chance de tomber sur Ronsard, car ses poèmes expriment toujours la même chose : « Regarde, t'es belle aujourd'hui, mais profites-en bien, car dans quelques années tu seras vieille et moche, et personne ne voudra de toi. » Des poèmes qui pourraient être des hymnes pour des hommes comme Oleg et mon père.

Je ne me souviens plus de ce que j'ai dit. Tout ce qui compte pour moi, c'est qu'on me débarrasse le plus vite possible de la chose qui grandit dans mon ventre et dont je ne veux pas. Cette chose moitié Oleg, moitié moi, mais qui en fait n'est rien ni personne. Juste un intrus, une créature que je n'ai pas invitée, un corps étranger. Une abomination.

Je ne pouvais pas en parler à maman. Elle ne sait pas encore que j'ai des relations sexuelles. Elle travaille trop, elle a encore mis ses clés au frigo hier. J'ai envie de lui répéter qu'il faut qu'elle se repose, mais je sais qu'elle est très inquiète pour l'argent, et moi aussi. Avec son travail, maman a autre chose à faire. Mais

Nina a tout laissé tomber pour me venir en aide. Sans doute pour me distraire, elle m'a raconté que quand je l'ai appelée, elle était à un premier rendez-vous avec un certain Pierrick. « Tu vois, ce faux appel qui vient de l'hôpital qu'on reçoit parce qu'on n'a pas un bon feeling avec notre rencard ? Moi j'en ai reçu un vrai, » a-t-elle plaisanté.

— Mais en vrai, il te plaisait ? lui ai-je demandé, alors que j'étais assise en tailleur sur le sol de la salle de bains.

N'importe quoi pour éviter de parler de ce qui m'arrive en ce moment. Cette créature. Ce corps étranger qui envahit mon utérus et ma vie.

Elle a rougi. Elle m'a déjà parlé de plusieurs garçons, mais aucun ne l'a fait rougir comme ça. Nina est plutôt du style « les mecs sont tous des cons ». Je suis obligée de la rejoindre là-dessus. Justin était un crétin. Oleg s'est comporté comme un connard. Pas avec moi, non — moi, je savais dans quoi je m'aventurais. Avec Calliopée. Comment peut-on vivre une liaison avec son élève alors que sa femme est plongée dans une profonde dépression et que son fils est en fauteuil roulant ? Certes, il n'a pas eu de chance — le Polaroid de la maison de Wysteria Lane avec Bree Van de Kamp s'est vite dissipé dans mon esprit pour laisser sa place à un tableau plus nuancé. Mais quand ta vie est pourrie, tu résous tes problèmes avec la personne avec laquelle tu les partages, pas loin d'elle, non ?

Pourtant, c'est ce que papa a fait après Kristina. Il a géré loin de maman, jusqu'à ce que ça dérape.

— Il te plaisait, ce mec ! ai-je dit à Nina. Je suis désolée. J'espère qu'il ne croira pas que tu lui as posé un lapin.

Nina a haussé les épaules.

— C'est rien. Au contraire, je trouve que c'est un bon test. Si ce mec n'est pas capable de comprendre que j'ai eu besoin d'interrompre notre rencard pour aider ma petite sœur, c'est qu'il n'en vaut pas la peine. *Next !*

J'aimerais avoir la même philosophie de vie que Nina. Un mec t'a blessée ? *Next !* Je n'y arrive pas pourtant, même avec ceux qui n'ont pas compté. Justin, par exemple. Je ne l'aimais pas. Il me plaisait physiquement, c'est tout. Il ne savait même pas que j'étais vierge quand on a couché ensemble. Mais cette phrase, je ne l'oublierai jamais : « Fabio me doit vingt balles ». Ma première expérience sexuelle, pour lui, n'était rien de plus qu'une expérience scientifique. Il m'a choisie uniquement parce que j'étais une grosse avec un visage plutôt avenant. Je ne voulais pas une demande en mariage, mais un « merci c'était sympa » aurait fait l'affaire. Il ne me plaisait pas, et j'y pense encore.

Et Oleg. Oleg. Oleg. Le premier homme que j'ai vraiment aimé, même si je ne lui ai jamais dit, même si aujourd'hui je préférerais insérer un oursin non décortiqué dans mon vagin plutôt que lui avouer. Et ça s'est terminé par « ma femme est à l'hôpital, ciao ». Je ne sais pas si j'espère qu'elle se rétablira ou non. J'ai envie qu'Oleg soit secoué, mais peut-être pas à n'importe quel prix.

Heureusement que Nina s'est occupée de tout, et est passée à l'action. Le fonctionnement de l'avortement en France, je n'y connaissais rien du tout. J'ai naïvement pensé qu'en étant précautionneuse avec ma contraception, ça n'arriverait pas.

— Est-ce que tu peux au moins me dire comment c'est arrivé ? me demande ma sœur tandis que nous patientons dans la salle d'attente.

Savez-vous qu'en France, il existe un délai de réflexion légal ? Après le premier rendez-vous, l'avortement ne peut être pratiqué que sous deux semaines. Je me suis étranglée quand j'ai su ça. *Deux semaines de plus avec cette chose dans mon ventre.* « Mais je suis sûre. Est-ce qu'on ne peut pas le faire maintenant ? Promis, je ne le regretterai pas. »

Le médecin qui s'est occupé de mon cas, un homme chauve d'une cinquantaine d'années, m'a regardée comme si j'étais une punaise de lit.

— C'est la loi, mademoiselle. Est-ce que vous vous croyez au-dessus des lois ? Manifestement, vous vous croyez au-dessus des méthodes de contraception élémentaires, parce que de toute façon, il y aura de gentils médecins disponibles pour rattraper vos bêtises. Alors non, vous attendrez, ça ne vous fera pas de mal.

Je l'ai fixé, mais je n'ai rien dit. Pourtant, il y a tant de choses que j'aurais voulu dire. Qu'il ne connaît pas ma vie. Qu'il ne sait pas dans quelles circonstances je suis tombée enceinte. Que j'aurais pu être une victime de viol. Que je me croyais peut-être au-dessus des lois, mais que lui se croyait au-dessus de la compassion et de l'humanité, et que c'était autrement plus grave.

— Putain, quel connard, je le crois pas ! a pesté Nina en allumant une cigarette, une fois sortie de la clinique. Mais t'inquiète, ça va aller. Il a dit que t'étais enceinte de huit semaines seulement. Tu es dans les délais. Tu auras des effets secondaires, mais je vais te ramener chez moi et m'occuper de toi. Bientôt, tout ça ne sera qu'un lointain souvenir, tu verras.

Le délai de réflexion de deux semaines est passé. Pas vite, je n'irais pas jusque-là, mais peut-être plus vite que ce à quoi je m'attendais ? La journée, pendant que maman travaillait, je lisais sur mon canapé. Stephen King. Sophie Kinsella. La presse *people*. Tout et n'importe quoi qui me permettait d'échapper à mon quotidien. J'avais du temps. Beaucoup de temps. Je n'avais plus cours, je n'avais plus de copain, je n'avais plus de meilleure amie. C'est fou comme un emploi du temps peut se vider rapidement quand on enlève l'essentiel. J'ai coché des cases sur un calendrier au stylo, en attendant d'être enfin débarrassée de ce corps étranger. Je ne regardais jamais mon ventre, ni quand je me douchais ni quand je m'habillais. J'évitais même de le toucher à mains nues, uniquement avec un gant de toilette. Comme si j'avais peur de créer un lien avec le monstre à l'intérieur, de m'attacher.

Et là, nous attendons, Nina et moi, cet abruti de médecin, pour qu'il pratique enfin l'intervention. Peu importe. Son nom m'intéresse peu, tant qu'il me débarrasse de ce corps étranger, de cette créature moitié Oleg, moitié moi.

— Est-ce que tu peux au moins me dire comment c'est arrivé ? Le mec a oublié de mettre une capote ?

— Nina…

— Je ne dis pas ça pour te juger, Elfe. La première fois que j'ai couché avec un mec, j'avais le même âge que toi à peu près, il ne voulait pas mettre de capote, et j'ai dit OK. Heureusement, il ne m'est rien arrivé, je suis pas tombée enceinte, j'ai pas chopé de MST, mais c'est pour dire qu'à ton âge, c'est compliqué de dire non aux mecs. Même s'il faudra apprendre à le faire.

— Il en a mis une, OK ? C'est juste qu'elle a glissé.

— Je vois. Ça ne sert à rien de revenir sur le passé, c'est fait maintenant et on va s'en occuper. Dans quelques heures, tout sera réglé. Ce qui compte, c'est de faire mieux la prochaine fois. La prochaine fois que ça arrive, tu n'hésites pas à m'en parler, d'accord ? Je te dirai quoi faire.

Je hoche la tête, tout en essuyant les larmes qui s'accumulent dans mes yeux avec mon poing. Elle a raison. J'ai fait le plus difficile. Peu importe les effets secondaires que j'aurai maintenant. Tout ça ne sera plus qu'un lointain souvenir.

— C'est un gars de ton lycée ?

C'est pas vrai, voilà qu'elle ramène à nouveau le sujet du père sur le tapis !

Je décide de lui raconter un mensonge, sinon elle ne me lâchera jamais.

— T'avais raison, c'est Maxence, OK ? Le mec dont je t'ai parlé. On est sortis ensemble deux mois, mais à un moment, je me suis dit que ça n'allait pas le faire. Il me plaisait plus trop, tu vois ?

— Je vois très bien.

— Alors, j'ai décidé de rompre, et un peu après, je me suis rendu compte que j'étais enceinte.

Oui, ça c'est bien. Je dis que c'est moi qui ai rompu. Ça évitera que Nina se pointe au lycée et demande à voir le connard de Maxence qui a largué et engrossé sa petite sœur.

— Il aurait quand même pu prendre ses responsabilités.

— Qu'est-ce que tu voulais que je dise ? « Je t'ai largué, maintenant tu me rends service et tu viens à la clinique avec moi » ? Non, ça aurait été beaucoup trop chelou. Et tu imagines, on se serait raconté quoi, là ? Je préfère mille fois être avec toi.

Nina sourit. J'essaie de répondre à son sourire, mais j'ai honte de mon mensonge. Si la présence de ma sœur me réconforte, il n'y a qu'une personne que j'aurais voulue à mes côtés en ce moment. Mais Oleg, préoccupé par le sort de sa femme, seul à gérer ses deux enfants, m'a sans doute déjà oubliée.

2013

Quand j'ai laissé Charles pour aller sauter dans les vagues avec l'inconnue — à laquelle je n'ai, entre parenthèses, même pas adressé la parole — je n'ai pas regardé dans sa direction pendant un bon quart d'heure. Je ne voulais pas qu'il me suive, pas qu'il me demande des explications. Je ne voulais rien lui dire d'autre. Je voulais profiter d'un instant d'amusement dans l'océan, me perdre dans sa fraîcheur, savourer les rayons de soleil sur mon visage. Car après, tout allait changer. J'avais fait mon choix, mais j'avais besoin de faire une pause avant d'en assumer les conséquences.

Je sors finalement de l'eau, épuisée par le va-et-vient des vagues. Il est parti. Il a pris sa serviette, son livre d'échecs et ses tongs, et il est parti. Je ne suis pas surprise. Je serais partie aussi, à sa place. Je soupire. Je sais que je ne pourrai pas repousser éternellement le moment de la confrontation et que je dois me mettre à sa recherche, même si en cet instant, je préférerais qu'il se soit évanoui dans la nature. *Et un problème de moins.*

Je le cherche dans le réfectoire, au bar, à l'accueil, avant de remonter dans la chambre. Je finis par le trouver, assis en tailleur sur le lit, plongé dans la lecture de son livre d'échecs. Depuis que Mariam a envahi l'intégralité de mon cœur, cet homme que j'ai pourtant aimé m'exaspère. Avant, j'admirais le sérieux avec lequel il se plongeait dans ses livres, son intelligence. J'étais attendrie par cette ride du lion qui se creusait entre ses sourcils quand il se concentrait. Maintenant, j'ai envie de prendre ce livre et de l'envoyer valser par la fenêtre, de lui hurler de lire des romans comme tout le monde. Je sais bien que c'est injuste envers lui, car il n'a pas changé. C'est moi qui ai changé, et je lui fais payer ce changement.

— Tu t'es bien amusée ? me demande-t-il sans lever les yeux vers moi.

Il ne crie pas — Charles ne crie jamais, c'est l'homme le plus calme qui existe — mais je sens de la haine dans sa voix. Je ne lui en veux pas. Mon comportement a été tout sauf exemplaire. Je lui ai annoncé que je le quittais, et après, je suis partie en courant vers les vagues. À sa place, j'aurais déjà jeté le contenu de ma valise du balcon. Mais non, elle est toujours là, en bazar comme le sont toujours mes affaires, avec mon soutien-gorge bleu, mon préféré, bien en évidence. Quelle que soit la réaction de Charles à partir de maintenant, je la considérerais comme mesurée.

C'est lui qui a été trahi. C'est à moi d'être adulte. Pour le moment, je me suis comportée comme une gamine.

— Écoute, Charles…

— Qui est-ce ? Qui est ce type ? me demande-t-il, toujours sans me regarder.

— Quel type ?

— Tu te fous de moi ou quoi ? Le type dont t'es amoureuse. Le type pour lequel tu te casses. Le type qui, de toute évidence, est tellement mieux que moi sous tous rapports.

— Oh…

Charles pense que je pars pour un homme, et c'est logique. J'ai dit « je suis tombée amoureuse de quelqu'un d'autre ». J'ai omis le sexe de la personne.

— Écoute…

— Qui est-ce ?

— Mariam.

En cet instant, Charles lève les yeux vers moi. Là, j'ai réussi à provoquer une réaction.

— Mariam ?

— Mariam Messaoudi. La sœur jumelle de Lamia. Tu sais, la fille…

— Je sais qui est Lamia. Et je sais parfaitement qui est sa sœur. Mais donc… t'es gouine, maintenant ?

Je me fige. Il y a longtemps que je n'avais pas entendu ce mot, depuis le lycée, depuis Soraya, depuis les inscriptions « Elle et Vire est une sale gouine » dans les toilettes. Je croyais que les mœurs avaient changé. Je croyais que des mots comme « pédé » et « gouine » appartenaient désormais au passé. Je ne m'attendais certainement pas à les entendre de la bouche de Charles, lui qui m'avait accompagnée manifester pour les droits des personnes homosexuelles. Je croyais qu'à défaut d'être compatibles, nous avions au moins les mêmes valeurs. De toute évidence, je me suis trompée.

— Et toi, t'es homophobe, maintenant ? je demande froidement.

— Quoi ? Non ! Tu sais bien.

— Les personnes pas homophobes ne disent pas des mots tels que « gouine ».

— Oh, ça va, ça m'a échappé ! J'étais surpris, c'est tout !

— Donc, t'es à fond pour les droits des homosexuels, tant que ça ne te touche pas, si j'ai bien compris ? Tant que ta meuf peut se barrer avec un autre mec comme une meuf normale, n'est-ce pas ?

— El, arrête ! Tu sais très bien ce que je pense de tout ça, et tu sais très bien que je préférerais que tu ne te barres pas du tout ! Mais puisque c'est si important pour toi, je vais reformuler, OK ? Donc, t'es *lesbienne*, maintenant ?

Ses doigts forment des guillemets en l'air autour du mot « lesbienne ». Charles et moi n'avons visiblement pas la même définition du mot « reformuler », mais peu importe. Il parle sous le coup de la colère. J'ai l'avantage d'avoir eu plusieurs semaines pour rassembler mes émotions. *C'est à moi d'être adulte.*

— Non, je ne crois pas que je sois lesbienne. Je t'ai aimé, toi. J'ai aimé Oleg aussi, le premier copain que j'ai eu. J'ai eu d'autres copains entre vous deux, même si je ne les ai pas vraiment aimés, mais disons que j'étais contente que ce soient des hommes. Je pense que je suis bi. Et peu importe mon orientation sexuelle, finalement, non ? C'est ma vie, c'est moi qui la gère. Toi, tu dois déjà gérer le fait que toi et moi ne serons plus ensemble. C'est beaucoup.

Charles cache sa tête dans ses mains. Je regarde ce grand lit dans cette chambre. Il nous reste encore une nuit à dormir ici, et l'un comme l'autre, nous sentons notre espace envahi par ce lit unique, que nous n'avons aucune envie de partager. Nous ne sommes plus Elvira et Charles. Nous sommes Elvira d'un côté, Charles de l'autre.

— Je suis désolée, Charles. Tu es une belle personne. Tu ne méritais pas ça.

— Ouais.

Nous n'avons plus grand-chose à nous dire.

— Je dormirai dans le fauteuil cette nuit.

Charles hausse les épaules. La galanterie n'a jamais été son style, et s'il avait voulu se sacrifier, j'aurais dit non. Je ne peux rien faire d'autre pour soulager sa peine, alors je peux au moins épargner son dos.

***

Je suis fascinée par le chassé-croisé des touristes dans les hôtels de vacances, comme celui de Tenerife. Une nouvelle fournée arrive. On les reconnaît facilement : ils sont blancs comme la pollution, les nuages, le travail et le surmenage. Ils portent des jeans, ils sont épuisés par leurs heures de vol. Pendant ce temps, d'autres, comme nous, reviennent à la réalité. Nous avons les chevilles bronzées, nous avons moins de cernes, mais nous avons une expression de nostalgie sur le visage. Nous pensons à ces vacances déjà terminées et nous nous disons que les prochaines sont loin. Et ceux qui viennent d'arriver ne savent pas à quel point cette semaine de bonheur va passer vite. Enfin, ils le savent, bien sûr, et pourtant, quand ils partiront, ils ne manqueront pas de murmurer dans un souffle : « C'est passé beaucoup trop vite ! »

Enfin, ça, c'est la théorie. Dans la pratique, il y a les autres touristes, et il y a Charles et moi. Nous sommes bronzés, mais nous avons des cernes. Nous sommes tristes, mais nous ne sommes pas nostalgiques. Nous sommes heureux de partir et heureux de nous débarrasser l'un de l'autre. Nous avons même pris soin de nous enregistrer sur des places éloignées dans l'avion. Nous n'avons plus rien à nous dire.

Je n'ai jamais vécu de rupture tragique. Oleg m'a quittée après un coup de fil et je n'ai plus jamais entendu parler de lui, mais avons-nous seulement été ensemble ? Je l'ai aimé, mais je savais, au fond de moi, que notre histoire allait se terminer un jour. Le jour de notre séparation, j'étais plus préoccupée par le fait de gérer ma grossesse surprise que l'idée de devoir refaire ma vie sans lui. Les hommes entre Oleg et Charles n'ont pas compté. Et pour Charles… je suis heureuse de mettre un point final à notre histoire, celui qu'il n'a jamais demandé et que j'ai désespérément attendu, depuis le jour où j'ai craqué pour Mariam — très certainement le premier jour où je l'ai vue.

2023

Ce n'est pas un hasard. Ce n'est pas un hasard. Ce n'est pas un hasard.

Mon histoire avec Oleg qui refait surface et vient me mordre les fesses, ce n'est pas un hasard. Sa fille qui rencontre ma femme, ma femme qui en tombe amoureuse, ce n'est pas un hasard.

Je me souviens de la première fois que j'ai rencontré Fifi Desmoulins, ou devrais-je dire, Iphigénie Melnikov. De la RAAF. De la notification que j'ai reçue sur Instagram : « fifidesmoulins_autrice a commencé à vous suivre ». Des trois livres qu'elle m'a fait dédicacer le Jour J. *Si elle avait lu mes trois livres, pourquoi a-t-elle attendu ce moment-là pour s'abonner à mon compte ?*

C'est que tout ça n'est pas un hasard.

Mariam n'a pas voulu me dire où habitait Iphigénie. Pas tout de suite. Alors, je lui ai arraché son téléphone des mains pendant qu'elle pleurait. J'ai vérifié les applications habituelles : Uber, Waze. Une adresse qui m'était inconnue, qui n'était pas le cabinet d'ophtalmologie de Mariam, était enregistrée partout. Une adresse à Clichy.

Prendre les transports en commun sera trop long et je ne suis pas en état de conduire. Je n'aime pas conduire même quand je suis en forme. Nous n'avons qu'une voiture, et Mariam la conduit quatre-vingt-dix pour cent du temps. J'appelle donc un Uber.

— El ! Qu'est-ce que tu comptes faire ? Reviens ! Il faut qu'on en parle ! me crie Mariam tandis que je dévale les escaliers.

Je suis habillée, et pas elle, j'ai l'avantage. Le temps qu'elle se trouve un jean, le Uber m'aura déjà emmenée loin. Mon chauffeur s'appelle Stéphane, il a une note de 4,8 étoiles sur 5. J'espère seulement qu'il ne voudra pas parler. J'ai besoin de faire le vide dans ma tête pour prendre la mesure de ce qui m'arrive.

Mon mariage est fini. Je vais devenir une divorcée. Ma femme se casse pour la fille de mon ancien amant. Je vais devoir partager la garde de ma fille. Mariam ne m'aime plus.

On est jeudi aujourd'hui, et demain on sera vendredi. Mon monde vient de s'effondrer, pourtant les jours de la semaine continueront de défiler comme d'habitude. Le calendrier n'en a rien à foutre, son travail à lui, c'est de faire avancer le temps.

Je salue distraitement le chauffeur en grimpant à l'arrière. Il me demande si je souhaite un peu de musique. Je hausse les épaules puis je réalise qu'il ne peut probablement pas me voir de là où il est, alors je réponds : « Oui. Pourquoi pas. Si vous voulez. »

Il met une station de radio au hasard, et la chanson *Illicit Affairs* de Taylor Swift, terriblement de circonstance, retentit à l'arrière.

« And that's the thing about illicit affairs
And clandestine meetings and stolen stares
They show their truth one single time
But they lie, and they lie, and they lie
A million little times »

La voix de Taylor, habituellement agréable, me tord les entrailles, me retourne l'estomac. J'ai presque envie de vomir ici, à l'arrière de cette voiture.

— Tout compte fait, pas de musique s'il vous plaît, ça ira très bien.

Stéphane hausse les épaules à son tour et s'exécute. Un feu rouge apparaît, en bon conducteur, il s'arrête. Tout à coup, je ressens un léger choc derrière moi. Mon corps est projeté contre le siège avant mais retenu par la ceinture de sécurité.

— Oh non, c'est pas possible, mais elle a eu son permis dans une pochette surprise celle-là ou quoi ? peste Stéphane.

Il sort de la voiture, ignorant les protestations et les coups de klaxon. Il s'énerve contre la conductrice de la Fiat derrière nous, une femme asiatique avec des lunettes et une coupe garçonne. Je sens qu'il va y en avoir pour un moment. Je devrais rester sagement à l'arrière, mais j'étouffe. Malgré la climatisation, j'ai trop chaud. J'ai besoin d'air, besoin de respirer. *Mariam ne m'aime plus. Ma femme va me quitter. L'avenir que je croyais tout tracé n'existe plus. Mes projets se sont envolés.*

Je sors et m'adosse à la portière. Contrairement à Nina, je n'ai jamais fumé, mais en cet instant, j'aimerais bien être une fumeuse. Ça aurait occupé mes mains. Je regarde mon téléphone et vois une dizaine de messages de Mariam.

« El, reviens, il faut qu'on parle. »

« El, qu'est-ce que tu vas faire ? »

« El, prends pas ce genre de décision à la légère, stp. »

Je regarde ces messages. J'ai l'impression qu'ils ne me sont pas adressés, qu'ils sont dirigés vers une autre El. Je me surprends presque à demander quel est son prénom complet : Ella ? Éliane ? Éléonore ?

De ma vision périphérique je vois la passagère de la Fiat sortir également, une petite blonde. Je range mon téléphone. Ce matin, quand je me suis réveillée, j'étais une femme mariée et heureuse. J'étais maman. Je partageais mes courses Uber avec mon épouse légitime. Et là, seulement quelques heures plus tard, plus rien de positif ne peut sortir de mon téléphone.

— Elvira ? Elvira Constant ?

J'ai envie de hurler « Bordel, mais qu'est-ce que vous me voulez, encore ! ». Je me retourne et vois la petite blonde me regarder. Elle a un visage de poupée et des yeux verts. Un visage que je n'ai pas vu depuis des années, mais que je reconnais immédiatement malgré le maquillage d'adulte, quelques pattes d'oie, et le carré plongeant qui a remplacé les cheveux longs. Seulement, je n'ai pas envie de lui montrer que je la reconnais. Il ne me reste plus beaucoup de dignité en cet instant, mais j'ai envie de conserver celle qui me reste.

— Excusez-moi, je…

— Anne. Anne Loiseau-Petit. Enfin, Anne Eguchi-Loiseau, maintenant.

D'un geste nerveux, elle exhibe l'alliance autour de son annulaire.

— Félicitations, je réponds.

C'est bête comme réaction. Elle est peut-être mariée depuis dix ans, c'est idiot de la féliciter maintenant.

— Tu me reconnais ?

— Oui, bien sûr, je te reconnais maintenant. J'ai eu du mal d'abord mais là c'est bon, je mens avec toute la conviction dont je suis capable. C'est que ça fait un bail, hein ?

— Tu l'as dit. Qu'est-ce que tu deviens ?

— J'écris.

— C'est vrai ? Tu as réalisé ton rêve ?

J'ai envie de lui mettre mon poing dans la figure. J'ai réalisé mon rêve ? Quel rêve ? Quelle partie de ma vie actuelle ressemble au rêve de qui que ce soit ?

— D'une certaine façon. Je suis en auto-édition.

— Ah oui, j'en ai entendu parler ! En gros, tu écris des bouquins mais sans passer par un éditeur. C'est fascinant.

Quand la plupart des gens disent « c'est fascinant » lorsqu'ils entendent parler de l'auto-édition, ce qu'ils sous-entendent en réalité c'est « tu t'es fait jeter de partout mais tu persévères quand même, c'est beau d'y croire ». Et dans la bouche d'Anne, tout sonne faux. Elle est la dernière personne sur laquelle j'aurais voulu tomber en ce moment. Il ne manquerait plus que Charles et Oleg, et on aurait le trio gagnant.

— Et toi ?

— Je suis comptable.

Je manque de m'étouffer. Elle qui était si peu douée avec les chiffres, comptable ? Mais je ne suis pas elle. Je ne vais pas minimiser son métier, je ne vais pas montrer mon étonnement. Elle est le problème des abrutis qui l'ont embauchée. Honnêtement, la vie de cette pétasse est le cadet de mes soucis.

— Ah, je réponds, en espérant qu'elle comprendra que je n'ai pas vraiment envie de discuter.

— Je suis désolée pour Fubuki, reprend-elle, l'air de rien. Elle vient d'avoir son permis, après quatre essais, tu te rends compte ? Elle avait très envie de conduire, et moi je ne peux rien lui refuser. Elle a insisté pour apprendre, c'est trop mignon, elle se dit que quand on aura des enfants...

J'écarquille les yeux. « Elle se dit que quand on aura des enfants... »

— Et Fubuki est ? je demande, en essayant de ne pas paraître trop intéressée.

— Oh, c'est ma femme.

Je manque d'éclater de rire, mais elle a prononcé ces mots avec tellement de naturel et de sérieux. Comme si elle n'avait pas failli m'arracher les yeux le soir où je l'ai embrassée. Comme si elle n'avait pas répandu des rumeurs me traitant de *gouine*. Comme si...

Les mots de Mariam me reviennent en mémoire. « Mouais. C'était une lesbienne refoulée si tu veux mon avis. Pour avoir réagi aussi violemment. » Mariam avait raison, comme d'habitude. Je me dis qu'il faut que je lui raconte... puis je me souviens que je ne lui raconterai probablement plus jamais rien qui ne concerne pas Alex. Mariam n'est plus *ma* Mariam. Désormais, c'est avec Iphigénie qu'elle partagera ses découvertes, c'est Iphigénie qui dira « Mariam, ce que tu es intelligente ». J'ai envie de vomir.

— Oui, Fubuki et moi sommes mariées, c'est dingue, non ?

« En effet. » Bêtement, je me dis que sa femme porte le même prénom que la méchante dans *Stupeur et tremblements* d'Amélie Nothomb.

— C'est super. Je suis contente pour vous deux.

J'ai envie de lui demander à quel moment elle s'est rendu compte qu'elle aimait les femmes. Si elle éprouvait du remords à l'idée de m'avoir traitée comme elle l'a fait. Mais non : elle ne semble même pas s'en souvenir.

— Et toi, tu es mariée aussi, à ce que je vois ? C'est génial !

Elle désigne d'un geste de la main ma main gauche, celle qui porte mon alliance. Cette bague qui symbolisait autrefois l'amour entre Mariam et moi n'est désormais plus que le nœud coulant d'un pendu, elle se resserre autour de mon doigt, elle l'étouffe. Machinalement, j'essaie de la retirer, mais elle ne s'enlève plus. Il faudra que je mette du savon. Retirer mon alliance sera la première étape pour accepter la fin de mon mariage.

Qu'est-ce que je peux lui répondre ? Oui, je suis mariée. Pour le moment, je le suis toujours. Mais cette pétasse a réapparu dans ma vie le jour où mon mariage s'est écroulé comme une pyramide humaine formée par des acrobates trop tremblotants.

Pour toute réponse, je tapote sur l'épaule de Stéphane :

— Je vais continuer à pied, je crois. Je suis un peu pressée.

— Mais madame, je n'en ai pas pour longtemps…

— Je vous assure, ce n'est pas un problème. Pour être honnête, je suis un peu malade en voiture et marcher me fera du bien. Voilà, pour vous dédommager.

Je lui glisse dans les mains un billet de vingt euros, tout en me disant que je devrai bientôt faire plus attention à l'argent. Mais pour le moment, je m'en fiche. Tout ce qui m'importe, c'est de m'éloigner le plus possible d'Anne.

— Elvira, attends !

Oh non. Casse-toi, putain !

— On pourrait peut-être prendre un café, un de ces quatre ? Tu me parleras de tes bouquins !

Non.

Pour toute réponse, je sors de mon sac à main un marque-page avec les noms de mes trois romans et mon compte Instagram.

— Tu n'as qu'à m'envoyer un message là-dessus.

— Mais attends, Elvira, je n'ai pas…

Mais j'ai déjà repris ma route et je n'écoute pas la suite.

1995

— Elfe, tu dors ?

Évidemment, je dors. Depuis longtemps. Une fois à la maison, Nina m'a presque jetée dans les bras de papa, qui m'a aidée à me doucher. Je pensais que j'allais être punie, mais pas du tout. Je crois que papa a eu beaucoup trop peur et il a oublié que normalement, j'aurais dû être punie, et je n'allais certainement pas le lui rappeler.

Quant à ma sœur, elle s'est enfermée dans notre chambre en claquant la porte et s'est jetée sur le lit du haut. Je tombais de sommeil. Papa m'a couchée très vite. Je ne me souviens même pas m'être endormie, il n'a pas eu besoin de me lire une histoire.

— Pssst ! Elfe !

— Laisse-moi tranquille.

— Elfe ! Réveille-toi !

J'ouvre les yeux et vois le visage de Nina penché au-dessus de moi dans l'obscurité, comme quand elle me réveille pour aller à l'école. Mais ce n'est pas encore le moment d'aller à l'école. On n'est qu'en août !

— Joyeux anniversaire !

C'est vrai que c'est mon anniversaire. J'ai sept ans aujourd'hui. Je suis contente. Et puis, des images d'hier me reviennent. Claire et son ventre rond. Nina folle de rage qui crie : « C'est notre petit frère qui est là, dans le ventre de cette pouffiasse ! »

Ah oui. J'avais failli oublier.

— Nina, ça veut dire quoi, « pouffiasse » ?

Elle éclate de rire, mais le son qui sort de sa bouche n'est pas sincère. Il a quelque chose de mauvais, comme quand Valérie rit parce que Sébastien, le dernier de la classe, a de nouveau un zéro.

— Arrête de te moquer !

Elle me tire par le bras.

— Viens, on va dehors.

J'hésite.

— On va se faire gronder par papa.

Même rire bizarre.

— Oh non, il fera rien. Il va pas nous gronder pendant un petit moment. Il a fait beaucoup trop de conneries et il voudra se racheter. Viens, on va dehors, je vais te raconter des trucs que papa et maman ne vont jamais te dire.

Ça suffit à me réveiller. Je me lève et la suis. Elle marche sur la pointe des pieds, dans son grand t-shirt *Tortues Ninja* qui recouvre à peine ses fesses.

Nous allons sur la terrasse. Il y a une terrasse dans la villa qu'on loue pour les vacances. C'est sympa, ça permet de manger dehors, ce qu'on ne peut jamais faire à Paris. Le problème, c'est qu'il pleut presque tout le temps. Je m'assois à la table, Nina sur la rambarde. Papa nous interdit de nous asseoir sur la rambarde d'habitude, car il a peur qu'on tombe. Enfin, surtout moi. Quand je vois comment Nina se perche dessus, je me dis qu'il n'y a vraiment pas de quoi avoir peur, on dirait une chouette. Et puis, je me souviens de ce qu'elle a dit : « Il fera rien. Il va pas nous gronder pendant un petit moment. »

Je remarque que ma sœur tient dans sa main un paquet de cigarettes. Elle en sort une et l'allume avec son briquet.

— Nina ! Tu fumes !

Mes yeux doivent être gros comme les crottes du pigeon qui a fait caca sur la voiture de papa, l'autre jour.

— Quoi ? Tu vas cafter ? me demande-t-elle, sa cigarette dans la bouche.

Je secoue la tête.

— Oh et puis, tu peux cafter si tu veux. Balec.

— Non mais... c'est Marjo à l'école, elle a dit qu'on allait avoir des enfants verts si on fumait, c'est tout.

— Tant mieux. Ce serait tellement plus original ! Comme ça, je pourrais différencier mon bébé des autres à la maternité !

Je n'avais pas pensé à ça. C'est vrai que les bébés se ressemblent tous et je me dis que les parents doivent avoir bien du mal à ne pas les confondre. Au moins, un bébé vert, ce serait pratique.

— Est-ce que tu sais qu'on aurait dû être trois, normalement ?

— Hein ? Qui ça, « on » ?

— Les filles Constant. On aurait dû être trois.

— Comment ça, trois ?

— Tu t'es jamais demandé pourquoi il y avait une si grande différence d'âge entre nous deux ?

— Anne a aussi six ans de plus que son frère.

Nina tire sur sa cigarette.

— On s'en fiche d'Anne. Les parents ont eu une fille entre nous deux. Elle s'appelait Kristina. Kris.

Je suis perdue. J'aurais dû avoir une deuxième sœur ?

— Et il s'est passé quoi ?

— Elle est morte, dit-elle simplement.

— Comment ça, morte ?

Je sais ce que c'est, la mort, évidemment. Je ne suis plus un bébé. On m'a toujours expliqué que pépé, le mari de Baba Nastia, est mort avant ma naissance. Mais pour moi, c'est quelque chose qui est pour les très très vieilles personnes. Celles qui ont au moins cinquante ans. Si cette Kristina était plus âgée que moi, mais plus jeune que Nina, elle ne pouvait pas être une très très vieille personne.

— Mais de quoi ?

— Les parents ont appelé ça « mort subite du nourrisson ».

Mort. Subite. Du. Nourrisson. Je comprends les mots séparément, mais pas ensemble.

— C'est quand un bébé meurt d'un coup, explique Nina. On ne sait jamais comment ça arrive. C'est assez rare. Mais c'est arrivé à Kristina. Je n'avais que quatre ans à l'époque, je n'ai pas compris tout de suite. J'ai vu tout le monde crier, pleurer, plein d'étrangers arriver dans la maison et tout. C'est Baba Nastia qui m'a tout expliqué.

Je hoche la tête.

— Depuis que c'est arrivé, papa baise à droite à gauche.

Je fronce les sourcils, et Nina lâche le même rire mauvais.

— Je veux dire… Il a d'autres femmes. Genre il se comporte comme avec maman, mais avec d'autres femmes.

— On a le droit de faire ça ?

On nous l'a appris à l'école pourtant : un papa, une maman. Pas un papa, plein de mamans.

— Dans le sens, est-ce qu'on va en prison pour ça ? Non. Tout le monde s'en fout. Mais disons que quand tu fais ça, tu fais du mal à une personne qui t'aime. Donc sur le principe, c'est pas terrible. Bref. Je le sais depuis que j'ai onze ans. T'étais petite. Une fois, une femme a appelé à la maison, j'ai décroché, elle a raccroché direct. Je me suis dit que c'était pas grand-chose, et puis j'en ai parlé avec Pauline.

Pauline, c'est la meilleure amie de Nina. C'est un peu comme Marjo et Anne pour moi. Moi, je ne l'aime pas trop, car elle m'ignore tout le temps.

— Elle m'a dit que très probablement, papa trompait maman. Alors on l'a suivi. On s'est planquées devant le bureau de papa, et on l'a suivi. Et on a vu qu'il retrouvait une femme.

— Claire ?

— Non. Une autre. Je n'ai jamais su comment elle s'appelait.

Nina tire sur sa cigarette et réfléchit longuement.

— J'ai longtemps hésité à le dire à maman, tu vois. Et puis je me suis dit qu'elle ne me croirait pas. À la télé il y a des tas de couples où le mari est infidèle, ben la femme choisit de fermer les yeux. Je me suis dit que papa et maman pouvaient être un de ces couples. Et puis, il y a eu le cri. Tu sais, le cri qu'on a entendu, toi et moi ?

Je hoche la tête. Je savais qu'elle l'avait aussi entendu, ce cri, que ce n'était pas mon imagination !

— Je suis désolée de t'avoir fait croire que t'avais rêvé. C'était une idée de maman. Elle voulait que tu passes un bel été, un bel anniversaire, et tout t'annoncer à la rentrée. C'est maman qui a crié. Elle a crié parce que papa lui a annoncé qu'il la quittait pour Claire. Qu'il allait avoir un bébé avec Claire.

— Donc, papa et maman vont divorcer ? Comme les parents de Marjo ?

Nina hoche la tête et essuie son nez avec le haut de sa main. Ses yeux brillent dans le noir. Si elle n'était pas ma grande sœur et qu'elle n'arrêtait pas de me répéter qu'il n'y a que les bébés qui pleurent, j'aurais juré qu'elle pleurait. Mais on ne pleure pas, quand on a quatorze ans, pas vrai ?

Je prends le temps d'assimiler ce que m'a raconté Nina. Une troisième sœur. Un futur petit frère. Papa et maman qui ne vivront plus ensemble.

— Quand j'aurai dix-huit ans, je vais me tirer, et je te conseille de faire pareil quand t'as l'âge. C'est un asile de fous ici, ils nous prennent vraiment pour des abruties. Tu vas te tirer ? Promets-moi que tu vas te tirer.

Je promets, parce que quand les grandes personnes te demandent de promettre un truc, il faut le faire, et voir plus tard comment faire pour tenir sa promesse. Quand on ne promet pas, on peut avoir plein d'ennuis avec les grandes personnes. Et malgré ce qu'a dit Brigitte, la dame de tout à l'heure, Nina, c'est presque une grande personne.

2005

Comment doit-on se sentir après un avortement ?
Notre conduite nous est dictée par les livres, les films, les séries. Ou plutôt non, pas vraiment, en fait. La pop culture, en particulier la pop culture américaine, ne montre pas les avortements. On voit les femmes aller dans les hôpitaux, bien déterminées à subir la procédure. Et puis, elles changent brusquement d'avis. Elles se disent qu'elles ne peuvent pas le faire, que c'est trop dur. Elles se découvrent un instinct maternel qu'elles n'ont jamais connu auparavant. Façon Miranda dans *Sex and the city*. Parfois, la série ou le film, ne voulant pas s'encombrer d'un bébé ou de prothèses de grossesse, se débarrasse du problème différemment : avec une fausse couche. Ainsi, les

scénaristes arrivent à leurs fins. Ils montrent la détresse liée à la perte d'un fœtus dont personne ne voulait au départ, et prouvent que leurs personnages sont de bons Américains qui n'iraient jamais jusqu'au bout d'une horreur aussi inconcevable qu'un avortement.

Flash info : la vie n'est pas une série américaine. Je m'attendais à éprouver une vague de regrets dans la salle d'attente, qui n'est jamais venue. Pourtant, la chose à l'intérieur de moi est moitié moi, moitié l'homme que j'aime. Je devrais éprouver des regrets. Ou de la curiosité à l'idée de voir à quoi il ou elle pourrait ressembler. Mais je ne ressens rien de tout ça.

Mon tour arrive. La femme qui va pratiquer l'intervention a l'air avenante, plus que le médecin horrible que j'ai vu l'autre jour. Je réprime une grimace quand je pense à lui. Je me dis que ça m'est égal. C'est un être humain abominable, mais j'ai obtenu ce que je voulais, c'est le plus important. Ensuite, je ne le reverrai plus jamais et je ne reverrai plus jamais le fœtus qui grandit en moi.

Quand j'ai pris ma décision, on m'a expliqué la procédure : on allait introduire un tube à l'intérieur de moi pour aspirer le corps étranger qui a élu domicile dans mon utérus. J'ai éclaté d'un rire nerveux à ce moment-là. J'ai eu des visions d'un médecin en train de fourrer le Hoover de maman dans mon vagin. On m'a regardée comme si j'étais folle.

Peu importe comment c'est fait, finalement, tant que ça marche.

Plus de quatre-vingt-dix-neuf pour cent de chances de réussite. C'est un pourcentage qui me plaît.

Ce sera sous anesthésie générale. Ce n'est pas une mauvaise chose. Je préfère être inconsciente.

J'ai vaguement faim. Il faut être à jeun pour la procédure, je n'ai rien mangé depuis minuit. Je sais que cette faim n'est que physiologique. Il n'y a rien que j'ai réellement envie de manger, je suis trop écœurée par mes nausées, par le médicament que j'ai pris pour dilater le col de mon utérus et par les hommes.

L'infirmière m'injecte un produit, me pose un masque à oxygène et me demande de compter jusqu'à dix.

Je ne sais pas si je parviens à dix.

Je me retrouve dans une salle entourée d'autres personnes qui ont toutes l'air endormies. L'infirmière me demande comment je me sens. J'ai envie de répondre « Oui tout va bien », mais deux secondes plus tard, je suis prise d'une violente nausée. Je lui fais de grands gestes, elle a tout juste le temps de rapprocher la bassine. Je vomis dedans.

Je suis terrifiée. Est-ce que je suis toujours enceinte ? Est-ce que l'intervention a marché ?

— Ne vous inquiétez pas, me rassure l'infirmière qui lit la panique dans mes yeux. C'est normal de vomir après une anesthésie générale. D'ici une petite heure, vous vous sentirez mieux.

Je suis ensuite transportée dans une chambre. On me donne une compote pomme-abricot. Je n'aime pas les abricots, mais je n'ai pas le choix. De toute façon, il n'y a rien que j'ai envie de manger.

La gentille docteure de tout à l'heure revient me voir.

— Comment vous sentez-vous, mademoiselle Constant ?

Je hausse les épaules. Je suis censée ressentir un énorme vide, être triste, imaginer la vie que je n'aurai jamais avec ce bébé. Ce *fœtus*. Mais je n'éprouve que du soulagement. Si je lui dis, à cette gentille médecin, elle va me juger, non ?

Elle interprète mon haussement d'épaules comme une tristesse que je ne veux pas dévoiler. Maladroitement, elle pose une main dans mon dos, comme pour me réconforter. Je n'ai pas besoin de réconfort. Ou si, mais pas pour la raison qu'elle croit. Parce que la toute dernière chose qui me liait encore à Oleg vient de se faire aspirer. C'est ça qui est triste, pas le fait que cette chose soit un fœtus.

— L'intervention s'est bien déroulée. Vous allez avoir des saignements abondants pendant quelques jours mais rien d'alarmant. Ne mettez pas de tampons surtout, serviettes hygiéniques uniquement, d'accord ?

J'acquiesce.

— Je vous donne une enveloppe avec le bilan. Il faudra la présenter à votre gynécologue d'ici un mois. Surtout, soyez rassurée. Cette intervention n'aura aucune incidence si vous souhaitez tomber enceinte par la suite.

Tomber enceinte, que ce soit demain ou dans vingt ans, est la dernière chose que je souhaite.

— L'anesthésiste va passer vous voir pour vous donner une ordonnance pour des antidouleurs. Vous avez des questions ?

Je secoue la tête.

— Très bien. Votre sœur vous attend, elle pourra vous récupérer dès que l'anesthésiste sera passé.

2013

Plus de quatre heures d'avion séparent Tenerife de Paris. De là où je suis assise, je vois la nuque de Charles, ses cheveux bruns. De temps en temps, je jette un œil, comme pour vérifier qu'il est toujours là, cet homme que j'ai aimé, qu'il n'a pas été aspiré dans le vide par le hublot. Je me demande ce qu'il fait. Il lit un livre d'échecs, probablement.

Charles est quelqu'un de bien. Il ne me convient pas, il ne m'a jamais convenu, mais c'est quelqu'un de bien. Il doit se demander ce qu'il a mal fait. La question est vite répondue : à part critiquer cette trentenaire qui sautait dans les vagues, rien. Mais on ne quitte pas quelqu'un pour ça, pas si on n'est pas déjà amoureux de quelqu'un d'autre.

Lorsque l'avion atterrit, miraculeusement à l'heure, je me lève de mon siège en couloir et cours vers la sortie. Je dépasse Charles et ne me retourne pas pour voir s'il me suit. Ce chapitre de ma vie est définitivement clos. Je récupère ma valise sur le tapis roulant et me fige. Je ne sais plus où aller maintenant. Depuis environ un an et demi, je squatte dans le trente mètres carrés de Charles, celui que son frère lui a loué quand il a emménagé avec sa copine. Mon nom n'est évidemment pas sur le bail, rien n'empêchera Charles de me mettre dehors. J'ai quelques affaires chez Prune où j'occupais avant une chambre. Heureusement qu'elle n'a pas reloué ma chambre dans le trois-pièces que lui ont payé ses parents. Les amis riches, c'est parfois pratique.

Est-ce que je vais chez Charles et je récupère mes affaires ? Non, pas tout de suite, je n'ai pas envie de le voir pour le moment. Ou peut-être même jamais. Peut-être que je lui demanderai de me les préparer et j'enverrai Prune me les chercher, comme dans cette chanson de Gotye.

« No, you didn't have to stoop so low
Have your friends collect your records and then change your number
I guess that I don't need that, though
Now you're just somebody that I used to know »

C'est ça que Charles est devenu pour moi en l'espace de quelques jours à Tenerife ? Quelqu'un que j'ai connu, un jour, une fois, qui a fait partie de ma vie mais qui n'y a pas laissé la moindre empreinte ?

Est-ce que je vais chez Prune et lui explique que Charles et moi, c'est fini ? Je sais qu'elle ne me dira pas « je te l'avais bien dit », mais je le verrai dans son regard. Elle me demandera d'expliquer. Alors, je devrai parler de Mariam. Je n'ai encore parlé de Mariam à personne. Enfin, si, j'ai parlé d'elle, mais pas de ce qu'elle représente pour moi.

Mariam. Mais oui. Comment n'y ai-je pas pensé plus tôt ?

Elle vit avec sa sœur jumelle Lamia dans un deux-pièces à Porte de Clignancourt. J'y étais allée boire un verre une fois. Résignée, je monte dans le RER B qui m'emmène jusqu'à Châtelet-les-Halles. Je prendrai la ligne 4 ensuite. Je traîne ma valise derrière moi, mais je n'en remarque même pas le poids, à part quand je galère à passer les tourniquets. Je rejoue mon discours dans ma tête, digne des meilleures comédies romantiques : « Je l'ai quitté. J'ai tout quitté pour toi. Soyons heureuses, maintenant, tout de suite. »

Plus la fin du trajet approche, plus je me pose mille et une questions. Et si c'est Lamia qui ouvre la porte ? Je lui expliquerai. Je lui dirai que j'aime sa sœur et que je suis prête à tout pour elle, et peut-être qu'elle me soutiendra, comme la famille portugaise d'Aurelia qui accompagne Jamie dans sa demande en mariage, dans

Love Actually. Et si elle n'est pas chez elle ? J'attendrai dans le couloir. Et si elle ne revenait pas avant plusieurs jours ? J'attendrai plusieurs jours. Je me fiche d'avoir chaud, d'avoir faim, d'avoir envie de faire pipi. J'aime cette fille et je ne vais pas me laisser arrêter par des besoins physiologiques.

Devant l'immeuble, je cherche le code dans les messages sur mon iPhone. Je prends l'ascenseur jusqu'au sixième étage où habitent les jumelles. *Heureusement qu'il y a un ascenseur. Mon élan de romantisme me donne des ailes, mais ces ailes se déploient quand même avec beaucoup moins d'entrain quand il s'agit de porter une valise sur six étages.*

Je sonne à la porte. J'entends des voix, et mon cœur bat la chamade quand je reconnais celle de Mariam. Elles sont là toutes les deux ! « Je l'ai quitté. J'ai tout quitté pour toi. Soyons heureuses, maintenant, tout de suite. »

La porte s'ouvre. Mais ce n'est ni Mariam ni Lamia. C'est une femme d'environ mon âge. Elle a de longs cheveux blond vénitien et les bras parsemés de taches de rousseur. Elle porte un débardeur noir avec le sigle du WWF et un short de pyjama jaune. Même si je ne vois pas ses fesses, je ne vois pas dans quel monde elles pourraient être entièrement recouvertes par ce short. Une petite voix désagréable me souffle que ce n'est pas une tenue qu'on porte quand on n'est pas chez soi. Cette fille est belle sans effort. Elle n'a pas besoin de se maquiller pour que tout le monde se retourne sur elle dans la rue. D'un coup, je suis consciente de mes auréoles sous les bras, de mes cuisses qui frottent sous ma jupe, de l'odeur nauséabonde que je dégage probablement après trois heures d'avion et une heure et demie de transports en commun.

— Vous n'avez pas nos pizzas ? demande l'inconnue d'un air ébahi.

Elle me prend pour une livreuse.

— Euh… non, désolée. Je m'appelle Elvira, je suis une amie de Mariam.

— Cool. Moi c'est Solenn.

Solenn.

Ce nom est comme un jet d'eau glacée que je reçois en pleine figure. Comme une coulée de lave qui descend le long de mon dos. Comme une motte de terre en travers de ma gorge. Comme l'air qui se vide de mes poumons. *C'est pas possible, c'est pas possible, c'est pas possible.*

— Je… je vois. Pardon de vous avoir dérangées, je vais rentrer chez moi…

C'est trop tard. Elle a choisi Solenn.

Écoutez ! Puisqu'on allume les étoiles, c'est qu'elles sont à quelqu'un nécessaires.

Si vous saviez, bordel, à quel point c'était nécessaire que l'étoile de Mariam s'allume !

— MARIAM ! crie Solenn. Il y a quelqu'un pour toi !

— Non, non, je t'assure, c'est pas la peine…

— Tu plaisantes ou quoi ? T'as fait un long chemin, ça doit être important.

Elle n'a même pas l'air de se douter de quoi que ce soit. C'est normal, les filles comme elle ne se doutent jamais de rien. Elles sont tellement habituées à avoir confiance en elles qu'elles font une confiance aveugle aux autres.

Mariam apparaît dans l'entrebâillement de la porte. Elle porte le même short de pyjama, mais le sien est rose et non jaune. A-t-elle prêté son short à Solenn ? Est-ce que Solenn a emménagé chez elle et elles portent maintenant des vêtements assortis, comme tous ces couples qui me donnent envie de vomir ?

Je regarde ses yeux couleur miel, ses cheveux défaits. Elle est tellement belle. J'ai cette fille dans la peau, elle a planté ses griffes dans mon épiderme et elle se fraie un chemin jusqu'à mon cœur en remontant le long de mes veines. Elle est partout, dans chacun de mes organes.

— El ! me dit-elle avec un grand sourire. C'était bien, Tenerife ? T'as bronzé ! Pourquoi t'as une valise ?

— Je... je suis venue direct depuis l'aéroport. Je...

« Je l'ai quitté. J'ai tout quitté pour toi. Soyons heureuses, maintenant, tout de suite. »

— Tu as quitté Charles, c'est ça ?

Mariam la directe, Mariam la solaire, qui m'évite de prononcer des phrases gênantes en me devançant. Je suis en colère, je suis énervée d'avoir surpris Solenn chez elle. Mais en cet instant, j'éprouve de la gratitude envers elle. Doucement, je hoche la tête.

— Tu as fait ton choix, alors ? C'est moi, n'est-ce pas ?

Elle tend sa main vers moi, elle s'apprête à me toucher le bras. J'ai envie de hocher de nouveau la tête, mais je m'arrête juste à temps. Je me dégage. Je sais que si elle me touche, si je ressens la chaleur de sa peau, tout sera fini, elle fera de moi ce qu'elle voudra.

— Toi aussi, tu as fait ton choix. Et ce n'est pas moi.

L'espace d'un instant, je me demande qui a prononcé ces mots, puis je réalise qu'ils viennent de sortir de ma bouche. Je ne reconnais pas cette voix qui ne m'appartient pas, cette voix glacée qui découpe l'air comme une hache.

— Qu'est-ce que tu veux dire ? me demande Mariam sur le même ton, un ton que je ne lui connais pas.

— Tu es de nouveau avec Solenn. Et... c'est cool. Je vous souhaite beaucoup de bonheur à toutes les deux.

J'ai envie de partir en courant, de faire une sortie dramatique comme dans les films, mais je dois rouler ma valise et elle me ralentit considérablement.

— Elvira, attends ! me lance Mariam.

Je me force à ne pas me retourner, mais quand je monte dans l'ascenseur, je n'en ai pas besoin pour me rendre compte qu'elle n'a fait aucun effort pour me rattraper. Je n'ai pas entendu de pieds nus dans le couloir, pas de respiration. Juste un « Elvira, attends ! » faiblard. C'est trop peu, et c'est trop tard.

2023

J'appuie sur la sonnette de chez Iphigénie avec insistance. L'idée qu'elle puisse ne pas être là ne m'effleure même pas l'esprit. Elle me vole ma femme et elle ose ne pas être dans son appartement ? Non, impossible. Il faut qu'elle soit chez elle. Il est presque minuit. Elle est forcément chez elle. Je dois l'affronter.

Pour lui dire quoi ? Je n'en sais rien. « Mariam et moi, on est les deux moitiés d'un même cœur. T'as osé déchirer ce cœur en deux. Tu n'as pas honte ? Mariam ne t'aimera jamais comme elle m'a aimée, jamais. »

Pourtant… Mariam a renoncé à une relation de presque dix ans pour elle. À quatre ans de mariage. À notre vie commune avec notre fille. Ce qu'elle éprouve pour Iphigénie est authentique, au moins à ses yeux.

Iphigénie ouvre la porte. Elle a un jogging rayé et un t-shirt Stefan l'Éléphant. Je me dis avec amertume qu'elle a même des produits dérivés à l'effigie de ses livres. Elle avait le succès littéraire, elle aurait au moins pu me laisser Mariam. Elle a l'air vaseux de quelqu'un qui s'est assoupi sur son canapé, devant la télé, avec la marque rouge du coussin sur la joue. Méchamment, je me demande ce que Mariam lui trouve. Elle n'est pas laide, mais pas particulièrement jolie. Puis je me souviens : je ne suis pas particulièrement jolie, moi non plus. Mariam n'est pas le genre de personne qui s'arrête au physique.

— Elvira ! Je suis contente de te voir !

Salope.

Elle s'avance vers moi pour me faire la bise, mais je la repousse d'un geste brusque.

— Arrête ton manège, Fifi. Ou devrais-je dire, Iphigénie ?

Elle comprend qu'elle est démasquée et croise les bras sur sa poitrine. Comment ai-je pu ne pas voir la ressemblance avec Oleg ? Même mâchoire carrée. Mêmes yeux bleus.

— Je sais tout. Je sais que t'es la fille d'Oleg Melnikov. Je sais que tu te tapes ma femme. Je…

— Je ne me tape pas ta femme. T'as probablement la femme la plus intègre de la région parisienne, t'en as de la chance. Elle a refusé d'avoir des relations intimes avec moi tant qu'elle était encore avec toi. En soi, ça m'arrange. Le but, c'était de te faire du mal, pas vrai ? Si elle avait voulu avoir une liaison secrète, tu ne l'aurais peut-être jamais su. C'est con, quand même, non ?

— « Le but » ? Mais est-ce que t'en as au moins quelque chose à faire, de ma femme, ou tu veux juste ruiner sa vie ?

— Bien sûr que j'en ai quelque chose à faire !

— Mais est-ce que tu l'aimes ?

— Je n'aime personne, répond Iphigénie avec dureté. Mais je suis attachée à elle, c'est une chic nana.

Je grimace devant tant de cynisme.

— Tout ça pour quelque chose qui s'est passé il y a presque vingt ans ? je demande — je n'essaie même pas de nier, je sais qu'elle est forcément au courant. Il y a prescription, tu ne crois pas ?

Je réalise aussitôt que je n'aurais pas dû dire ça. Il ne reste plus aucune trace de sommeil sur son visage. Ses yeux bleus s'assombrissent, ils prennent l'apparence d'une mer agitée qui ne laisse aucune chance aux marins qui s'y aventurent.

— Il y a prescription, dis-tu ? Voyons voir ça. Quand ma mère a découvert que mon père couchait avec toi, elle a essayé de se pendre.

Je déglutis. J'avais déjà entendu cette histoire de la bouche d'Oleg, évidemment, mais une partie de moi espérait sans doute que c'était faux, qu'il m'avait raconté ça pour se débarrasser de moi, une jeune adolescente qui lui collait aux basques. Ça me fend le cœur d'entendre la confirmation de la bouche de cette femme, qui devait être si jeune à l'époque, trop jeune pour vivre un traumatisme pareil juste parce que son père a été incapable de garder son engin dans son pantalon. Et parce que, accessoirement, une adolescente de seize ans n'a pas su fermer ses cuisses.

Je réalise que je n'ai jamais su comment ça s'était terminé pour Calliopée Melnikov. Peut-être que la jeune femme que j'ai en face de moi va m'annoncer que je suis indirectement responsable de la mort de sa mère. J'essaie d'imaginer cette femme que j'ai vue une fois, lors de ma stupide filature improvisée, dans un cercueil. Si elle est morte ce jour-là, cela signifie que nous avons pratiquement le même âge aujourd'hui. Cette pensée m'effraie.

— Elle s'en est remise ? je demande d'une voix faible.

— Elle a survécu, si c'est ça ta question, répond Iphigénie avec un mauvais rictus. Mais dans les recherches que t'as faites pour tes romans de gare, t'as dû découvrir que priver un cerveau d'oxygène pendant trop longtemps peut provoquer des lésions irréversibles.

« Tes romans de gare ». J'avais raison, donc. Iphigénie n'avait jamais aimé mes livres. Elle a fait semblant, pour se rapprocher de moi, pour s'immiscer dans ma vie et la détruire à petit feu.

— C'est ce qui est arrivé à maman. Elle n'a plus jamais été la même. Elle a dû être placée dans une institution spécialisée. Papa, ça l'a transformé aussi. Je ne l'ai pas su tout de suite, mais c'était la culpabilité, bien sûr. J'étais presque seule à m'occuper de mon petit frère. Papa se fichait de tout. Il signait ce que je lui donnais à signer, mais en vrai, je faisais tout. J'avais onze ans et je suis devenue adulte d'un coup. Alors que toi, à seize ans, ta principale préoccupation, c'était quel type marié t'allais te taper ensuite.

— Écoute, Iphigénie, ce n'est pas juste ce que tu dis, à l'époque, j'étais moi aussi une ado…

— Tu étais jeune et conne, c'est ça ? À seize ans, on ne t'avait jamais appris que c'était mal de coucher avec un homme marié ? T'avais jamais vu personne souffrir de l'infidélité ?

Je me tais. Bien sûr que si. J'avais vu la souffrance de ma mère et celle de Nina devant l'infidélité de mon père, même si à l'époque j'étais trop jeune pour comprendre.

— C'est ce qu'il me semblait.

— Et comment tu as su…

— À la mort de mon père. Il a laissé une lettre. Comme dans les mauvais films. Tu te rends compte ? Est-ce qu'il y a un seul truc dans cette histoire qui soit pas un horrible cliché ? Mon père qui se tape une élève qui pourrait être sa fille. Une lettre d'outre-tombe dans un tiroir. On dirait que ma saloperie de vie est une série B, sérieux.

Elle continue de parler, mais je ne l'écoute plus. Mon esprit se concentre sur quelques mots, les seuls qui m'intéressent.

« Mort. »

« Outre-tombe. »

Oleg est mort.

Je me suis demandé plusieurs fois ce qu'il était devenu, mais jamais je n'aurais imaginé qu'il puisse mourir. Il devrait avoir la soixantaine.

C'est trop pour aujourd'hui. Mariam me quitte. Anne est lesbienne. Oleg est mort. Qu'est-ce qui va arriver ensuite ?

Je n'aime plus Oleg. Je ne pense presque plus à lui depuis que je suis avec Mariam. Ou plus précisément : je ne pensais plus à lui pendant que j'étais avec Mariam. Je n'arrive pas à réaliser que ma relation avec Mariam appartient désormais au passé.

Non, je n'aime plus Oleg. Mais j'aurais aimé le revoir une fois dans ma vie avant de mourir. Qu'il puisse se rendre compte que ma relation avec lui n'a pas été sans conséquences pour moi non plus. Une anesthésie générale, un fœtus aspiré.

— Comment est-il…

Je n'arrive pas à finir mes phrases, comme si c'était trop douloureux pour moi. C'est idiot : pour moi, c'est un amour de jeunesse, pour Iphigénie, c'est son père. Je suis plus âgée qu'elle, mais mes parents sont toujours en vie. Nos situations ne sont pas comparables.

— Le covid. Il a fait partie de tous ces morts du printemps 2020.

Comme Claire. J'ai envie de le dire, mais je me tais. J'étais très attachée à Claire, mais je ne peux pas utiliser ça pour gagner la sympathie d'Iphigénie. J'arrive vingt ans trop tard pour ça. Je me contente de hocher la tête.

— Je suis désolée, je marmonne, mais je m'excuse pour de mauvaises raisons.

— Dans sa lettre, il m'a donné ton nom.

Je suis envahie d'une vague de colère idiote contre Oleg. Il tenait tellement à ce que notre relation soit secrète lorsque nous étions ensemble. Et maintenant, il meurt et me laisse me dépatouiller dans son merdier ! Inconsciemment, je serre les poings.

— Je t'ai cherchée sur Google. J'ai vu que tu écrivais... enfin, si on peut appeler ça « écrire »...

— Minute ! Si ce que j'écris, c'est nul à ce point, pourquoi t'as parlé de moi à ton contact des éditions Tango ?

La question me semble stupide à la seconde où elle sort de ma bouche.

— Léon n'a jamais bossé aux éditions Tango, réplique Iphigénie avec un rire venimeux. C'est un copain à moi. « Mathieu Bichon », c'est un faux nom. Je lui ai créé un faux profil LinkedIn et j'ai invité plein de gens qui bossent chez Tango. Tu sais comment ça marche : tu rajoutes le stagiaire du coin qui est trop content d'étoffer son réseau. Ensuite, les gens voient qu'il a plein de contacts chez Tango en commun. Ils se disent qu'ils sont censés connaître, s'il y a autant de relations en commun. Et hop, petit à petit, toute la maison d'édition suit. Quand les gens sont des moutons à ce point, tout est simple. Après, tu changes *discretos* le poste sur le profil, et tu écris qu'il bosse chez Tango.

— Mais… pourquoi ?

— Et autre chose… tu te fourres les doigts dans le nez bien profond si tu penses qu'Olympe Manfred t'a invitée à la RAAF pour ton talent ! Quelqu'un s'est désisté à la dernière minute, mais c'est moi qui lui ai soufflé ton nom ! J'avais envie de te rencontrer…

Son rictus me glace le sang.

— Pourquoi tu t'es donné tout ce mal ?

— Tu étais tellement obnubilée par ta carrière que tu n'as plus fait attention à ta femme. Vrai ou faux ?

Je repense à tous ces moments où le smartphone de Mariam a sonné, où elle l'a pris à la main et l'a emporté dans la chambre. Et où je n'ai même pas songé à lui demander qui était à l'appareil, tellement j'étais certaine que notre couple n'était pas en danger.

— Prends soin d'elle, je murmure, les larmes aux yeux.

— Quoi ?

— J'ai été une vraie connasse avec toi et j'en suis désolée. Ça veut rien dire pour toi peut-être. Tu te dis que c'est trop tard, que ta vie est déjà fichue, et tu as raison. Mais Mariam… Mariam n'a rien à voir avec tout ça. Elle est honnête. Même dans sa liaison avec toi, elle a réussi à rester honnête. Plus que…

Plus que moi je n'ai été honnête. Plus que je n'ai été honnête avec Charles. Plus que je n'ai été honnête avec Mariam à l'époque où je flirtais avec Martin. Et elle n'a jamais rien soupçonné, elle est persuadée que Martin et moi avons toujours été des amis, rien de plus. Je ne mérite pas Mariam. Peut-être que cette Iphigénie la mérite davantage, même si elle ne l'aimera jamais comme moi je l'ai aimée.

Iphigénie me claque la porte au nez. Je ne lui en veux pas pour ça. Nous n'avons plus rien à nous dire de toute façon.

Je m'effondre dans le couloir de son étage. Peut-être que quelqu'un me verra, mais ça m'est égal. Je sais que je devrais pleurer, mais je n'y arrive pas. Pourtant, ma vie telle que je l'ai connue vient de prendre fin. Ma vie dans mon cocon de femme mariée, avec Mariam, et entre nous deux, notre fille Alex et notre chat Khaled.

Où aller maintenant ? Je n'ai pas envie de retourner chez moi. Je sais qu'il faudra que je revienne, parce que c'est notre appartement, parce que notre fille et notre chat y sont toujours. Parce que Mariam et moi sommes liées jusqu'à la fin de notre vie par Alex. Je ne peux pas faire comme si elle n'avait jamais existé.

Je ne peux pas contacter Prune, qui doit gérer son propre divorce avant de gérer le mien. L'espace d'un instant, j'ai envie de prendre un billet de train pour Bruxelles pour retrouver Martin. Je chasse aussitôt cette idée de mon esprit. J'ai réussi à enfouir mes sentiments pour lui pour ne laisser place qu'à une pure amitié, mais ils ne sont pas morts. Tant que j'étais avec Mariam, ils étaient faciles à mettre de côté. Mais aujourd'hui ? Est-ce que ça ne me ferait pas trop souffrir de le voir avec Sarah ?

Il y a une chose que je sais avec certitude : je ne détruirai plus aucune famille. Je l'ai fait il y a dix-huit ans et j'en paie le prix aujourd'hui. Non, désormais, il faudra que je me tienne loin de Martin. D'une certaine façon, j'ai perdu mon meilleur ami en même temps que ma femme.

Je sors de l'immeuble, dans l'air rafraîchi de la nuit et compose le numéro de la seule personne qui a toujours été là pour moi, depuis ma naissance.

— Allô ?

La voix de Nina est endormie. Je prends conscience de l'heure qu'il est. Je réalise qu'elle est en vacances à Deauville avec sa famille et qu'elle est probablement épuisée après avoir passé une journée à la plage avec mes neveux.

— Elfe, c'est toi ?

Les larmes que je retenais jaillissent tout à coup. Elles remplissent ma bouche, ma gorge. J'ai l'impression qu'elles vont m'étouffer.

— Elfe ? Qu'est-ce qui ne va pas ?

Je prends une profonde inspiration et me résous à prononcer les mots que je me refusais à dire à haute voix.

— Ninou… Je crois que je vais divorcer.

1995

Nous sommes en novembre.

Moi, novembre me rend toujours un peu triste. Ma saison préférée, c'est quand même l'été, parce qu'en été, il n'y a pas école. Maman me dit que le père Noël passera bientôt, mais ça me paraît quand même un peu loin. Elle m'a demandé de préparer ma liste, mais j'ai encore le temps. J'y mettrai la Barbie qui joue au foot.

Papa a fait ses valises et est parti il y a deux mois. Il a pris un appartement avec Claire. Maman, Nina et moi allons prendre un autre appartement bientôt. Je n'ai pas tout compris, mais j'ai entendu papa et maman parler d'argent. Ça me paraît étrange de payer pour habiter dans un endroit, mais quand j'ai posé la question à Nina, elle m'a dit que c'étaient « des histoires de grandes personnes ». Plutôt des histoires que les grandes personnes cachent quand elles n'ont pas envie de les expliquer aux enfants. Pourtant, j'ai déjà sept ans !

Heureusement, maman m'a promis qu'on ne déménagerait pas avant janvier. J'étais un peu inquiète, j'avais peur que le père Noël ne nous retrouve pas avec notre nouvelle adresse, mais je me dis que si on déménage en janvier, il aura le temps de mettre à jour ses informations pour l'année prochaine.

Un week-end sur deux, je vais chez papa et Claire. J'aime bien y aller. C'est joli, comment Claire a tout décoré. Elle n'a pas des goûts de vieille, comme maman. Normalement, Nina doit venir avec moi. Mais elle refuse. Ça a généré plein de disputes entre maman, papa et Nina. Maman disait que tant que ma sœur n'était pas majeure, elle devait obéir. Nina disait — ou plutôt criait — qu'elle préférait mourir plutôt que voir « papa avec cette pouffiasse ». (D'ailleurs, je ne sais toujours pas ce que c'est, une pouffiasse.) Papa cherchait à calmer le jeu. J'ai entendu Claire suggérer timidement que si Nina ne voulait pas venir, il ne fallait peut-être pas la forcer. Ce à quoi maman a répondu : « Toi la grue, tu la fermes et tu me dis pas comment éduquer mes gosses, c'est compris ? »

« La grue. » J'ai tout de suite pensé à des images de grues de chantier entourées de bébés grues de chantier. Je ne pensais pas que les grues pouvaient avoir des enfants, mais maman doit mieux savoir que moi.

Il est vingt heures passées. Je suis au lit depuis environ un quart d'heure, mais je ne dors pas encore. Le téléphone sonne. J'entends les pas rapides de maman, qui essaie de décrocher avant que ça me réveille. Je me lève sur la pointe des pieds, en serrant Fantômas contre moi. Je suis trop curieuse.

— Ah ! D'accord. Merci pour l'information.

La voix de maman est glacée. Je sais que c'est papa qui a appelé. Il n'y a qu'avec lui qu'elle prend cette voix. Elle est plus gentille avec les personnes qui appellent le vendredi soir pour vendre des machines à fax. Pourtant, moi ça m'embêterait qu'on m'appelle le soir pour me vendre des machines à fax. Je préférerais qu'on m'appelle pour me vendre un ballon de foot ou une Barbie.

— Nina !

Je sors de la chambre et me cache dans le couloir. Nina est dans le salon, en train de lire.

— Qu'est-ce qu'il y a ?

— Tu viens d'avoir un petit frère. Il s'appelle Ghislain.

— M'en fous, répond simplement Nina.

— Tu le diras à Elvira demain ?

— Je vois pas pourquoi c'est à moi de le faire.

— Parce que c'est moi ta mère et que je te le demande ?

— Ou parce que c'est moi qui ai expliqué à Elvira ce que ni papa ni toi n'avez eu les couilles de faire ? C'est au choix, hein.

— Nina, s'il te plaît...

Le reste de leur dispute ne m'intéresse pas. Je retourne dans mon lit. Ma mère et ma sœur ne m'entendent pas.

Je m'allonge et je fixe les lattes du lit de Nina. *J'ai un petit frère. Il s'appelle Ghislain.* Ce petit frère dont on parle depuis des mois, il est enfin là, il est arrivé. Je me demande comment il sera. Si j'en crois Anne, il ne sera pas très intéressant les premiers mois, il ne fera que pleurer. Mais après ? Est-ce que je pourrai jouer avec lui ? Est-ce que je pourrai lui apprendre des choses ? Est-ce que je pourrai l'aider pour les devoirs ? Est-ce que je serai la grande sœur qu'il ira voir pour que je lui apprenne la vie ?

Je m'imagine en train de marcher dans la rue et tenir la main de mon petit frère. J'imagine les adultes qui nous arrêtent dans la rue pour me demander : « C'est ton petit frère ? ». Et je m'imagine leur répondre fièrement : « Oui ». Peut-être me féliciteront-ils parce que je m'en occupe bien.

Je m'endors enfin, la tête pleine de rêves du petit Ghislain.

2005

Je rentre en Terminale. Nous y voilà. Plus que quelques mois avant le bac, et dans un an, je serai majeure. Dire que quand j'étais au collège, le bac me paraissait tellement loin ! J'avais l'impression que ça ne me concernerait jamais. Aujourd'hui, c'est concret.

J'ai eu mes résultats du bac de français. Douze à l'écrit, treize à l'oral. J'étais plutôt soulagée, car j'étais préoccupée par mon IVG à venir pendant l'examen. Le français étant habituellement mon domaine d'excellence, mes parents s'attendaient à mieux. « J'espère que tu auras de meilleures notes en maths. » Effectivement, en Terminale S le coefficient en maths est très élevé, mais je n'ai jamais été une « matheuse ».

De toute façon, ce n'est pas le bac qui me préoccupe, aujourd'hui. Notre prof principale nous donnera notre emploi du temps. Je pourrai enfin revoir Oleg, m'expliquer avec lui. Je me suis forcée à ne lui envoyer aucun message de l'été. J'ai respecté l'intimité dont il avait besoin pour prendre soin de Calliopée. J'ai été une bonne maîtresse, une maîtresse sage. Voilà que je me surprends à employer ce mot que je détestais il y a encore quelques mois. Je ne lui ai pas dit non plus pour l'avortement et je ne compte pas le faire. Je n'ai pas envie de reprendre notre liaison là où elle s'est arrêtée — pas vraiment — mais ça ne peut qu'aller mieux entre nous si on s'explique, pas vrai ?

La vieille Tyran n'est plus notre prof principale, heureusement, même si elle continue à enseigner la physique-chimie. Elle s'occupe d'une autre classe de Première. J'ai de la peine pour eux. La première fois que je l'ai vue, j'étais terrifiée et je n'ai jamais vraiment cessé de l'être. Sauf pendant ma brève liaison avec Oleg, une période où plus personne ne me faisait peur : ni Anne, ni Soraya, ni la vieille Tyran.

C'est monsieur Blanc, le prof de maths, qui gère notre classe de Terminale. Son nom de famille est d'ailleurs assez ironique, car en réalité, il est noir. Il ressemble à une version plus vieille et plus empâtée d'Harry Roselmack, celui qui présente l'émission *Nous ne sommes pas des anges* sur Canal+. Il est strict, mais juste, rien à voir avec la vieille Tyran qui semble avoir pour objectif de hurler sur un maximum d'élèves avant l'heure du déjeuner.

Je m'assois au fond de la classe, seule. Anne ne me regarde plus. Elle a semblé décider que je ne faisais plus partie de son existence et qu'elle devait m'ignorer. Soraya a un peu ricané sur mon passage. Elle a crié un « Psst ! Elle et Vire ! », mais je ne me suis pas retournée. Si elle veut me parler, il faut qu'elle m'appelle par mon vrai prénom. Ce n'est pas parce que je suis ronde que je dois être réduite à une marque de crème fraîche. *Et puis, quoiqu'il ait pu se passer, quoiqu'il se passera à l'avenir, Oleg t'a trouvée désirable. Il avait Calliopée la brindille dans son lit, et il l'a trompée avec toi. Tu sais ce que tu vaux.*

Blanc nous dicte notre emploi du temps. Je m'applique à le noter dans mon agenda sans vraiment entendre. *Je veux savoir quand j'aurai russe. C'est tout ce qui m'intéresse. Je veux savoir quand je pourrai parler à Oleg.*

— Mercredi, à seize heures trente, pour ceux qui font option russe, ce sera avec madame Arditti.

Je suis si surprise que mon stylo plume m'échappe des mains et roule sur le parquet, sous l'hilarité générale. Bon, d'accord, pas vraiment l'hilarité générale — seulement les ricanements de Soraya. *Est-ce qu'elle se doute de quelque chose ?* Les autres ne se préoccupent pas assez de mon existence pour rire. Les joues cramoisies, je rampe sous mon bureau pour le ramasser. Je remarque qu'en tombant, il a projeté quelques gouttes d'encre bleue sur mon jean clair. Tant pis, c'est la mode d'avoir des jeans décorés et tachés avec n'importe quoi, je n'aurai qu'à dire que c'est fait exprès.

— Excusez-moi, monsieur ?

— Oui, mademoiselle Constant ?

Blanc me regarde par-dessus ses lunettes, l'air légèrement exaspéré. Lui aussi est pressé d'en finir avec cet après-midi, et de pouvoir profiter des dernières heures de tranquillité avant la véritable reprise.

— Ce n'est plus monsieur Melnikov qui donne les cours de russe ?

L'espace d'un instant, je m'attends à une réponse à la vieille Tyran. « Ce n'est pas votre affaire, ça, n'est-ce pas, mademoiselle Constant ? ». Derrière le bourdonnement de mes oreilles, je perçois le rire mauvais de Soraya. *Elle se doute peut-être vraiment de quelque chose.* Mais le regard de Blanc s'adoucit légèrement.

— Non, monsieur Melnikov remplaçait madame Arditti pendant son... arrêt maladie. Mais il n'est pas vraiment affecté à ce lycée. Maintenant que madame Arditti est revenue, il n'a pas vraiment besoin de rester.

J'opine. Ce qu'il dit est parfaitement logique. Pendant un instant, j'ai imaginé qu'Oleg me fuyait — et j'aurais préféré, sans doute. Me fuir, c'est m'accorder un quelconque intérêt. Là, ce sont les circonstances qui l'ont obligé à quitter le lycée. Il n'en a rien à faire de me revoir ou pas. Voilà à quel point je compte peu à ses yeux. L'opposé de l'amour n'est pas la haine, mais l'indifférence.

Sous mon bureau, à l'abri du regard sévère de Blanc, je sors mon portable. J'ai encore le numéro d'Oleg dans mon répertoire, enregistré simplement sous « O. ». Je ne voulais pas prendre le risque d'avoir un prénom russe dans mes contacts.

« Écoutez ! Puisqu'on allume les étoiles, c'est qu'elles sont à quelqu'un nécessaires. »

L'étoile d'Oleg ne m'est plus nécessaire, ou du moins, c'est ce que j'aimerais croire. D'un geste du pouce, je supprime son numéro. Son étoile s'éteint en disparaissant à jamais de mon téléphone.

Au revoir, Oleg. Au revoir, les instants que nous avons volés ensemble. Au revoir, ma liaison avec un homme marié. Je n'ai parlé de nous à personne, et à partir d'aujourd'hui, plus rien ne pourra me confirmer que ce qui s'est passé entre nous a réellement existé. Ça aurait aussi bien pu être un rêve.

2013

Je regarde par la fenêtre. Il fait plutôt chaud pour un mois d'octobre, mais les feuilles teintées d'or sur les platanes me ramènent à la réalité.

Je suis seule. Je n'ai ni copain ni copine. J'ai récupéré mes affaires qui traînaient encore chez Charles et j'ai réemménagé chez Prune. Je mange tous les week-ends chez Nina. Ma sœur est une sainte. Elle s'occupe de son fils, elle héberge maman, elle paie l'aide à domicile et elle fait attention à moi. Est-ce que dans sept ans, je serai vraiment comme elle ? Est-ce que je parviendrai à gérer autant de choses à la fois ?

Je joue sur le sol avec Grégoire. Nous essayons de ne pas faire de bruit, car maman dort dans la chambre d'amis — la chambre qui sera réservée au deuxième enfant que Nina et Pierrick désirent éperdument. Quant à moi, j'aime mon neveu à l'infini, mais je ne sais pas encore si je veux un enfant à moi. Après tout, ce n'est pas une fin en soi. *Oui, mais si Mariam me l'avait demandé, je l'aurais fait. Je ne l'aurais pas fait pour Charles. Je l'aurais fait pour Mariam.*

Pierrick s'assoit par terre près de moi.

— Tu sais, me dit-il avec douceur, le frère de mon ami Nico est célibataire depuis peu. Il a deux ans de moins que lui, il a presque ton âge. Je ne le connais pas, mais Nico est plutôt BG, alors...

— Merci Pierrick, c'est gentil, mais...

Mais quoi ?

Mais je ne suis plus sûre d'aimer les hommes ? Mais je ne suis pas sûre d'aimer les femmes non plus ? Mais la seule personne qui a vraiment compté, c'est Mariam, et nous n'avons jamais été ensemble ? Mais tant que je n'aurai pas oublié Mariam, je ne pourrai jamais envisager de me remettre avec quelqu'un d'autre ?

Je ne pleure pas Charles. Je n'ai jamais pleuré Charles. Il a repris la place qui lui était toujours destinée : quelqu'un de bien, mais qui n'a jamais été pour moi. Mariam, en revanche...

— Laisse-la tranquille, Pierrick, soupire Nina.

Je lui ai tout raconté. Je raconte toujours tout à Nina. De toute ma vie, je ne lui ai caché qu'une seule chose : la véritable provenance du fœtus qui a été aspiré de mon utérus il y a huit ans, un jour de juillet

2005. Elle n'aurait jamais compris. Elle n'aurait pas pu me pardonner de m'être entichée d'un homme marié, pas après la façon dont elle a crié sur Claire sur la plage il y a toutes ces années. Une étrange pensée me traverse l'esprit : si je ne m'étais pas fait avorter, aujourd'hui, un être mi-Oleg mi-moi irait à l'école.

Quelqu'un sonne à la porte. Pierrick va ouvrir. J'entends des voix étouffées.

— Elvira, c'est pour toi.

Je manque de m'étrangler avec le prosecco que Nina a servi pour l'apéritif. À part Prune, personne ne sait que je suis chez ma sœur, mais elle se serait contentée de m'appeler s'il y avait un problème.

Je sors dans le couloir et vois Mariam sur le pas de la porte. Elle est vêtue simplement, avec un jean, un t-shirt rose avec une inscription rigolote (« Je suis une princesse, quand je pète ça fait des paillettes ») et des baskets. Elle n'a pas la moindre trace de maquillage sur le visage.

Je m'efforce de paraître détachée. J'ai tout quitté pour cette fille et elle m'a brisé le cœur. Je ne la laisserai pas piétiner une fois de plus mes sentiments.

— Comment tu m'as trouvée ?

— Trois fois rien… J'ai demandé à Lamia de se renseigner auprès de Charles. Il lui a dit que tu vivais chez ton amie Prune. Je suis allée chez elle et je l'ai un peu suppliée de me dire où tu étais. Elle a fini par me donner l'adresse de ta sœur.

Je me mords la lèvre, essayant par tous les moyens de ne pas paraître flattée que Mariam se soit donné autant de mal pour me voir. Mon cœur bat si fort dans ma poitrine qu'il menace de s'enfuir en courant. Je ne peux pas regarder Mariam dans les yeux, ses yeux couleur miel, sans fondre, alors je fixe son nez, pour qu'elle n'ait aucun pouvoir sur moi.

— Et pourquoi tu voulais me voir ?

J'enfonce mes ongles dans mon bras pour que les trémolos de ma voix ne trahissent pas les battements de mon cœur.

— Tu ne devines pas ?

Je secoue la tête.

— Tu vas m'obliger à le dire ?

Je hausse les épaules.

— Elvira, je ne suis pas avec Solenn. Je ne ressens plus rien pour elle. Elle a trahi ma confiance. Ce que t'as vu l'autre jour, c'était un plan cul, d'accord ? Tu étais avec Charles. Je t'ai dit que je te laisserais réfléchir et faire ton choix. À aucun moment je ne t'ai dit que je t'attendrais comme une nonne !

Je baisse les yeux. Elle a raison, je vois bien qu'elle a raison, mais elle n'aura pas la satisfaction de l'entendre de ma bouche.

— OK, admettons. Mais pourquoi t'as mis aussi longtemps à venir me voir ? C'était il y a deux mois, Mariam, merde !

— J'ai déconné, d'accord ? T'es partie tellement vite… J'étais blessée, moi aussi ! Merde ! Tu n'es pas la seule ici à avoir droit à des sentiments !

Pour la première fois, je soutiens son regard, et je vois des larmes briller au fond de ses yeux. Je ne l'ai jamais vue pleurer. Elle a toujours voulu montrer qu'elle était forte, joyeuse, solaire. Je suis touchée par cette soudaine vulnérabilité. J'ai envie de la serrer contre moi, mais c'est trop tôt.

— Tu te souviens de ce que je t'ai raconté sur Solenn ? Sur pourquoi on s'est séparés ?

— Oui, elle t'a trompée.

— Non. Pas ça… Elle m'a trompée parce que je ne voulais pas parler d'elle à mes parents. Parce que mes parents ne savaient pas que j'étais lesbienne. Parce qu'ils veulent que j'épouse un gentil Marocain et que je fasse plein d'enfants et que je reste à la maison. Ils se disent que ces études de médecine, c'est juste un hobby d'ici à ce que je me trouve un mari. Sauf que ce n'est pas un hobby. Je veux être ophtalmo et je ne veux pas de mari. Et je n'osais pas leur dire. J'avais peur de les décevoir. J'étais jeune et j'avais envie de faire plaisir à mes parents. Est-ce qu'il y a du mal à ça ?

— Pourquoi tu me racontes ça ?

— J'ai parlé à mes parents. Mais pas pour Solenn. Pour toi. Solenn n'en valait pas le coup. Toi, tu vaux le coup.

J'opine. Je suis touchée, mais je ne dis rien. Après tout, j'ai quitté Charles pour elle. Elle a parlé à ses parents, et alors ? Moi aussi, je peux parler à mes parents.

— Ils ne veulent plus me voir. Mes parents. Ils ont honte de moi. Ils ne veulent pas d'une lesbienne dans la famille.

— Mariam…

Les larmes sortent maintenant de ses yeux et atteignent le haut de ses joues. Elle les essuie du dos de la main, dans un geste de colère, plus contre elle-même que contre moi. Elle s'en veut de pleurer devant moi. Je vois ses larmes, je vois ses mains qui les essuient, mais je ne dis rien. Je la laisse dans la semi-intimité du papier bulle dont elle semble s'être enveloppée.

— Je suis désolée. Personne ne devrait subir ça.

— Je m'en fous, répond Mariam d'un ton qui me laisse comprendre le contraire. Mes parents ne sont pas des gens bien. Les gens bien ne renient pas leurs mômes. C'est pas grave si des gens pas bien ne font plus partie de ma vie.

Je hoche la tête. J'ai envie de la consoler, de la prendre dans mes bras, mais je me retiens. Après tout, elle ne m'a encore rien demandé.

— Et toi ?

— Quoi, moi ?

— Et toi, El ? Tu veux faire partie de ma vie ?

C'est là que je me rends compte que mes joues sont mouillées. Je ne prends même pas la peine d'essuyer mes larmes, de me dire qu'il ne faut pas que je pleure devant elle. Car tandis que je l'attire à moi et sens son cœur battre contre moi, je comprends que je suis avec la femme de ma vie. Et qu'elle sera témoin de ma vulnérabilité, probablement jusqu'à ma mort.

2023

J'ai pris le premier train du matin pour Deauville. En plein mois de juillet, il ne restait plus que des places en première, mais ça m'était égal. Il fallait que je voie ma sœur. Mariam m'a envoyé plusieurs messages dans la nuit, essentiellement pour me parler d'Alex. J'ai un pincement au cœur d'être partie comme ça, d'avoir laissé ma fille. Mais elle est avec sa mère. Malgré tout ce qui s'est passé entre nous, j'ai entièrement confiance en Mariam pour s'occuper d'elle. Même si elle n'a pas su s'occuper de notre mariage.

Nina m'accueille à la gare. Le premier train est tôt, il fait frais. Elle est emmitouflée dans un vieux gilet marron qu'elle a depuis au moins dix ans et qui ne ressemble plus à rien. Je ne sais même pas pourquoi elle a voulu l'emporter en vacances avec elle. Elle a un *tote bag* gigantesque à l'épaule. Elle ne me dit rien, ne me regarde pas, elle me serre simplement contre elle en silence. Pour la première fois depuis que j'ai trouvé la conversation dans le smartphone de Mariam, je laisse les larmes m'envahir. Elles arrivent d'un coup et la réalité de ma situation me submerge.

Mon mariage est fichu. Mariam part avec quelqu'un d'autre. J'ai fait une connerie il y a dix-huit ans et maintenant elle revient me mordre le cul.

Nous nous asseyons sur une plage. Je suis venue sans rien, je n'ai que mon sac à main. Je ne pourrai pas emprunter d'affaires à Nina. Même dans mes rêves les plus fous, je ne rentre pas dans ses vêtements. Mais rien de tout ça ne m'inquiète. Ce qui compte, c'est être avec ma sœur. Celle qui ne m'a jamais laissée tomber depuis que je suis née.

Je frissonne. Il faisait chaud quand j'ai quitté l'appartement et je brûlais de colère. Je n'ai pas pensé à prendre de veste. Nina me serre contre elle.

— Tu veux me raconter ? murmure-t-elle.

Je commence mon histoire : le SMS trouvé dans le téléphone de Mariam, l'adultère. Elle m'écoute sans m'interrompre, tout en gardant son bras autour de mon épaule. Nous regardons le ciel gris se refléter dans la mer. Quelque part au milieu de mon flot de paroles, je me dis que c'est une chance énorme d'avoir une grande sœur comme elle. Puis au moment de parler de Fifi, je m'interromps.

— Il y a un truc que je t'ai jamais dit.

— Vas-y.

— Tu te souviens du jour où je me suis fait avorter ?

Elle hoche la tête et me serre un peu plus fort. Dans son esprit, mon avortement m'a traumatisée. Mais ce n'est pas le cas. J'ai pris la bonne décision, j'étais trop jeune, je ne voulais pas d'enfant, et surtout pas d'enfant conçu dans le bazar qu'était ma relation avec Oleg. J'aurais avorté même si Oleg était resté avec moi, même si j'avais eu vingt ans de plus. La façon dont il m'a quittée, par téléphone, comme si je n'avais jamais compté, et la façon dont j'ai gardé ce secret dans mon cœur pendant de nombreuses années, c'est ça, en réalité, qui m'a traumatisée.

— Je t'ai dit que le père était un gamin de ma classe. J'ai menti, en vrai.

Nina pose son index sur mes lèvres.

— Je sais.

— Comment ça, tu sais ?

— Quand tu as eu ta… procédure, j'ai gardé ton sac. Je n'y croyais pas une seconde, à cette histoire de mec dans ta classe — je te connais depuis que t'es née, je te rappelle, je sais quand tu mens. J'ai voulu fouiller ton téléphone pour en avoir le cœur net. À ce propos, j'espère que tu n'utilises plus le même code PIN. Je sais que tu trouvais ça trop classe que ta date d'anniversaire fasse 8888, mais pour la sécurité, on repassera.

Je ris faiblement.

— J'ai repéré les messages d'un certain O. J'ai lu suffisamment pour comprendre qu'il s'appelait Oleg et qu'il était ton prof.

Je cache mon visage dans mes genoux. Je devrais être en colère contre Nina pour avoir fouillé dans mon téléphone, mais c'était il y a si longtemps. Je me réjouis qu'elle l'ait fait. Ça m'a évité un aveu difficile. Je lui raconte alors la deuxième partie de l'histoire, dans laquelle Oleg est mort, et sa fille a cherché à se venger, un peu comme une ado dans *Gossip Girl*. Si c'était une série, je rirais en me disant que le scénario est trop mauvais pour être crédible. Mais la voilà, la réalité : notre entourage se comporte parfois comme des personnages de séries.

— Mais tu crois probablement que je mérite tout ça, je renifle, en essuyant mon nez qui coule avec le dos de ma main.

Nina me tend un mouchoir.

— Pourquoi est-ce que je croirais un truc pareil ?

— Regarde papa et Claire ! Tu ne leur as jamais pardonné, à eux ! Pourtant, papa était amoureux de Claire. Depuis qu'elle est morte, c'est devenu un zombie. C'est une preuve d'amour, non ? Il n'y avait plus rien à sauver entre maman et lui. Et pourtant, tu n'as jamais pardonné. Pourquoi est-ce que tu me pardonnerais, à moi, d'avoir fait exactement la même chose ?

Je vois Nina se pincer les lèvres.

— Tu étais une enfant, Elfe. Probablement qu'à l'époque tu te disais que non, car tu pouvais coucher et tout, mais la réalité, c'est que tu en étais une. Il t'a manipulée. C'est un abruti.

— C'était. Je te rappelle qu'il est mort.

— Bien fait. Claire était une adulte. Une jeune adulte, mais quand même une adulte. Et puis...

Elle se lève. Je regarde son dos, son gilet affreux, ses cheveux qui volent au vent. Je retiens ma respiration tandis qu'elle se confie :

— C'est ma faute.

— Qu'est-ce qui est ta faute ?

— Claire et papa, c'est ma faute.

— Pourquoi tu dis ça ? C'est ridicule. Tu ne les as pas forcés à coucher ensemble, que je sache !

— Tu te souviens de ma meilleure amie de l'époque, Pauline ? Une brune avec des lunettes ? Elle venait souvent manger à la maison.

— Vaguement. J'étais petite, tu sais.

— Ouais, je me doute. Il se trouve qu'à l'époque, j'avais le méga béguin pour son demi-frère. Il avait dix ans de plus qu'elle et parfois, quand j'allais chez Pauline, il était là. Tu sais ce que c'est, d'avoir quatorze ans et d'avoir le béguin pour un mec.

Non. Je sais ce que c'est d'avoir seize ans et d'avoir le béguin pour sa meilleure pote. Je sais ce que c'est d'avoir seize ans et d'avoir le béguin pour son prof. Quatorze ans et le béguin pour un mec lambda, non, je ne sais pas ce que c'est.

— À chaque fois que j'allais chez Pauline, je lui demandais si David — c'était son prénom — allait être là. David par-ci, David par-là. Elle n'arrêtait pas de se foutre de ma gueule. Bref, une fois j'ai mangé là-bas et David était là. Comme je t'ai dit, David était le demi-frère de Pauline, ils avaient le même père. Et la mère de David s'était remariée avec un autre type. Tu me suis ?

— Vaguement. Il faut dire que c'est un peu compliqué, ton histoire.

— Ouais c'est vrai. À l'époque c'était d'autant plus dingue. Maintenant il y a des familles recomposées dans tous les sens, mais dans les années quatre-vingt-dix…

Oui. Et bientôt, Alex fera, elle aussi, partie d'une famille recomposée. Quand Mariam sera avec Iphigénie et qu'elle aura ce deuxième enfant qu'elle voulait tant.

— Bref, donc, la mère de David s'était remariée avec un autre type. Ce type avait une fille. Cette fille cherchait un stage dans les RH…

Tandis que Nina marque une pause dans son histoire, j'écarquille les yeux. Je n'ose pas comprendre.

— Non ! Cette fille-là, c'était…

— Oui.

— Claire !

— Oui. C'était Claire. Et je me souviens que papa cherchait justement un stagiaire à ce moment-là. J'étais prête à tout pour impressionner David. J'ai dit que je demanderais à papa. Je te jure que David s'est levé de table et m'a fait un bisou sur la joue. Il n'était pas con, il se doutait bien que j'étais amoureuse de lui. Pour lui, c'était qu'un bisou sur la joue, mais pour moi… Je crois que j'ai rempli mon cahier de physique de dessins « Nina + David » dans des cœurs. J'étais ridicule. Mais voilà. La suite, tu la connais. Papa a embauché Claire, et voilà…

Je me lève à mon tour et prends Nina dans tes bras.

— Tu sais que c'est pas ta faute, hein ? Tu as juste voulu aider un ami. Bon OK, t'as voulu séduire un mec, mais globalement, ce que t'as fait, c'était bien. T'as permis à une jeune fille en galère d'avoir un stage. On a eu vingt-deux ans, toi et moi, on sait à quel point c'est difficile à cet âge. Ce qui s'est passé ensuite… tu n'es pas responsable.

— Tu as raison. Bien sûr que tu as raison. Toujours est-il que je n'ai jamais pu les regarder en face. Papa et Claire. Je me dis toujours : « C'est moi qui ai fait ça. Si je n'avais pas ouvert ma grande gueule à ce moment-là pour impressionner un mec, il serait peut-être toujours avec maman. On serait encore une famille. »

— Ou peut-être pas. Tu sais, tu l'as dit toi-même… Après la mort de Kristina, papa couchait à droite à gauche… Leur mariage était fini. Il ne l'aimait plus depuis longtemps.

Donc, peut-être que Mariam ne m'aimait plus depuis longtemps quand elle a rencontré Iphigénie ? Peut-être qu'Iphigénie n'est pas responsable, finalement ?

La même pensée a dû traverser l'esprit de Nina, car elle me prend la main et la presse fort. Je regarde la mer, l'horizon devenu flou derrière les larmes qui remplissent mes yeux.

— Tu te souviens, quand t'étais petite et que tu voulais absolument faire du foot ?

J'éclate de rire derrière mes larmes. C'est si loin.

— Oui, les parents n'ont pas voulu, et du coup, je n'ai jamais essayé. Ils ont préféré que je fasse de la danse avec cette connasse de Cruella. J'ai oublié comment elle s'appelait.

Nina sourit et tire un ballon de foot de son sac.

— J'ai piqué ça à Grégoire. Ça te dit, on fait une partie ?

— Tu connais les règles ?

— Pas vraiment.

Nous éclatons de rire toutes les deux.

— On essaie de faire quelques passes avec nos pieds, ça sera déjà bien, suggère ma sœur.

Nous courons sur la plage déserte en nous passant le ballon. Tandis que je poursuis Nina, je réalise que je ne suis pas très douée pour le foot, finalement, mais que ce n'est pas très grave.

Un quart d'heure plus tard, nous nous asseyons sur la plage, essoufflées. Nina a réussi l'exploit de me faire oublier Mariam pendant quinze minutes magiques. Elle tire son portable de son *tote bag* et grimace.

— Excuse-moi, Elfe. J'ai un appel en absence d'un numéro que je connais pas. On sait jamais, c'est peut-être important, je vais rappeler.

— Oui, bien sûr, vas-y.

Nina fronce les sourcils en écoutant son interlocuteur invisible que je ne peux pas entendre.

— C'est l'EHPAD de maman. Ils disent qu'ils ont essayé de t'appeler ?

— Ah bon ?

Je sors mon smartphone de mon sac et fixe son écran désespérément noir. Plus de batterie. Avec tout ce qui s'est passé, je n'ai pas pensé à le recharger, ni même à emporter un chargeur. Je montre à Nina, mais elle ne m'écoute déjà plus. Elle est toute pâle, j'ai l'impression qu'elle va s'effondrer sur le sable.

— Ninou ! Ninou, ça va ?

Son téléphone tombe sur le sable avant même qu'elle ait eu le temps de répondre quoi que ce soit à son interlocuteur.

— Ninou ! Parle-moi ! Qu'est-ce qui se passe ?

— C'est maman. Elle a eu un arrêt cardiaque pendant la nuit. Elle est morte, Elfe.

ÉPILOGUE

« Il n'y a rien de plus trompeur que les souvenirs. S'ils surviennent avec une apparence doucereuse, des centaines de griffes acérées se cachent sous leur surface. Elles sont là pour nous lacérer lentement le cœur en nous rappelant qu'il ne tenait qu'à nous de savourer ces instants à la beauté si parfaite. »

(Clarisse Sabard, *La vie a plus d'imagination que nous*)

CINQ ANS PLUS TARD

— Je suis tellement heureuse de vous rencontrer ! J'habite à L'Haÿ-les-Roses, je n'ai pas de voiture, ça me fait tellement loin pour aller au Salon du Livre à chaque fois. Mais quand j'ai vu que vous alliez y être, il me fallait absolument votre dédicace ! Votre livre a été mon grand coup de cœur.

— Merci beaucoup, c'est très gentil ce que vous dites. Comment vous vous appelez ?

— Fatou. Est-ce que je peux prendre une photo avec vous ? Ma sœur est une grande fan, elle va mourir de jalousie quand elle verra que je vous ai rencontrée !

— Mais bien sûr, Fatou.

Je me lève, pendant que Fatou, toute tremblante, donne son smartphone à la dame derrière elle pour une photo bien cadrée. Ma jeune lectrice brandit fièrement son exemplaire fraîchement dédicacé de mon dernier roman, *L'extinction des étoiles,* la couverture bleu nuit bien en évidence.

Mon rêve est devenu réalité. Le premier roman que j'ai écrit après mon divorce, *La valise d'un caïd,* a bel et bien été publié par les éditions Tango. Les vraies, pas celles représentées par Mathieu Bichon. Trois autres ont suivi : *Le désarroi de l'envers, Le magasin des utopies,* et le petit dernier, celui qui n'existe pour le moment qu'en grand format brillant, que seuls les lecteurs les plus fortunés ou les plus impatients peuvent s'offrir.

Vous savez ce qu'on dit, les plus belles œuvres naissent des plus grandes douleurs. Ma rupture avec Oleg, mon avortement, le divorce de mes parents, l'Alzheimer de ma mère, ce n'étaient que des accidents de parcours. La douleur, la vraie, c'était ma séparation d'avec Mariam.

Elle est là, aujourd'hui. Elle ne m'aime plus comme une épouse, mais elle continue de me soutenir. Enfin, c'est que j'essaie de me dire, qu'elle est ici pour moi, et pas uniquement parce que Fifi Desmoulins — Iphigénie Melnikov — dédicace les derniers volumes de *Stefan l'Éléphant* un peu plus loin. C'est ma troisième année de dédicaces au Salon du Livre de Paris, et mon ex-femme est toujours là, à regarder d'un œil amusé cette file d'attente qui s'allonge de plus en plus. L'an dernier, elle était enceinte de huit mois et a dû s'asseoir sur une chaise. Je ne pensais pas que le couple Mariam-Iphigénie tiendrait. Je supposais que Mariam se rendrait compte de l'absence d'amour entre elles. Mais non, car le petit Georges dort paisiblement dans sa poussette, et Mariam tient Alex par la main.

J'ai perdu l'amour de Mariam pour toujours, mais mon cœur se gonfle devant le regard rempli de fierté de ma fille. Quand sa maîtresse lui a demandé ce que faisaient ses mamans, elle leur a dit que Mariam était « zieutiste » et que moi, j'étais Elvira Constant. Un nom un peu obscur pour des élèves de primaire, mais qui a — aux dires d'Alex — arraché un sifflement admiratif à l'enseignante.

Chaque fois que je vois Mariam, je me demande si je l'aime encore. Et à chaque fois, je n'arrive pas à répondre à cette question. Elle a l'air fatiguée ces derniers temps, surtout depuis la naissance de Georges, mais quand je la regarde, je vois les mêmes yeux couleur miel dont je suis tombée amoureuse il y a quinze ans. Et pourtant. Je n'éprouve plus de jalousie.

Je n'ai jamais réussi à retrouver quelqu'un, mais je n'ai jamais vraiment essayé. Pas parce que je veux continuer à aimer Mariam ou parce que je pense que personne ne lui arrivera jamais à la cheville. Je considère simplement que mes années à papillonner sont derrière moi, et que j'ai besoin de me consacrer à d'autres choses. Le succès littéraire ne remplacera pas les dix années de bonheur passées aux côtés de celle qui est devenue mon ex-femme, mais c'est quelque chose. Quelque chose que j'ai toujours voulu.

— J'ai envie de faire pipi, je n'en peux plus ! me souffle C. C. Kristaux à la fin de notre séance de dédicaces commune.

Je retiens un rire. Mariam, voyant la foule se disperser peu à peu, s'approche timidement.

— Comment vas-tu ? me demande-t-elle.

« Comment vas-tu ? » Une question pourtant si simple, mais comment peut-on y répondre avec sincérité quand on a en face de soi une personne qui a partagé dix ans de notre vie, et qui n'est maintenant plus qu'une vague connaissance ?

Est-ce que je lui dis que lundi, Nina m'a appelée en panique, car elle ne trouvait plus ses lunettes de lecture et qu'elle craignait que ce soit là un des premiers symptômes de la maladie d'Alzheimer ? Est-ce que je lui dis que j'ai essayé de rassurer ma sœur, en lui disant que tout le monde perdait ses lunettes de temps en temps, alors que j'étais en réalité aussi inquiète qu'elle ? Est-ce que je lui dis qu'elle a fini par trouver ses lunettes, qu'elles étaient sur son nez et que je ne savais pas si je devais en rire ou en pleurer ? Est-ce que je lui dis que j'ai peur de ce qui va peut-être m'arriver dans quelques années ?

Est-ce que je lui dis que mardi, j'ai appelé Martin pour lui souhaiter son anniversaire, et qu'il m'a de nouveau invitée à Bruxelles ? Est-ce que je lui dis que depuis cinq ans, Martin et moi, nous ne nous souhaitons que les anniversaires et la bonne année ? Est-ce que je lui dis que c'est parce que je crains de voir renaître mes sentiments pour lui ?

Est-ce que je lui dis que mercredi, Prune m'a annoncé qu'elle se remariait et me demandait d'être son témoin ? Est-ce que je lui dis que j'étais contente pour elle, mais un peu envieuse qu'elle ait réussi à rebondir ?

Est-ce que je lui dis que hier, papa a retrouvé dans une armoire un vieux collier qui appartenait à maman ? Est-ce que je lui dis que je ne sais même pas de quel collier il s'agit, mais qu'il me le faut, parce qu'il me rappellera une période où maman était non seulement en vie, mais surtout, vraiment ma maman ?

Est-ce que je lui dis que ce matin, j'ai caché mes tempes grisonnantes sous un bandeau parce que je savais qu'elle allait venir ? Est-ce que je lui dis qu'une partie de moi veut lui montrer tout ce qu'elle a perdu, tandis que l'autre partie sait que c'est idiot, puisque c'est Iphigénie qu'elle aime, maintenant ?

Est-ce que je lui dis que si certaines étoiles se sont allumées pour moi, d'autres se sont éteintes alors que j'avais encore besoin d'elles ?

Je prends une profonde inspiration et lui donne la même réponse qu'à chaque fois :

— Bien, Mariam, merci. Et toi ?

NOTE DE L'AUTRICE

Ceci est une œuvre de fiction. Toute ressemblance avec des personnes existantes ou ayant existé serait purement fortuite.

Vous souhaitez échanger ? Je suis là !
- Par mail : camille.colva@gmail.com
- Sur mon site Internet : http://www.camillecolva.com
- Sur Instagram : @camillecolva_autrice

N'hésitez pas à me dire ce que vous avez pensé de mon manuscrit, que ce soit positif ou négatif. Je serai toujours ravie d'avoir de vos nouvelles, et je vous promets de vous répondre !

DE LA MÊME AUTRICE

Nous sommes en guerre (2022)

Jackie a dit (2023)

Six Mégaoctets (2025)

REMERCIEMENTS

À moins que vous ne fassiez partie de ces gens très bizarres qui commencent une lecture par les remerciements, vous venez d'achever la lecture de mon troisième roman, affectueusement surnommé BB3, de son vrai nom *Écoutez si on éteint les étoiles*. Bravo d'être arrivés au bout !

Je n'arrive pas à croire que j'en ai déjà écrit trois.

Je sais que certains parmi vous me suivent depuis mes débuts, et cela me touche énormément. Je remercie tous ceux qui ont acheté *Nous sommes en guerre* et *Jackie a dit* et qui ont laissé un avis sur différents sites. J'ai une pensée toute particulière pour les membres de l'association SCRIBE-Paris, et pour mes collègues. (Je sais que mes deux premiers romans trônent fièrement dans la bibliothèque de mon CIE — merci Magalie !) Je remercie aussi ma maman, sans laquelle mes deux premiers romans se seraient beaucoup moins bien vendus.

Je remercie bien évidemment mes bêta-lectrices :

Claire, Nathalie, Isabelle, Anne, Aurélie, Laetitia, Marine, Céline, Leslie, Anne-Charlotte, Roula, Christelle, encore une Laetitia, Gwenaële, Mailys, Julie, Bérengère, Catherine et Élisa. Vous étiez si nombreuses à avoir répondu présentes pour relire mon roman, cela m'a énormément touchée. J'ai tout revérifié pour être sûre de n'avoir oublié personne — si toutefois il s'avère que je t'ai oubliée, chère bêta-lectrice, surtout, dis-le-moi, et je ferai de mon mieux pour te rajouter.

Merci aux auteurs et autrices que j'ai cités au cours de ce roman, dans lequel, comme dans ses deux grands frères, la lecture occupe une place de choix : Philippe Besson, Claire Norton, Julien Rampin, Clarisse Sabard, Maud Ventura. Merci également aux chanteuses et chanteur à qui j'ai pris la liberté d'emprunter quelques vers : Gotye, Avril Lavigne, Katy Perry et Taylor Swift.

Merci à Mickaël, mon lecteur idéal qui croit toujours en moi et réclame toujours à lire mes romans (et mes nouvelles, puisque j'en ai écrit quelques-unes pour des concours !), en me donnant à chaque fois un avis objectif et honnête, en présentant ses propos de façon à ne jamais heurter ma sensibilité.

Un merci tout particulier à Hermine, du blog Borntobealivre, qui m'a fait des retours extrêmement détaillés et qui m'a prodigué des conseils avisés pour améliorer mon histoire. D'ailleurs, elle me suit depuis le début, et pour cela, *baby*, je te remercie.

Bien sûr, je remercie chaleureusement Hugo

Gourmaud, qui s'est vu confier la lourde tâche de dessiner ma couverture, comme il l'a fait pour les grands frères. Je reçois sans arrêt des compliments sur mes couvertures (presque plus que sur mes romans en eux-mêmes !).

Un merci tout spécial à Laure Iniz, l'autrice de trois romans auto-édités dont deux ont déjà reçu des prix à l'heure où je parle (et si le troisième n'a pas encore reçu de prix, c'est uniquement parce que le jury n'a pas encore délibéré). Elle a accepté sans hésiter de rédiger la préface de ce roman, qui je l'espère vous a donné envie de le découvrir.

Merci à Christine, de *L'atelier d'écriture by Christine*, pour ses conseils avisés, et aussi pour les retraites d'écriture qu'elle organise, qui me permettent de couper le gros poil que j'ai parfois dans la main (j'avais envie d'employer une expression plus vulgaire, mais je n'ai pas envie de vous choquer). Si j'arrive à finir mes romans aujourd'hui, c'est aussi grâce à elle. Et si vous souhaitez vous lancer dans l'écriture ou avoir de l'aide dans vos projets, je ne peux que vous conseiller ses ateliers pleins de pédagogie.

Certains aspects de l'Alzheimer de Viktoria, la mère d'Elvira, ont été inspirés du témoignage *Alzheimer, ma mère et moi* de Chantal Bauwens — merci à elle d'avoir couché cela sur le papier. Pour la scène qui décrit l'avortement d'Elvira, je me suis inspirée de témoignages de femmes trouvés sur Internet — bravo à elles et quel courage, ce n'est pas évident.

Bien sûr, je me dois également de remercier Vladimir Maïakovski, dont le poème *Écoutez !* a inspiré le titre de ce roman, et Elsa Triolet, la traductrice de ce poème, grâce à laquelle j'ai pu en citer le premier vers. Comme mon héroïne, j'ai des origines russes, mais si mon titre était dérivé de la version originale, ça n'aurait sans doute pas attiré mes lecteurs et lectrices français.

Mes derniers remerciements sont pour Maxime, mon compagnon qui partage ma vie depuis bientôt dix ans. On m'a toujours appris qu'il ne fallait pas rêver au prince charmant, car il n'existe pas dans la vraie vie. (Enfin, si, les princes existent, mais ils ne sont pas tous charmants, et il n'y en a pas assez pour tout le monde.) Mais de la même manière que tous les héros ne portent pas de cape, tous les princes ne portent pas de couronne. Mon prince à moi dort près de moi tous les soirs. Il me soutient dans tout ce que j'entreprends, y compris dans l'écriture, même si ce n'est pas vraiment un lecteur acharné. Il ne se passe pas un jour sans que je me dise : « Mon amour, quelle chance immense j'ai de t'avoir dans ma vie ».